妙廚小芝女

3

完

風白秋 著

文創風 707

目錄

第五十九章　訂製糕點

玉芝道：「袁叔聽過奶油嗎？北邊牧民們平日以奶和肉為主食，這種油應該就是他們發現的，只不過沒傳到中原罷了。」

又等了一個多時辰，玉芝心想奶油應該差不多好了，讓濃墨拿過來檢查，果然已經結成了黃色固體，接著她就開始跟袁誠研究各種西式點心了。

首先當然要做奶油餅乾，這可是玉芝前世最愛的小餅乾了。

玉芝調好稠麵糊，一邊做、一邊想，既然有牛奶，就得找鐵匠鋪訂一批烘焙工具才行。

把麵糊分成數份放在烤盤上，送進改良過的烤箱，玉芝讓廚娘小心翼翼地控制著火候。不過一盞茶的時間，香噴噴的奶油餅乾就出爐了。

玉芝也不怕燙，剛把烤盤移出來就抓了一塊餅乾扔進嘴裡，燙得齜牙咧嘴的也捨不得吐，幾口嚼完餅乾後喊了一句。「香煞我啦！」

袁誠聞著空氣中香甜的味道吞了吞口水，也伸手拿了一塊餅乾扔進嘴裡，只覺入口香酥、奶香濃郁，嚥下去後口齒留香，嗯……看來今日受的苦都值了！

看著半瞇著眼睛享受的袁誠，玉芝「嘿嘿」笑，嚇得袁誠渾身一抖，結結巴巴地問道：「妳……妳又想幹什麼?!」

玉芝笑道：「袁叔怕什麼？這是我打算讓我哥哥們帶去京城吃的，咱們當然得多做點，對吧？」

袁誠暗道自己命苦，但是想到即將赴考的幾個孩子，便低下頭認命道：「罷了，明日我再過來繼續做吧！」

玉芝見他垂頭喪氣的，在心中暗笑了半天，卻還是清了清嗓安慰他。「明日咱們就不打發這個了，換個作法，這次做的奶油有好幾斤呢！夠哥哥們吃的了。」

最後一家人將餅乾一一裝進洗淨擦乾、鋪了油紙的竹筒，密封好之後，留待家裡的考生帶去京城。

二月初六，出行大吉。兆厲、兆志與卓承淮帶著濃墨、潤墨跟硯池登上了前往京城的馬車。

在馬車出發後、眾人為幾個考生擔心的時候，小瑞回來了。

剛進了門見過禮，小瑞就笑著說道：「到底還是遲了幾日，本來小的還想陪三位少爺一起去京城，這下子只能等二少爺與三少爺考進士時，才能沾他們的光去見見世面了。」

大夥兒說笑了一陣子才開始說正經事，小瑞遞上三張地契與幾張契約說：「當地沒人把山楂當一回事，現在只是曬乾拿來作藥材用。這次我們去買園子的時候，大家都稀奇得很，能賣的就追著我們賣，最後我們挑了三家主人老實、園子又好的，還跟他們簽了用工契，每年十月去拉果子時就結一年的工錢，日後算是咱們家的長工了。」

玉芝點點頭，小瑞這事辦得乾脆俐落，走一步、看三步，是個管家的好苗子。她拿起面前的三份地契，細細看了起來。

按照去年收山楂時的數量與情況，玉芝大致估算了一下，這些山楂園子一年差不多能收將近七萬斤山楂，自家現在用是夠了，但是玉芝還想要更多。她點點地契道：「小瑞哥，怕是得麻煩你再跑一趟了，再收幾畝湊個五十畝吧！」

這個要求讓小瑞有些為難。這些日子以來他仔細考察過，當地的野山楂樹到處都是，有人想吃就會原地摘一些，以種山楂為家業的大部分都是賣給別人做糖葫蘆，連成片的園子實在不大也不多。

他低下頭想了想，咬牙道：「成，那小的再跑一趟，一個月之內必定回來交地契給東家！」

四日後，小瑞帶著淡墨與枯墨出發了，旬假在家的兆勇哀號道：「枯墨不是我的書僮嗎？為何我每次回家都看不到他！」

他身邊的小廝阿喜聽到了，可憐兮兮地說道：「少爺是覺得小的伺候得不好嗎……」

兆勇見阿喜一副「求安慰」的樣子，立刻堆起笑摸摸他的頭道：「你伺候得最好了！」

看著阿喜歡快離去的背影，兆勇嘆了口氣，白家這小廝真是太「純情」了。

玉芝在這幾日拿到了全套的烘焙工具，看到成品後她鬆了口氣，雖說相比前世粗糙了些，但是至少意思到了，總比用三根筷子打蛋強。

工具到位了，就要考慮從牛奶中提取、打發鮮奶油。玉芝琢磨了半天，拉著陳忠繁做了一個類似酥油桶的東西。酥油是藏族食品的精華，跟奶油相似，藏族人都使用酥油桶自牛奶或羊奶中提煉出酥油。

玉芝又讓陳忠繁找經常合作的鐵匠來家裡，先是簽了保密契約，然後簡單畫出一個老式手工奶油提取機圖譜，再細細說明它的運作原理。其實玉芝知道的也只有外型，至於具體的齒輪構造她根本記不住。

幸好這個時候已經有了齒輪，所以這對鐵匠來說不困難，於是玉芝乾脆讓他自己琢磨去了，約好十日之後看樣品。

待鐵匠通知東西做好了，玉芝一大早就讓兆志的小廝阿福出去買新鮮的牛奶，再要袁誠來家裡。

等牛奶靜置得差不多的時候，玉芝先讓陳忠繁與袁誠試試看用酥油桶來提取、打發鮮奶油，發現比搖晃的笨辦法省力多了。

接下來，玉芝想試做蛋糕與麵包。有了手動打蛋器之後，打蛋變得簡單許多，袁誠與陳忠繁都是自小做活的，手勁大得很，沒多久就把蛋白打發到乾性發泡的狀態了。

剩下的事就輕鬆多了，玉芝用普通麵粉烤了一個最基本的綿軟戚風蛋糕，又用奶油做了最普通的奶油吐司，口感與前世幾乎沒有太大的區別，眾人吃得香甜不已。

袁誠心服口服道：「這有點像發糕，但是奶味十足，又比發糕綿軟，我看嗜吃甜的人定然都喜歡。還有，那個黃黃的包子真是聞所未聞、見所未見，若是擺出來賣，大概會被搶購一空。只是奶油可不是簡簡單單就能做出來的，幾乎不可能供咱們這幾家鋪子一起賣。」

玉芝神秘地笑道：「這個啊，咱們不擺出去賣，只接訂製的單子！」

大家聽了一臉茫然，陳忠繁不禁問道：「什麼叫訂製？」

玉芝解釋道：「若是想買，就直接派人過來提前兩、三日預約，咱們做完以後當日送到下訂的人家裡。不過若是這樣，咱們就得打開有錢人階層的市場，必須求助單家才行。」

最後那句話讓陳忠繁和李氏都沈默不語。哪怕雙方的生意早有往來，然而自從卓承淮表明心意之後，他們就不怎麼樂意求助單家，因為不想讓單家覺得玉芝高攀了卓承淮。

玉芝明白父母的想法，但她覺得這是做生意，能創造雙贏的局面，何必為了還沒確定的事情把掙錢的買賣往外推？

她看了看還在場的袁誠，沒有開口勸父母，決定待會兒再說這件事。

玉芝回頭對袁誠道：「袁叔，這東西現在只有咱們家有，卻不能日日都靠您與我爹來做。咱們信得過您，您回去挑幾個手腳麻利又有些力氣的人送過來吧！」

袁誠知道這件事有多重要，當下就要回去挑人，玉芝也不留袁誠，拉著他叮囑幾句就送走了他。

回過頭來的玉芝剛想勸父母，沒想到陳忠繁先開了口。「我知道妳想說什麼，是我與妳娘不想讓妳日後低單家一頭。可是這個東西肯定掙錢，若是因為這個原因就要放棄，妳定然不甘願。罷了，想做就做吧！爹和娘都支持妳。」

玉芝感動得不得了，撲到李氏身上把頭埋進她的肩膀，嗅著她身上滿滿的母親味道，在他們看不到的地方擦了擦眼淚道：「爹、娘對我最好了……」

玉芝派阿福去泰興樓詢問單辰何時有空，碰巧單辰正帶著單錦在泰興樓學習如何管理家業，當下就決定雙方明日巳時中在泰興樓見面詳談。

得到回信的玉芝隔天一大早拉著陳忠繁與李氏爬起來做蛋糕與麵包，總算趕在巳時做好。陳忠繁與玉芝用食盒裝好東西，帶著他的長隨雙壽與玉芝的丫鬟如竹上馬車直奔泰興樓。

單辰與單錦早就在那裡等著了。自那日單辰察覺卓承淮的心事，他看玉芝時就帶著一點點看外甥媳婦的心態，有些挑剔，又有些讚賞。

見被如竹扶下馬車的玉芝比幾個月前更顯風姿，單辰心底先嘆了一聲「好」，接著笑迎陳家父女進雅間。

見過禮後玉芝沒耽誤時間，直接從食盒中取出蛋糕與麵包擺在桌上，香甜的氣息充滿整個雅間，讓所有人的臉上都忍不住浮現笑意。

單錦最愛甜食，後來為了減重，他娘唐氏限制了他的飲食，他已經許久沒吃到甜品了，特別是這種新鮮、香氣四溢的東西。

玉芝從食盒中取出一把特製的精緻小銀刀，把尚有餘溫的蛋糕切成幾塊，推到單家父子面前道：「單東家與單少爺嚐嚐這糕點如何？」

單錦來不及糾正玉芝稱呼上的問題，直接用手捏起一小塊蛋糕塞進嘴裡，滿足地讚嘆道：「妹妹家這糕點如何做的，竟然如此香甜綿軟？」

陳忠繁一下子就笑了出來，想起多年前單錦第一次去他們在鎮上的小食鋪時，詢問燜肉作法那可愛的樣子，許久未見的隔閡頓時少了許多。

單辰也用筷子挾起一小塊蛋糕放進嘴裡，細膩的糕點柔柔地在舌尖融化，心底的某處空虛好似都被這鬆軟的甜品填滿了。哪怕他這個人不怎麼愛吃甜食，也忍不住又挾了一塊。

玉芝見他們兩人嘴角都浮現出幸福的微笑，把奶油麵包卷與蜂蜜脆底小麵包推過去道：「嚐嚐這兩樣呀，可別還沒吃其他的肚子就飽啦！」

單家父子這才依依不捨地放下蛋糕，一人捏起了一個蜂蜜脆底小麵包，第一口咬下去，單錦就發出了「咦」的疑惑聲。

見兒子這樣，單辰也把麵包湊到嘴邊慢慢咬了一口——真是鬆軟得不可思議，底部的皮又脆又甜，令人想一口接一口地啃乾淨。

單辰不由得審視起玉芝，他向來知道這小姑娘不是池中物，所以才沒在得知卓承淮的心思時阻攔，而是選擇觀望。

陳家幾個年輕男孩看起來都有出息，單家下一輩只有單錦，他自幼就不愛讀書，做起生意來也有些心軟，難以擔當重任，現在他只希望卓承淮能考上進士、做官，好為單家撐腰。

想到這裡，單辰嘆了口氣，若玉芝不是承淮看上的，他定要替錦兒在陳家幾個男孩發達之前求娶玉芝了。

轉頭看了吃得香甜的傻兒子一眼，單辰搖頭道：「陳大哥真是次次給我驚喜，不知這些糕點你們打算如何賣？」

陳忠繁瞄了玉芝一下，回答道：「實不相瞞，這些糕點做起來著實麻煩，也很要求材料，所以價格定然不會太低，產量也不會太高，我們決定只接訂製。」

單辰挑了挑眉。只接訂製？這裡還沒人這麼做過，況且若是只接訂製，又如何掙錢呢？

玉芝接話道：「若是只接訂製的話，自然要在有錢人家的圈子裡推廣才行，這就是我們找上單東家的目的。只要這糕點的名號打出去，日後陳家日日供給泰興樓十個蛋糕、二十個不同種類的麵包，您想怎麼賣就怎麼賣、想如何送就如何送。您看如何？」

單辰單手敲起了桌子，思考這件事的可行性，以他敏銳的商業直覺，這些糕點必定會大受歡迎。

若是陳家真的能打響這訂製糕點的名號，神秘感只怕更上一層樓，到時候唯泰興樓賣這種新奇的吃食，能得到多少好處自然不必說。反正他不過是幫忙推廣一下而已，也不費什麼事……

他剛想點頭答應，玉芝就笑著改了對單辰的稱呼道：「辰叔叔是不是覺得這買賣簡單了？這的確是相當於送與泰興樓的，不過我有一個『小小的』要求，這些糕點需要大量的牛乳與冰塊，我家買的宅子有地下的儲冰室，只是錯過了冬日所以沒有冰，若是辰叔叔能幫我們尋找冰和牛乳的話，那就更好了！」

單辰剛要點下去的頭僵在那裡，他就知道這小姑娘不是省油的燈，一有要求就叫上「辰叔叔」了！冰還好說，現在尚未到夏季，冰價不高，填滿一個儲冰室不成問題，但是大量的牛乳就難了。

果然天下沒有白吃的午餐……罷了，若是真讓陳家做起來，給泰興樓帶來的利潤不可估量，他費點勁又算什麼呢？若是沒做起來，他不用尋牛乳，更省事了，左右他都不吃虧。

單辰回道：「可以，我答應了，明日我就去尋冰。若說你們想推廣，那還真是趕了個巧，五日後錦兒他娘要在家裡辦春日宴，宴請府城裡一些有頭有臉的人，到時妳家送些吃食過來，正好拿來當作飯後的茶點。」

玉芝聽聞五日後就要用，嚴肅地問道：「不知辰叔叔想請多少人？男人、女人、少女跟孩子的數量分別有多少？」

單辰還真被問住了，他不由得側過頭看了看臉龐發紅的單錦，咳了咳道：「男人怕是沒有，孩子大概也就幾個，大多都是各家夫人與十四到十七歲的小姑娘。」

玉芝馬上就反應過來——這是為單錦辦的相親宴呀！單錦今年十七歲，是該成親了。得知客人們的年齡區段與性別，玉芝就能放心、大膽地準備各式點心了。

他們回到家後，袁誠帶了十個人過來，都是他挑出來、有賣身契的，個個忠心可靠力氣大，其中一位叫「慶俞」的是特地挑出來當管事的。玉芝從裡面選出五個人來，這就是陳家麵包房初步的班底了。

玉芝先讓幾人回去好好休息，吩咐他們明日過來陳家，一日內必須學會如何做這些吃食，說完以後單獨留下了袁誠與慶俞。

經過一番考察與詢問，陳家人對慶俞十分滿意，他腦子夠靈活、人也穩重，該說的絕不少說，不該說的也絕不多說，絕對是個好苗子。
玉芝開玩笑地對袁誠道：「袁叔乾脆專門替我挑人得了！從小黑哥開始到現在的慶俞，您挑的人各個都靠得住，待小黑哥的徒弟們出了師，我得把小黑哥叫到府城來。」
袁誠有些自傲地說：「這都是為自家挑人，怎麼能不盡心呢？若是妳還缺人手就告訴袁叔，袁叔再去挑！」

第六十章　登門提親

有了這幾人的加入，單家宴席上的點心自然準備得又快又好，玉芝準備了蛋糕與三、五樣有內餡的迷你小餐包，每個不過普通酥皮點心般大小，但是入口香甜柔軟，吃到不同內餡時，還能帶來不同的驚喜。

眾家夫人與小姐們看著眼前這新鮮的吃食，拿著玉芝專門叮囑單家訂做的小銀叉子，插起一小塊蛋糕放進嘴裡，馬上被這鬆軟可口的口感折服了，甚至有與單家交好的小姐開玩笑道：「若是進了泰興樓能日日吃到這新鮮吃食，那嫁給他們家大少爺也不錯！」

臨走時，大半的夫人都在詢問這新鮮吃食到底是何物，唐氏自然按照單辰的叮囑說這乃陳家的訂製吃食，他們家也是提前五日下訂，今日才供得上的。

陳家的名號一下子就在府城的中、上流階層傳了開來，許多人探聽之下才知道他們就是做山楂點心那家，紛紛派小廝上門預定點心。

玉芝早就準備好點心單子，外面是雕刻著精美花紋的木板，裡面則是一大疊一等潔白桑皮紙，上頭標明了糕點與價格。

小廝們看到上面寫的東西，眼睛都要花了，一一留下府名要帶回去給主家看。

這點心單子也難倒了眾位夫人，那些東西全都沒吃過，該如何是好？幸虧每樣糕點後面都有價錢，她們又不缺錢，乾脆每樣都買一些嚐嚐。

點心作坊的地點就定在玉芝自家的灶房，因為只有這裡才有改良的烤箱。那被挑來的五個人跟慶俞每日從睜眼忙到閉眼，單辰也趕緊派人送來了一室的冰與牛乳，這個只接訂製的糕點小鋪就這麼做了起來。

待過了幾日送出第一批貨之後，陳忠繁抽空去泰興樓簽了新契約，開始每天往泰興樓供應糕點。

自從泰興樓掛出牌子賣陳家糕點之後，許多懶得等候訂製時間的人直接上門來買現成的，又促使一大批不知情的人得知這糕點的稀奇之處，陳家就這樣迎來了第二次的訂貨高峰。

熱熱鬧鬧地過了一個多月，點心作坊每日的訂單趨於穩定，偶有要辦宴席的人家過來大量訂貨，他們也忙得過來了。

玉芝招來如竹問道：「如竹，我看妳真心喜歡這些糕點，妳是想專心在我身邊當一個婢女，還是去糕點鋪學著做事？」

如竹真的是傻住了，她萬萬沒想到玉芝會問她這個，她立刻跪倒在地道：「小姐，奴婢每日跟著您聞糕點的味道，就覺得心中特別滿足，小姐把奴婢放在心上才會知道奴婢的想法。多謝小姐，奴婢願意好好學做糕點！」

玉芝無奈地要書言扶起她，說道：「說好了別動不動就下跪。既然妳願意，明日就過去吧！灶房還有兩個廚娘，也算是幫妳避個嫌，日後若是有人說嘴，咱們也能打他們的臉！」

雖然家裡這些人玉芝都信得過，不過這畢竟是要做生意的，她擔心如竹一個丫鬟做這些事會被外人非議。

如竹感動得眼淚都流了下來，小姐竟然替她考慮得如此周全……

其他三人看到這個情形，也都感動地看著玉芝，那熱辣辣的眼神看得玉芝的臉上都有些發熱。

她對其他三個丫鬟說道：「日後妳們若是找到喜歡做的事，一定要告訴我，我不是那種非要妳們伺候不可的人。只要是好事，我都支持。」

一番話說得三人淚汪汪的，差點又要下跪道謝，可把玉芝愁壞了。這愛下跪的毛病說了八百回了，她們一激動還是會犯。

第二日玉芝就帶如竹去灶房，要她跟著慶俞學各種糕點的作法，自己則放下這邊的事，專心研究小瑞帶回來的地契。

萬事步上正軌，也到了放榜的時候，陳家一家人都提起了心，兆亮跟兆勇一天往沈山長那邊跑八遍，盼望得到最新的消息。

這日兩人正在監舍讀書，沈山長忽然派人喊他們同去，兄弟倆對視一眼，怕是京城有消息了！

只見沈山長輕咳一聲道：「今日叫你兩人前來，是想告訴你們，兆厲與兆志都落榜了。」

兄弟兩人不由得張大了嘴巴。大堂哥與大哥的學問在他們心中已經是極好了，還會落榜？他們不禁對科舉的嚴苛與殘酷有了新的認知。

兆亮行了一禮，問道：「請問山長，不知承淮兄可是中了？」

沈山長泛起一絲笑容，說道：「中了，在二甲四十一名，昨日應該是去參加殿試了，消息還未傳來，但是一個進士應是跑不了。」

兆亮與兆勇忍不住鬆了口氣，兩個哥哥本來就是為了卓承淮才會提前去考春闈的，若是連他也沒中，那真是……

兩人匆匆與沈山長和夫子們告別，趕回去通知家人這個消息。

陳忠繁和李氏得知兆厲與兆志沒考上，不由得有些失落，但也明白會試是全國的舉人一起去考的，能中的人都是文曲星下凡，自家兒子與姪兒還是得再磨鍊幾年才成。

不過知道卓承淮考上了，他們自是歡喜，想到他是為了自家女兒才提前去會試的，更添了一種說不清、道不明的自豪。

玉芝也知道哥哥們不中是正常的，但是到底有點難過，可想到卓承淮信裡說中了進士就會來提親，失落中又有一絲甜蜜爬上心頭。

不過幾日工夫，今科進士的名單就在府城傳得沸沸揚揚。灤源書院一共去了十四個考生，竟然中了四個，眾人的眼光頓時集中在這間書院上。不少人想把孩子塞進這裡唸書，誰知沈山長卻放話說灤源書院是新開的，三年內不再招收新學生。

這個宣言更讓眾人覺得灤源書院奇貨可居，有孩子在灤源書院讀書的人家頓時變得很是吃香，許多人巴望著能借到學生們的筆記與沈山長親自注釋的書籍。

正當單家還沈浸在卓承淮中了進士的喜悅時，一道聖旨到了單家，原來月蜺被選為貢品，單家成了皇商！

府城又轟動起來，整個山東道的皇商也不過二、五家，單家竟然憑藉著一樣月蜺就成了新皇商，在山東道的地位不可同日而語了。

眾人紛紛上門賀喜，陳忠繁也帶著雙壽親自送禮。單辰看到陳忠繁，鬆了一口氣，他生怕陳家不會來，或者因為避嫌而缺席。如今他們這樣坦蕩蕩，說明月蜺的事對陳家來說是真的翻篇了，再與他們沒有半點關係。

單辰拉著陳忠繁進了書房，第一次向他提起卓承淮與玉芝的婚事。

「陳大哥知道承淮的心思，我自玉芝五、六歲起就認識她，如今也快十年了。玉芝這個孩子我不得不讚一聲『好』，若不是因為承淮，我定會為錦兒求娶玉芝回來當單家的當家少夫人。」

單辰喝了口水，繼續道：「這次承淮中了進士，上門提親的人不計其數，承淮特地寫信回來，要我替他大張旗鼓地先上你們家提親，待你們拖個幾日，他考完庶起士之後有假期就馬上回來親自求親。我與他都擔心他那個畜生爹起了什麼心思，擅自為承淮定下親事。」

陳忠繁沒想到這一天來得這麼快，沈默下來。

單辰知道陳忠繁不可能馬上做出決定，於是對他說道：「陳大哥不如回去問問玉芝的意思，畢竟她這孩子主意大，若是不問她就定了下來，我怕她會上門罵我。」

陳忠繁也認為閨女的想法最重要，與單辰聊了幾句後就告辭回家，準備問問閨女的意見。

一聽陳忠繁說完這件事，玉芝與李氏都覺得有些趕，但是她們也理解卓承淮與單家的心情，這可是個中了進士的兒子，卓連仁那種人會放過卓承淮嗎？

陳忠繁用詢問的眼神看著玉芝，李氏則小心翼翼地開口道：「芝芝，妳別想得太多，這是一輩子的事，若是承淮他爹真的做了什麼，那就任他去吧！」

玉芝其實心底早就有答案了，思量了一陣子，她點點頭道：「爹、娘，咱們就應了吧！」

李氏見女兒臉上並無羞色，有些苦悶地說：「芝芝，若是妳不喜歡承淮，咱們大可以不應，別為了別人把自己賠進去。」

玉芝沒想到李氏這麼直白地說出喜歡不喜歡的問題，小臉一下子染上緋色，瞋了李氏一眼後撒嬌道：「娘說什麼呢～～」

見狀，李氏和陳忠繁反而安心地笑了起來，陳忠繁道：「既然如此，那我待會兒就派雙壽去單家一趟，早早告知他們，看要如何安排。」

李氏覺得這樣有些不夠矜持，玉芝勸道：「娘，事急從權，既然已經定下了，早一日總比晚一日強。」

想了想，李氏也覺得是這個理，遂同意了父女兩人的做法。

得了信的單家急忙準備起來，因為卓承淮高中進士和兒子成了皇商而回到府城的單家老爺子、老夫人還是不禁嘀咕，自己寶貝這麼多年的外孫就要娶一個農家女了？

單辰兩句話就讓他們閉了嘴。「爹、娘就不怕咱們家反悔以後，陳家豁出去抖出月蛻的事？到時候可是滅門的大罪！」

唐氏反而沒什麼想法，卓承淮對她來說不過是一個自小在她身邊長大，卻沒多少真感情的孩子罷了，單辰怎麼吩咐就怎麼做，她很快準備好了提親的各色禮品。因為是春日，大雁正好歸來，她還讓人準備了一對活大雁，又尋了官媒一同前去。

由於前陣子單家辦了春日宴，眾人還以為單錦選定了媳婦要去提親呢！幾戶有意單錦的人家不禁懊悔，為何顧著女兒家的矜持沒提前遞個話，單家現在可是皇商了。

一些人家偷偷派了不起眼的小廝跟著提親的隊伍，想看看單家到底看上了哪戶人家，萬萬沒想到他們停在了陳家門口！

陳家不過是去年才來府城的泥腿，雖說確實有些新鮮玩意兒，但其實大戶人家並未將他們放在眼裡，難道如今他們攀上了單家？

官媒敲了陳家大門，高聲喊道：「陳老爺大喜啊，我是單家老爺尋來為他家剛高中進士的卓承淮表少爺向您家小姐提親的呀！」

呼，這話一口氣說完可夠長的！官媒喊完話不禁深呼吸了幾次，差點憋死。

圍觀的眾人都石化了，這這這……竟然不是替單錦提親，而是替更熱門、更受歡迎的卓進士提親！

一時之間躲在後面的小廝全散開了，紛紛跑回主家傳達這個天大的消息。

官媒見小廝們跑遠，便進了陳家的門，放下禮品走走過場，寒暄一番後告辭離去。

整個府城有頭有臉的人物頭晌才聽到單家替卓承淮求娶泥腿陳家女兒的消息，晌午就得知了另一件事——陳家留下了提親禮，卻沒應下提親，說要考慮、考慮，等卓進士回來再說。

這個情況讓府城鬧得沸沸揚揚，有人說單家瞎了眼，也有人說卓進士定是不知道家人擅作主張，更有人說陳家架子實在太大了。

就這麼過了半個多月，在外人各種猜測、每日都有新版本謠言的情況下，去參加春闈的灤源書院考生回來了。

卓承淮與兆厲、兆志自然在這個行列中，去了一趟書院，他們從兆亮與兆勇嘴裡得知單家上門提親的消息，忍不住一個勁地甩眼刀給傻笑的卓承淮。

待到要返家的時候，卓承淮還想跟著他們一起回去，結果四個吃醋傻哥哥聯手把他趕回單家。這讓卓承淮下定決心，明日就帶著官媒提親去！

到家以後，兆厲和兆志受到了非同小可的「歡迎」，李氏抓著這個看看黑沒黑、摸摸那個瘦沒瘦，把兩個人翻來覆去地看了半天，才放下心來。

玉芝見兩個哥哥眉目舒展，絲毫不見落榜的鬱悶之情，不禁有些好奇，卻又不敢開口問，生怕哥哥們是裝開朗，怕他們傷心。

陳家其他人的想法與玉芝一樣，看著眾人欲言又止的表情，兆厲和兆志相視一笑，兆志開口道：「這次雖說落榜有些遺憾，但是受益頗多，我與大堂哥去了京城，方知人外有人、天外有天。赴考的書生臥虎藏龍，我們去了幾日便知道只要盡力發揮自己的水準就行了，權當去歷練一場，並不特別傷心，總歸三年後再戰便是。」

一家人這才鬆了口氣，兆志接著問道：「單家為何突然上門提親？」

玉芝的臉瞬間紅了起來，她瞪了兆志一眼，心想一大屋子的人呢！非得這個時候問？

陳忠繁倒是覺得沒什麼，他把單辰說的話又說了一遍。「……我們問了芝芝，她點頭我們才讓單家上門的。」

兆志嘆道：「我早就知道會有這一日了，卓承淮這臭小子心眼真多……唉，可惜我們這次沒考上，沒能為他搭把手。」

玉芝低著頭裝淑女，反正任何與她婚事有關的話題她都不會開口，若是表現得很著急，哥哥們怕是要氣死了……

第二日一大早，單辰與卓承淮帶著上次提親的原班人馬和原樣禮品，一路敲鑼打鼓地到了陳家。

這次可是進士老爺親自上門，府城眾人沒想到他昨日剛返家，今日就來提親，看來卓進士真的重視很陳家這閨女啊！

陳家早早就打開大門迎接一行人進來，跟在後面看熱鬧的人心中明白，陳家定是樂意的。

也是，這麼年輕的進士老爺，還有個皇商舅舅，陳家只要不是瘋了，定然會同意。一堆人嫉妒地腹誹著陳家，又忍不住看著陳忠繁和陳家三兄弟的臉猜想這陳小姐是多麼國色天香，才能引得進士老爺這麼上心。

陳忠繁和李氏點頭應下了單家的提親，互換庚帖後要鎮宅三日，若是無事發生，他們兩人就要正式訂親了。

單辰與卓承淮笑咪咪地提出先去合八字的要求，陳家自然沒意見，甥舅兩人拿著玉芝的庚帖告辭出了陳家。

官媒最喜歡這種兩家說好了的活計，跑個過場就能得到一筆豐厚的謝媒錢，當然把他們說得是天造地設的一對，彷彿卓承淮不娶玉芝、玉芝不嫁卓承淮就要雙雙孤老終生一般。

這三日一切平安，單辰又帶著卓承淮來陳家訂親，雙方寫了婚書，這親事就算是板上釘釘了。

至於成親的時間，卓承淮與陳家都有意拖上三年。卓承淮要趁這三年準備報仇，陳家則是打算趁這三年更進一步，給玉芝更多的底氣，雙方一拍即合，皆大歡喜。

訂了親的玉芝理論上已經是卓家的人了，雖說尚有三年才出嫁，但是一家人對她那股依依不捨的勁，連她自己都肉麻得夠嗆。

當天吃飯時，玉芝看到自己的碗被父母與哥哥們一人一筷子挾菜挾得快要裝不下了，有些無語地說：「你們打算這三年都這麼過嗎？」

自從女兒訂親之後，陳忠繁總覺得離她出嫁的口子不遠了，聽見女兒說這種話，心頭一酸，低頭就想抹眼淚。

玉芝無奈極了，看到娘和哥哥們都一個表情，只能搬出「死道友、不死貧道」的殺手鐧。「娘，您看，連我都訂親了，三個哥哥是不是也得抓緊時間啦？」

李氏聞言眼睛一亮。這兩日她沈浸在閨女訂親的複雜情緒中沒走出來，今日玉芝一句話提醒了她，三個兒子才是最該讓她發愁的人呀！

玉芝無視哥哥們像箭一般「嗖嗖」射向她的目光，內心只覺得歡喜，看來短時間內不會再有人惦記她要出嫁的事嘍。

陳家三兄弟飯還沒吃飽，就藉口課業繁重逃回了書院。然而李氏可不會再輕易放過他們，日日派身邊的楊嬤嬤送吃食過去，每送一回就要把李氏囑咐的話念叨一回，直唸得三人頭昏眼花，都能背下來了。

第六十一章 火速相看

春風得意的卓承淮要前往京城的時候，李氏也去送他，順便「看看」一個多月不回家的兒子們。瞧見李氏的唇角帶著諷刺的笑容，陳家三兄弟恨不得昏過去。

察覺他們幾個人的態度，曹堅不由得感到好奇，回到書院後追問兆勇三人犯了什麼大錯，能讓親娘用那種眼神看他們。

兆勇內心的憋屈正好無人訴說，一股腦兒地全都說給曹堅聽，最後還抱怨。「大哥二十二歲了都尚未訂親呢！娘為什麼連我跟二哥一起盯著?!」

說者無心、聽者有意，曹堅萬萬沒想到兆志竟尚未訂親，自家可是碰巧有個年方十六、待字閨中的妹妹呀！他越琢磨越覺得兆志好，有才學、有擔當，自己那挑剔的妹妹肯定喜歡兆志這種男人。

兆勇看到曹堅算計著什麼的笑容，打了個冷顫道：「你在想什麼壞事呢？」

曹堅回過神來，說道：「沒，我能琢磨什麼？只是突然想起我有事得回家一趟，告辭了。」

說完他轉頭就走，壓根兒沒注意到兆勇伸到半空、試圖阻攔他的手。

曹堅興奮地跑回家，拉著爹娘說了陳家的狀況，曹家夫妻就把這事放在心上了。

他們最是了解自家女兒，她做事乾脆俐落卻不夠圓滑，加上自幼讀書，總是覺得女子也能闖出一片天，因此顯得有些不知天高地厚。

只見曹夫人沈氏一拍桌子對曹老爺道：「我這就去尋爹打聽一下這個陳兆志！」

曹老爺也很關心女兒，聞言便道：「我與妳一道去。」

沒多久，他們夫妻兩人就出現在沈山長的書房裡。原來曹夫人正是沈山長的長女，因為自幼就與曹老爺訂了娃娃親，在沈山長考上進士後她便沒跟著去京城，而是留在府城嫁人。

沈山長自然清楚自家外孫女的脾氣，今日得知兆志沒訂親，在腦海中把兩人擺在一起想了想，覺得這兩人真是再適合不過了。

連沈山長都說陳兆志這孩子好，曹家夫妻當然十分欣喜，這可是千里姻緣一線牽，若不是兒子好奇問了一下，怕是就要錯過了呢！

沈山長當下就派人喚兆志過來，這令曹家夫妻微微有些緊張。

初次見面，曹家夫妻就對兆志很有好感。二十二歲的青年，五官俊朗、身形挺拔，沒有毛頭小子的毛躁，渾身散發著沈穩的氣息，與自家女兒正好互補。

沈山長見他們夫妻露出笑臉，知道兆志給人的第一印象很好，於是清了清嗓問道：「兆志啊，這次會試你沒中，心底可有些許不平？」

兆志覺得有些莫名其妙，都回來這麼久了，山長為何現在才問他這個問題？不過他沒表現出疑惑，只行禮開口道：「回山長，學生並未感到任何不平，雖然多少有點失望，不過在京城待了一陣子，結識各地的舉人，學生明白了自己的不足之處。俗話說得好，讀萬卷書不如行萬里路，學生打算過陣子出去遊學，體驗不同的風俗人情，也能與各地的學子交流學識，待回來之後再閉關苦讀一年，定能事半功倍。」

曹老爺忍不住叫了一聲。「好！」

他看兆志的眼神無比熱情，至於曹大人，早就淚眼汪汪了。

兆志先是被曹老爺的叫聲嚇了一跳，接著抬頭看向他們夫妻，見兩人的目光熱切得像是要吃了他，忍不住抖了一下。

沈山長見到女兒跟女婿的傻樣，不知道該說些什麼，只能對兆志道：「好，你先回去吧！」

兆志是迷迷糊糊地來、恍恍惚惚地回去，他想不通這到底是怎麼回事，索性不再深思，決定多看幾頁書。

曹佳正在書房練字，回到家的曹家三人你推我、我推你的，誰都不願意第一個上前對她說這件事。

還是曹佳看不下去，開口招呼道：「爹、娘與哥哥今日來尋我，可是有事？」

曹堅被爹娘一把推出去，差點跌倒，扶著曹佳的書桌才站穩，他尷尬地笑道：「妹妹可還記得哥哥帶給妳的山楂餅還有各式新鮮糕點？」

這個話頭起得很好，曹佳是個愛好美食的人，聞言來了興致。「記得啊，不是說是哥哥同窗家做的，都要訂製，無法時時吃得上。」

曹堅見妹妹感興趣，心底稍安，剩下的話自然而然地脫口而出。「這是我同窗陳兆志家裡所做，兆志兄今年二十二歲，去歲中了舉人，今年春闈落榜，打算三年後再戰。我深覺兆志兄為人不錯，回來與爹娘商議了一下，爹娘方才已經與兆志兄打過照面，他們十分滿意，不知妹妹意下如何？」

一口氣說完這一大堆話，曹堅急忙三步併成兩步竄到爹娘身後，把他們推了出去。

曹佳張大了嘴，仔細琢磨自家哥哥說的話，想到「爹娘方才已經與兆志兄打過照面，他們十分滿意」這裡時，忍不住把視線移到自家娘親臉上。

沈氏見女兒看了過來，堆起笑道：「我們知道這樣有些莽撞了，但是妳放心，他並不知道爹、娘是何人。」

說完她看著女兒的臉色，小心翼翼地說道：「爹跟娘都覺得陳兆志是真的不錯，為人灑脫大氣、成熟穩重，與妳最是般配。」

曹佳挑了挑眉道：「哦？」

沈氏似乎受到了鼓勵，與曹老爺兩人拼湊著說齊了兆志講過的話。

聽完兆志的抱負，曹佳真的頗感興趣，世上真有如此灑脫的男人？他未來一年的計畫實在讓她心動。

遊學……身為一個女子，怕是這輩子都沒有這種機會，若是真的能走出去四處看一看的話……

瞧見自家父母與哥哥熱切的眼神，曹佳片刻就做了決定。「我想見見這個陳兆志。」

這下子輪到三人呆住了，支支吾吾地沒正面答覆，曹佳不由得疑惑地問道：「這是怎麼了？」

曹老爺搓搓手道：「佳兒啊……咱們……還沒向陳兆志和陳家說呢……過兩日吧！到時定讓妳見他一面！」

面對這個情況，曹佳有些無語，八字都還沒一撇呢，自家爹娘和兄長就說得這麼篤定……她揮了揮手，說道：「爹、娘跟哥哥先出去吧！我還是再寫兩幅字比較實在。」

沈山長看著面前滿懷期待的女兒、女婿與外孫，長嘆了一口氣。罷了、罷了，兒女都是債呀……

思考一番之後，沈山長覺得乾脆直說得了，藏頭露尾的，有失君子之風。他是不放心讓曹家這幾個人去陳家，可他自己也不能就這麼去陳家，於是讓人尋兆亮過來，叮囑他讓陳忠繁與李氏明日來書院一趟。

兆亮不禁有些忐忑，一放學就趕緊回家告知陳忠繁與李氏。

陳家夫妻也嚇著了，自家幾個孩子都懂事聽話，沒想到兆志都這個年紀了，他們竟然會被山長叫過去！

兩人翻來覆去一宿沒睡，第二日一大早頂著兩對貓熊眼去了書院。

沈山長見他們神色疲憊，不由得有些內疚，但是看到一旁緊張得直搓手的女兒跟女婿，還是說道：「聽聞您倆正在為幾個孩子思慮親事？不如我來保個媒如何？」

這可是意外之喜，陳家夫妻來之前完全沒想到沈山長是要對他們說這個，真是解了他們的燃眉之急！

李氏不禁興奮地問道：「山長介紹的人自然好，不知是誰家閨女？」

沈山長有些尷尬地回道：「正是……正是老夫的外孫女……」

陳忠繁與李氏愣在當場，這是說山長的外孫女看上了他家兆志？

沈氏見父親開了口，便接話道：「不瞞陳夫人，正是我那不爭氣的女兒。」

李氏沒料到女方的爹娘在場，更是不知該說什麼才好。

此時沈氏才感到有些手足無措，不過為了女兒，她豁出去說道：「小女姓曹，正值二八年華，自小讀書，識文斷字……」

看到陳忠繁和李氏臉色僵硬，沈氏後面實在說不下去了。

李氏這時回過神來，吶吶地說道：「我家不過是剛到府城的鄉下人，您家小姐可是山長的外孫女呀！」

曹老爺笑了笑，回道：「話可不能這麼說，我不過是個致仕的七品官，如今是個鄉紳，您家比起我家來，家底不知厚了多少；更何況說親主要是看兩個孩子的想法，若是投緣，家世有什麼重要的？」

這可是說進陳忠繁心坎裡了，因為玉芝與卓承淮訂親，他這陣子出門在外可沒少聽酸言酸語，曹老爺這番話真是讓他有種被認可的感覺，他贊同道：「沒錯，說親主要是看孩子的意願，可不是什麼家世不家世的。」

兩個男人相視一笑，多了幾分惺惺相惜的感覺。

李氏聞言也放鬆下來，看著還有些緊張的沈氏，想到他們也是為孩子著想，便輕聲道：「曹夫人方才說您家小姐二八年華、自幼讀書，我家兆志八歲啟蒙、今年二十二，若是您不嫌棄他年紀大，不如喊他過來問問？」

沈氏剛想說他們已經相看過了，卻被曹老爺一把拉住，搶先開口道：「當然好，咱們只是聽岳父大人說兆志是個好孩子，尚未見過呢！」

沈山長有些無語，不過他心想反正自己背黑鍋背習慣了，也不糾結，點點頭讓人去尋兆志過來。

兆志過來的時候見到一屋子的人，頓時嚇了一跳。

他剛行完禮，陳忠繁就說道：「兆志，今日喊你來是為了你的親事，沈山長為你保了一門媒，正是站你對面的曹家老爺與夫人之女。」

兆志猛然抬起頭呆住了——什麼?!

沈氏見他這樣子有些不忍，卻還是裝成第一次見面的樣子招呼他道：「陳舉人有禮了。」

兆志的臉更紅了，陳忠繁不禁有些納悶，自家兒子今日是怎麼了，一點也不沈穩，但他還是繼續介紹道：「曹家女兒正是沈山長的外孫女。」

這下兆志覺得自己的腦袋要炸了，滿腦子迴盪著陳忠繁的那句「沈山長的外孫女」。

兆志低下頭強迫自己冷靜下來，現在他算是明白了，原來自己早已被相看過，而且對方看起來還挺滿意的……

當兆志再抬起頭時，除了雙頰還有些泛紅，已經恢復成平日那個言笑晏晏的青年了。

沈山長和曹家夫婦看到了更覺滿意，這麼短的時間內便能平復情緒，這孩子日後必成大器啊！

李氏則是對曹家小姐感到一百個好奇，她說道：「兆志在這裡上了這麼久的課，我和他爹卻是第一次來書院，不知沈山長可同意明日讓他帶我們逛逛這裡？」

沈氏激動地說道：「我爹當然樂意！正巧明日我們要一同送湯過來給我爹，說不定咱們能碰見呢！」

李氏意味深長地點點頭道：「若是碰上，那可真是太有緣了！」

沈氏抿起嘴笑著說：「就是呀，若是真的碰上了，是咱們的緣分。」

幾個男人見兩個女人三言兩語就定好了明日相看，全張大了嘴巴。兆志幾次想插話都插不進去，最後索性放棄。

罷了、罷了，相看就相看吧……

當天李氏就拉著兆志回家，第二日把他從頭到尾好好打扮了一番，玉芝看見被裝扮得像花孔雀一般的大哥，咬著唇才強忍住笑聲。

潤墨與阿福就沒玉芝這麼好的修養了，時不時壓抑不住，爆出笑聲。

兆志覺得羞恥得很，摘下頭冠道：「我去書院戴著這個算什麼啊！」

李氏也明白這樣是有些誇張了，於是她摸出一支玉簪來，插在兆志的髮髻裡道：「幸好娘早有準備，你看這樣不是剛剛好？」

玉芝忍不住哈哈大笑起來，趕緊催著花孔雀哥哥與爹娘出門，甚至說了一句。「一定要幫我帶個嫂子回來呵！」

說完，她不管兆志快翻上天的白眼，迅速關上了大門，然後爆出一陣大笑，引得身邊的似雲、書言跟歡容都笑得停不下來。

到了書院，果真「再巧不過」了，兆志麻木地看著自家娘親用虛偽的驚喜語氣招呼著「偶遇」的曹夫人，而自家爹爹則與曹老爺像多年未見的老友一般，拉著手離他們越來越遠……無奈之下，他只能跟著李氏慢慢走近曹夫人與……曹小姐。

雙雙見過禮之後，李氏忽然說道：「唉，咱們說的這些話，孩子們不感興趣呢！這位就是曹小姐吧？果然是斯文秀氣，一看就是個愛讀書的好孩子，別管我們這些老婆子了，趕緊送湯去給妳外祖父吧！」

曹佳一聽就覺得事情沒這麼簡單，難道今日的相看就這麼完了？她深蹲行禮與李氏告別，剛要走就聽到李氏開口道：「哎呀，食盒這麼沈，沈山長的書房遠著呢！兆志，你快幫曹小姐提一下，怎麼能讓姑娘家這麼勞累！」

低著頭的兆志與曹佳齊齊翻了個白眼，兆志微微抬眼看向曹佳的頭頂，低聲道：「曹小姐，把食盒給我吧！」

曹佳也不矯情，直接遞了食盒過去，說道：「多謝。」

沈氏看到兩人這互動，真是開心得不得了，催促道：「快去、快去，妳外祖父等急了吧？娘與妳陳家嬸嬸再說幾句話就去尋你們。」

兆志和曹佳這才向她們告別，往沈山長的書房走去。身後的兩個女人看著他們的背影，笑得心滿意足。

踏上小路的兩個人氣氛有些尷尬，兆志想開口卻不知道說什麼，只是微微落後半步地跟著曹佳，又走了一會兒，曹佳突然停下腳步，轉頭用兩丸黑曜岩一般的眼睛看著兆志道：「那日……就是我爹娘第一次見你那日，你說要去遊學，是真的嗎？」

兆志猛然被一雙流光溢彩的杏眼看進了心底，當場呆住了，半天沒說出話來。

曹佳羞得臉蛋浮起了一層紅暈，卻咬著貝齒倔強地盯著他不放。

兆志看到她強忍羞澀、雙眼發亮的模樣，忍不住低聲笑了出來，笑得曹佳有些不知所措。看到她的眼神迷茫，他笑得更響了。

這短短的互動讓兆志發現曹佳的眼睛真的會說話，不用她開口，就能從她的雙眼看出她在想些什麼。

見曹佳有些惱意，兆志收起了笑，輕咳一聲，用略帶沙啞的嗓音說道：「是，那日我說的話都是發自真心的。」

曹佳咬咬唇，不知該如何聊下去，方才那一問，已經耗盡了她所有的勇氣。

的？」

兆志欣賞她糾結的表情一會兒，開口道：「昨日……曹夫人說妳果斷有主意，可是真的？」

曹佳覺得全身的血液都集中到她臉上來了，好似一碰就會燙手。

見她忍羞點了點頭，兆志輕笑道：「的確，看得出來。」

曹佳羞到不能再羞了，索性不看他，快速又含糊地問道：「若是你成親了，你會自己去遊學，還是帶著妻子一起去？」

兆志眉頭微皺地琢磨了一會兒，才想清楚曹佳說了什麼。看著眼神游移的曹佳，他忍笑道：「若是我成親了，必定會帶著新婚妻子同去！」

曹佳的雙眼像點了燈一般跳躍著火苗，用充滿期待的眼神看著兆志，見他嘴角含笑，才反應過來自己正用什麼表情看人家，她也不管食盒還在兆志手裡，轉頭就跑。

兆志站在原地看著曹佳遠去的背影，不禁低頭悶笑，半天才提著食盒緩步朝她奔跑的方向走了過去。

第六十二章　以命要脅

陳忠繁、李氏與兆志回家時，玉芝早就在廳堂裡轉悠等著他們了，她見三人進來，連忙迎上去問：「曹家小姐如何？」

李氏笑著點點頭，兆志則是含笑不語，一副世外高人的樣子，玉芝看見他這樣就知道事情成了大半，放心地調侃起兆志。「大哥終於要娶媳婦啦，娘盼了多年的孫子要來了！」

兆志被她的話嗆得咳了幾聲，看到妹妹奸計得逞的笑容，他小聲罵道：「沒大沒小。」

李氏罕見地果斷起來，一拍手道：「我要你們早日讓我抱上孫子、孫女，明日我去跟曹夫人談談，咱們定個日子就去提親！」

兆志急忙攔住她道：「雙方對彼此都還不了解就訂親，是不是急了點？給我一、兩個月時間可好？」

李氏納悶道：「你要怎麼和曹小姐聯繫？」

兆志笑道：「曹小姐說她哥哥就是曹堅，且她提起咱家的糕點時眼睛發亮，聯繫的辦法就拜託妹妹了。」

玉芝自然全力支持自家哥哥追嫂子，聞言拍拍胸脯道：「包在我身上，我保證天天做出曹小姐沒吃過的吃食，把她的魂勾到咱們家！」

就這麼你來我往了兩個月，陳家終於等到了兆志的消息——可以去提親了。

李氏早就備好幾色禮品，尋了之前為卓承淮和玉芝說親的官媒，高價收了一對活大雁，歡天喜地地提親去了。

陳家特地讓陳忠繁的兩個長隨雙壽與雙祿敲鑼打鼓走在最前面，一行人浩浩蕩蕩地往曹家前進。

曹家夫妻聽到小廝來報信，喜上心頭，雖說看著女兒一日一日越來越嬌羞，他們早有心理準備，可是這時候只能一邊埋怨陳家不先通知一聲，一邊急急忙忙地打點起來。

身為主角的曹佳倒是很淡定地對沈氏說道：「我知道他今日會來提親，可是這有什麼好擔心的？不過就是回個禮罷了。」

曹老爺與沈氏對這個女兒真的是沒脾氣，原來她早就知情，卻不跟家裡的人說！沈氏咬著牙虛點了點她的腦袋，催促她趕緊換上見客的衣裳。

兩家人見面後自是一番親熱，官媒巧嘴營造氣氛，沒多久就訂下了親。

二十二歲的大齡青年兆志要娶媳婦了，婚期當然是越近越好，李氏與沈氏見了好幾回，將日子定在三個月後的十月二十日。

陳忠繁決定親自回村接老陳頭與孫氏來府城觀禮，兆厲思念娘親、媳婦與兒子壯壯，也打算回去一趟。

李氏私下偷偷對陳忠繁說道：「我看兆厲與他媳婦這麼分開住不合適，不如這次就讓兆厲帶著盈娘與孩子到府城來吧！反正家裡夠大，我一個人也無趣。回去你問問大嫂，若是大嫂想來那就更好了，我想借壯壯當滾床童子，好讓佳兒早早有喜。」

陳忠繁大為感動，兆厲是他的姪子，李氏卻能事事想在他前頭，可見是把兆厲當成了兒子，遂點頭應下，第二日就與兆厲一同坐著馬車回駝山村。

路上陳忠繁與兆厲商量起這件事。其實兆厲也想天天與家人在一起，何況兆貞都二十一歲了還沒考上秀才，兆厲很為他操心，只不過離得太遠沒法與弟弟詳談，若是全家人都過來府城，這樣兆貞就算不愛讀書，別的出路也多些。

兩人歸心似箭，乘著馬車跑得飛快，不過四日就回到了村子。

老陳頭見三兒子跟長孫一道過來，還以為出了何事，待聽完陳忠繁說兆志要娶親了，不禁喜出望外。

自家孫輩不知道是怎麼了，一個比一個晚成親，他日日閒來無事就瞎琢磨孫兒們日後能娶個什麼樣的媳婦，卻壓根兒沒想到兆志能娶到太傅的外孫女。

老陳頭的臉控制不住地有些抽搐，半日才憋出一句。「好，咱們收拾、收拾，過兩日就走！」

孫氏更是激動得不得了，若是她去府城見了太傅，就真的是村裡第一人了。太傅可是皇帝老爺的夫子呀，她可是拐彎抹角地跟皇帝老爺沾親了呢！

她對陳忠繁說道：「三兒，去府城多為娘做幾身新衣裳，可不能丟了咱家的面子！」

陳忠繁忍笑道：「當然，不只有新衣裳，還有新首飾，定把娘打扮得跟府城的夫人們一樣貴氣。」

孫氏比老陳頭還著急，恨不得現在就到府城，催促道：「有什麼事趕緊辦，咱們明日就出發吧！」

此話正合陳忠繁的心意，他趕緊點頭應下，拱手道：「現在我就去井躍村通知岳父母，再去鎮上租幾輛好一些的馬車，路上也舒坦些。」

老陳頭不同意道：「咱們幾個擠擠你們來的那輛車就行了，何苦浪費銀錢？」

陳忠繁笑道：「這次是想借壯壯去做滾床童子呢！兆厲的媳婦自然也得跟著去。孩子他娘說兆厲夫妻還是得日日在一起才行，想讓他們也長住府城，這不，兆厲去跟大嫂商量了。」

老陳頭有些捨不得壯壯，但是也知道去府城對後輩的發展有利，他低頭抽了抽菸袋鍋子道：「行呀，他們大了，也該自己做主了……既然如此，你趕緊去鎮上吧！記得租個軟和些的，壯壯還小，可禁不起顛簸。」

陳忠繁點頭應下，行過禮之後轉頭出去了。

孫氏忙下地收拾行李，不斷挑剔這件衣裳太破了、那件衣裳樣式不好看，索性只帶了一身換洗衣裳，又背著老陳頭偷偷拿了這幾年攢的私房錢，打算去府城自己買衣裳。

老陳頭對老妻瞭若指掌，見她不停回頭偷看他，就知道她又要藏錢了，乾脆撇過頭假裝想事情，不去看她。

此時的東廂中，兆厲轉達了陳忠繁與李氏的話以及他自己的想法。「……我是覺得平日已經夠麻煩三叔叔跟三嬸嬸了，若是咱們全家都去府城，必定不能住在一起，他們雖不介意，可是咱們肯定過不了心裡那道坎。至於兆貞，不能再耽擱了，得早早去府城才行。」

聽了兆厲的話，趙氏與羅盈娘陷入了沈思，最後同意了他的提議。

孫氏收拾好就去村中的大樹底下說自己要去府城與皇帝老爺的夫子做親家了，聽得一群村民對陳家更是敬畏，小心翼翼地捧著孫氏說了許久的話，讓她心滿意足地回家。

她剛進門，就看到范氏拉著林氏跪在上房門口，上房的門簾掩著，看不出老陳頭是不是在裡面。

孫氏見到范氏就氣不打一處來。這個媳婦一大到晚鬼鬼祟祟地用斜眼瞅人，大房跟三房的孩子早早考上童生分了家，她家的兆毅到現在卻還一事無成，看樣子二、三十歲都混不出頭了，難道要他們兩個老的為二房養老？

想到這裡，孫氏昂首挺胸，看也不看地上的兩個人，掀起門簾就要進門。誰知她剛邁進一隻腳，另一條腿就被范氏抱住道：「娘，求求您和爹帶我們兆毅去府城吧！」

孫氏一時不察，差點被扯到跌倒，氣得她火冒三丈，一腳踹開范氏，惡狠狠道：「讓妳兒子去府城做什麼？怎麼？想占三房便宜？三房的心思妳不明白？兆志大喜的日子，竟要我帶那個喪門星去，妳安的什麼心?!」

范氏最後一線希望被孫氏的冷言冷語打破，她鬆開抱住孫氏大腿的手，一下子癱軟在地上，兆毅……她的兆毅！

她像是下定了什麼決心一般，大聲朝上房喊道：「爹，求求您跟三房說說，讓兆毅去府城讀書吧！皇帝老爺的夫子是文曲星下凡，定能教好兆毅，求求爹答應吧……老三一家埋怨兆毅讓玉芝摔破頭，那就由我這個當娘的替兆毅還他們！」

說完也不管老陳頭答不答應，范氏站起身來後退兩步就對著上房的大門使勁撞過去。

林氏還跪在地上，見狀嚇了一跳，在范氏經過她身邊的時候下意識地用力扯了她一把，卸去了范氏大半力氣，但沒想到范氏真的下了狠勁，就這樣撞在門上，鮮血快速流了出來，染紅了她的額頭。

孫氏被嚇得呆在原地，好半天就這麼盯著范氏那順著額頭流下來的血，說不出話。

還是林氏先反應過來，顫顫巍巍地伸手去范氏鼻子底下試探，發現她還有氣息才鬆了口氣，大叫起來。「快來人啊，二嫂撞門了！」

話音未落，老陳頭已經從上房裡出來了，他看見躺在上房門口、滿臉是血的范氏，不知道該說什麼，只能茫然地抬起頭，對從小西廂跑出來的陳忠華說道：「快把你二嫂背到西廂去！」

一家子見老陳頭發了話，都動了起來，剛出東廂的兆厲見狀也急忙出門去請薛郎中。

薛郎中來了以後，為范氏把脈又察看傷口，最後吁了口氣道：「雖說看起來嚇人，但實際上不是特別嚴重，不過傷在頭上，怕是會頭暈、犯噁心，待會兒讓她喝藥，好好睡一覺，明日我再過來。」

擠在西廂的一家人這才放下心來。范氏再糊塗也是陳家媳婦，若是這麼不明不白出了什麼事，那他們真是跳進黃河也洗不清了。

幾個人正說著話呢，范氏悠悠轉醒，她轉了圈眼珠子，看到站在炕旁邊的老陳頭，忍不住流下眼淚，艱澀開口道：「爹……就讓……兆毅……」

老陳頭心底不忍，張了張嘴想答應她，孫氏眼見情況不妙，從背後拽了一下老陳頭的衣服，老陳頭立刻閉上了嘴。

范氏失望極了，拍著胸脯嚎啕大哭起來。

薛郎中忙攔住她道：「妳還要不要命了？好不容易才止住血，妳再動的話，我不保證救得回來！」

這話嚇得范氏瞬間停住了動作，默默地流淚。

老陳頭沈默了一會兒，開口對范氏道：「帶兆毅去是不行了，我帶老二去吧！你們不小了，我替你們也出不了幾年頭，就讓老二與他弟弟跟姪子們商議吧！」

范氏眼睛先是一亮，接著又暗了下去。陳忠貴去了有什麼用？他巴不得兒子與他一同做木匠！可她知道這是老陳頭最大的讓步了，只能點點頭接受這個決定。

林氏見陳忠貴能去，剛想開口說什麼，老陳頭就轉頭看著陳忠華道：「既然你二哥去了，你也去吧！兆雙就不用帶了，他還太小。」

自從三房送兆雙入學，又出束脩、又出餐點，颳風下雨時還讓兆雙在鋪子裡留宿，平日裡更對兆雙噓寒問暖，陳忠華與林氏早就息了當年那點心思了。

這次林氏之所以與范氏一起跪下，不過是聽范氏說兆志的親家是皇帝老爺的夫子，她一時被這消息沖昏了頭，生怕老陳頭撇下他們，就衝動地跪在上房門口。

出事之後，看著躺在炕上的范氏，林氏後悔不已。自家兆雙才十二歲，學識也不錯，日後自然能考上童生，到時再拜託三房也不是什麼難事，自己又何苦蹚這趟渾水呢？

現在聽老陳頭說要帶陳忠華一起去，算是意外之喜，林氏和陳忠華連忙答應，喜孜孜地告退準備東西去了。

回到小西廂的陳忠華與林氏兩口子坐在炕上商量，玉茉一邊繡著紅蓋頭、一邊坐在炕尾聽他們討論，沒多久她突然丟下手中的挑花繃子轉頭進了裡屋。

陳忠華與林氏不禁面面相覷，這是怎麼了？都訂了親的人了，還這麼陰晴不定的！

坐在裡屋炕上抹眼淚的玉茉見爹娘沒進來安慰她，心中更是難過，她使勁咬著唇，幾乎要把嘴唇咬出血來了。卓承淮……自從玉芝大生日那天見了喝醉酒的卓承淮，她發現自己總是想起他。

沒人知道她的心思，她也明白自己的心願萬萬不可能實現，可現在，玉芝竟與那個天人一般的卓承淮訂了親，自己卻只能在絕望下同意嫁給舅舅家的表哥。

卓承淮娶誰不好，偏要娶她三伯父的女兒？從同樣的農家院子裡出來的，年歲相仿，玉茉覺得自己的長相一點也不比玉芝差，但是玉芝能天天穿著綾羅綢緞、戴著金銀玉石，自信大方地站在卓承淮身邊，自己卻是有一件細棉布衣裳就能高興好幾日……她不恨玉芝，卻深深嫉妒她！

玉茉咬著牙無聲地哭了一場，哭過以後她擦了擦眼淚，看著擺在炕上那未繡完的嫁衣，心一陣陣地抽痛。

絲毫不知自己又招惹了一顆少女心的卓承淮此時已成為翰林院的一名庶起士。他固定每五日寫一封信給玉芝，不管是否收到回信，都是寫完自己想說的話就寄出去。

由於天氣或馬匹的問題，卓承淮寫的信經常兩封一塊兒到，或一前一後相差不過一、兩日，這種一起看隔了幾日寫的兩封信的微妙感覺總是讓玉芝忍不住想笑，覺得卓承淮真是可愛。

這日卓承淮的信上說自從到了京城就吃不到玉芝做的點心，玉芝心想快到八月十五了，不如做些廣式月餅送去給卓承淮，反正月餅本來就要多放幾日反了油才香甜，到了他那裡正是好吃的時候。

玉芝在灶房忙活了半晌才熬出一陶罐比蜂蜜略稀一點的轉化糖漿，她蓋上蓋子收好陶罐，等著半個月後嚐嚐這用青檸檬做的糖漿味道如何。

幾日後，陳忠繁和兆厲帶著老陳頭一行四、五輛馬車緩緩駛進了府城陳家宅子的大門。從馬車上下來的人都被面前這氣派的五進人宅震住了，孫氏罕見地沒說話，怯怯地拉著老陳頭的衣袖。

陳忠貴大氣不敢出，低頭跟在老陳頭身後；陳忠華是真的老實了，現在的三房一根手指頭就能弄死自己！

趙氏和羅盈娘雖說也感到震驚，但是更覺得興奮，他們與三房已是綁在一起了，三房越發達，他們越開心。

看著被嚇到的一家人，陳忠繁嘆了口氣，握住老陳頭僵硬的手道：「爹，咱們先進正院吧！孩子他娘應該已經準備好吃食，要往這裡來了。」

他話音未落，李氏就帶著四個孩子匆匆趕來，看到一行人站在前院，她有些羞愧地說：「爹、娘，你們快進門時我才聽到消息，過來得有些晚了，望爹娘不要見怪。」

老陳頭和孫氏看著面前這個保養得宜、身著綢緞、頭戴幾支金鑲玉簪、淡掃眉目的三媳婦，一時之間竟有些認不出來。

李氏見兩個老人沒說話，以為他們生氣了，不禁上前吶吶道：「爹、娘……現在飯菜備好了，房間也已收拾妥當，咱們吃個團圓飯後就歇息可好？」

老陳頭這才反應過來，看著有些擔憂的三兒子與兒媳婦，笑道：「一家人何必說兩家話，快些吃飯去吧！這一路上可把我吃得嘴都淡了。」

李氏鬆了口氣，忙過去扶住孫氏，陳忠繁則攙扶老陳頭，一家人歡聲笑語地吃了一頓飯。

躺在鬆軟的床上，聞著新棉花和曬過陽光的棉被香味，孫氏豎起耳朵仔細聽著外屋努力不發出聲音的丫鬟們窸窸窣窣的動靜，她不由得捏了老陳頭一把道：「老頭子，我這是不是在作夢？」

老陳頭被她掐得倒抽一口氣，使勁拍開她的手道：「掐妳自個兒去！」

孫氏一點也不生氣，看著自己被老陳頭打疼的手笑了起來，說道：「我這輩子吃了這麼多苦，總算混出頭了！」

老陳頭沒搭理孫氏，翻了個白眼轉身背對她，想到今日被一群下人們叫「老太爺」的景象，自己也喜孜孜地笑了。

第六十三章　有苦難言

大房那邊就沒這麼輕鬆了，兆厲每日都想好好與兆貞談談，然而兆貞卻一直躲著他，哪怕被逮到了，說沒幾句話就找藉口離開，有一次甚至直接轉身就跑，可把大房一家愁壞了。

無奈之下，兆厲只能求助兆志，問問到底該怎麼辦才好。

這還是兆志頭一回得知兆貞的情況，怎麼琢磨都覺得不對勁，生怕他是學壞了，索性與兆厲帶著濃墨、潤墨、淡墨與枯墨，趁兆貞在書房讀書時把他堵在那裡。

兆貞看到自家大哥與二堂哥的模樣，又看了看在後面站著的四個書僮，不禁垂頭喪氣，一言不發。

與兆厲對視一眼之後，兆志揮揮手讓書僮們出去守著門，誰也別放進來，然後拉著兆貞坐在椅子上，輕聲對他說道：「兆貞，若是你真的不願意讀書，那咱們就不讀了，哥哥們撐得起家業，你能做自己想做的事情。」

兆貞眼睛一亮抬起頭，卻在看到兆厲關心的表情時又飛快低下頭去，兆志見狀，乾脆讓兆厲去旁邊的房間等著。

待現場只剩他們兩人的時候，兆志說道：「現下你大哥聽不見咱們說話了，有什麼話不妨對我說。看，你大哥的嘴急得都快起一圈水疱了，聽說大伯母也日日睡不好，若是你真的擔心家人，說出來咱們一起解決可好？」

兆貞沒出聲，兆志也不催他，過了將近一刻鐘的工夫，兆貞才抬起頭淚眼婆娑道：「二堂哥，我……我不識字……」

這話讓兆志當場愣住。不識字？不識字是什麼意思？兆貞讀了十多年書了，竟然說自己不識字？

兆貞一開口就豁了出去，掐著自己的手心哽咽地對兆志說：「不知為何，進學第一日我就發現自己不識字，夫子教的字我明明都知道怎麼讀，也拚命記住了它們的模樣，可是轉頭就忘了。

「我告訴了爹娘，他們說我剛進學這樣是正常的，於是我強迫自己讀書，可是卻發現真的不行。雖然每個字都很眼熟，但是連在一起時我卻不知道它們的意思。

「後來大哥考上了童生、考中了秀才，大家都道咱們陳家人是讀書的料，我也想替娘出口氣，努力背下學過的內容，強迫自己回想那些東西，然後用一枝筆在試卷上一個字、一個字照著腦海中的影像寫，這才勉強考上了童生，再往下我是真的不行了……」

聽見這個情況，兆志敏銳地察覺到這應該是一種病，一種幾乎不被知曉且無人會治的病！

兆志穩了穩心神，開口問道：「那你有什麼打算？若是你還想讀書，咱們就去求醫，府城不行就去京城，要是京城不行，咱們就算是找遍天下的名醫也去治！」

聞言，兆貞眼淚往下掉，說道：「不……我不想讀書了，每日看書對我來說都是煎熬，若不是為了娘與大哥，有時候我真希望自己死了才好，這樣就不會有人知道娘生了個進學十來年還不識字的怪胎……」

兆志沒能忍住，用力拍了他的手一下道：「瞎說什麼呢！既然不想讀書，那你有沒有想做的事情？」

被兆志拍了這麼一下，兆貞似乎冷靜了下來，他說道：「我自幼就想當廚子。二堂哥，你不知道你們家在鎮上開食鋪的時候我有多羨慕，我想去那裡做活，也想天天待在後廚研究新菜式，每次聞到熱騰騰的炒菜香氣，我一顆心就怦怦跳……可我……不敢對我娘說……」

兆志是真沒想到自家三堂弟想當廚子，他沈思了片刻，對兆貞說道：「不如現在你先回房，我與你大哥商量、商量，看看怎麼辦？」

只見兆貞點頭應下，拖著疲憊的身軀打開了房門，兆志叮囑潤墨送他回房，待他們走遠之後，他又要枯墨跟在後面盯著兆貞，怕他一時情緒失控做出什麼事來。

兆厲在隔壁房間看到兆貞被扶著離開，趕緊衝了過來，看到坐在椅子上一動也不動、表情嚴肅、正在沈思的兆志，他心頭一涼，顫抖著嗓子問：「兆……兆貞可是出了什麼大事？」

這句話打斷了兆志的思緒，他抬頭看了兆厲一眼道：「的確是大事，先把門關上吧！」

兆厲木木然地回身關上了門，自己都不知道是怎麼走到兆志身邊坐下的，坐好以後又問了一次。「兆貞出了什麼大事?!」

這事讓兆志有些難以啟齒，但是看到兆厲著急得近乎瘋狂的眸子，還是開口道：「兆貞他不認識字……」

兆厲像掉進了冬日的冰河裡一般，渾身僵硬地問道：「不認識字？是……什麼意思？」

深吸了一口氣，兆志從頭到尾把兆貞的話複述了一次，最後說道：「……我覺得這可能是一種咱們都不知道的病，我方才問過兆貞了，他不想再讀書，想當個廚子。」

兆厲僵坐在椅子上，做不出任何表情，他想過千萬種理由，卻萬萬沒料到弟弟竟是不識字？而且這還是一種病？

他不由得懊悔。從弟弟啟蒙開始，自己對他就沒那麼關注，後來家裡出了那種事，身為長子的他更是將所有精力都放在讀書上，過了這麼多年才從兆志嘴裡知道這件事，自己這個哥哥做得太不稱職了……

擦了擦臉上的淚，兆厲看著同樣面露不忍與後悔的兆志道：「我現在就去跟我娘說這件事，若兆貞真的想當個廚子，還是得麻煩芝芝。」

兆志沒料到兆厲這麼快就有了初步的決斷，他認真地回道：「這是自然，兆貞若下定了決心，自家人當然會幫他一把。大堂哥放心，此事只有你、我兩家知道，爺爺那裡我也會瞞住，定不會外傳！」

第二日頭晌，眼睛腫得像核桃一般的趙氏與兆厲一起來到陳忠繁與李氏暫時住的跨院兒裡，她哭著對李氏訴說：「我是真沒想到這孩子能這般隱瞞心思，這些年他是怎麼過來的？一想到這些，我的一顆心就像被人拿剪子鉸了一般……是我這個當娘的對不起他，早知道他這麼辛苦，何必逼著他讀書！」

說完嚶嚶哭了起來，李氏也陪著掉了一盆淚。過了好半天，李氏才說道：「昨日兆志來告訴我和他爹時，我們三人商量了一下，知道這件事的人越少越好。既然我們夫妻倆知道了，就不要讓兆亮與兆勇知曉，只是家裡的吃食這方面一向都是芝芝在管的，若是兆貞真想當個廚子，怕是瞞不了她……」

趙氏抹了抹眼淚道：「三弟妹說的是什麼話，本來我就沒想瞞著你們，芝芝知道就知道吧！那孩子也是我看著長大的，自然知道她不會往外亂說。這事我沒告訴自家媳婦，我跟兆厲也打算死埋在心底，就當兆貞不是讀書的料，讓他退學來學一門養家的手藝吧！」

果然是為母則強，趙氏平常看起來不吭聲、溫溫柔柔的，但是一旦孩子出了大事，馬上變得魄力十足，當下就要去尋玉芝說這件事。

李氏攔不住她，趕緊差人喚兆志過來，四個人一起去了灶房。

此時的玉芝正在教慶俞跟如竹做廣式月餅，其實這東西的作法與普通的提漿月餅差不多，只不過一定要使用花生油、轉化糖漿、鹼水這些材料。

自古濟南就有「泉城」之稱，每到六月那是「映日荷花別樣紅」，蓮子自然到處都有賣，玉芝挑選了最上等的蓮子，用白糖與麥芽糖做了一大鍋蓮蓉餡。

還有山東的特產——微山湖鹹鴨蛋，噴上白酒稍微烘烤一下，一個個晶瑩剔透、色澤橙紅，看起來像一顆顆寶石般。

蓮蓉蛋黃這個經典口味自是不必說，玉芝又讓慶俞熬了紅豆沙、白豆蓉、棗泥、五仁、奶黃等各種甜餡，自己則用火腿、白砂糖與豬油丁做了雲腿餡，還讓袁誠燒了兩隻鴨，做出燒鴨餡。

甜甜鹹鹹的湊了八種餡，玉芝與慶俞、如竹商量好一樣做一個試試，正要送進烤箱裡，就見李氏、趙氏帶著兆厲與兆志一起進了灶房。

玉芝嚇了一跳，這麼大陣仗地過來尋她，必定是有什麼大事發生了。她匆匆交代慶俞何時在月餅上塗蛋黃液、何時出爐，就帶著四個人回到自己的院子。

汪嬤嬤看到自家小姐帶了這麼些人過來，有眼色地上了茶後領著幾個丫鬟退了下去，自己親自守在花廳外不遠的地方，既聽不到屋內人的話，又能看著別讓人闖進去。

看到玉芝滿臉擔憂的神情，趙氏來不及說話就哭了出來，李氏趕忙上前拍起她的後背，為她順氣。

玉芝急得要命，三步併成兩步上前握著趙氏的手道：「大伯母，到底出了何事？」

趙氏拉著玉芝的手，強忍著心中的痛楚，開口道：「芝芝，大伯母求妳一件事……為妳三堂哥尋個活計吧！」

三堂哥？兆貞？他不是在鎮上讀書嗎？為何趙氏要這麼說？

兆志看著一頭霧水的玉芝，又看了說完那句話就止不住眼淚的趙氏一眼，無奈地嘆了口氣，對玉芝說道：「妳三堂哥他……這些年沒學會識字……」說著又講了一遍兆貞的症狀。

玉芝愣住了，心想這不就是所謂的「閱讀困難症」嗎？這種病在她前世的時候發病率就不算很低，只不過現在這個時代文盲本來就多，沒什麼人有機會讀書，兆貞是接觸了書籍後發現的，所以才顯得很罕見。

她定了定神，對趙氏道：「大伯母不必難過，我聽說過這種病，雖說妨礙讀書，但是有這種症狀的人一般腦子都很靈活，能自己動手創造出各種新東西，而且在某方面有很強的天賦，就算不讀書，日後也會成為一代大家！」

所有人聞言都驚住了，還有這種說法？

趙氏激動地問道：「芝芝，妳是怎麼知道的？這是真的嗎？」

玉芝不知怎麼解釋，只能扯謊道：「是承淮哥寫信給我時說的，他在京城見過這種人。」

隨口說了一句，玉芝就趕緊轉移話題道：「既然三堂哥說想當廚子，咱們試試不就知道了？等我的月餅出爐，叫他過來嚐嚐如何？」

玉芝很清楚，就算自己說一千、道一萬，趙氏也會覺得這是在安慰她，若是真能讓她親眼看到兆貞的天賦，她定然會放下心來。

兆厲急忙去兆貞房裡尋他，一群人又一道去了灶房。

月餅一出爐，散發出陣陣香氣，玉芝支開廚娘、慶俞與如竹，灶房裡只留下自己一家人。

氣喘吁吁的兆貞被兆厲拉來之後，聞到這香氣眼睛都亮了，他用力吸著鼻子，那貪婪的模樣看得眾人一陣心酸，這些年他到底是怎麼壓抑住自己的？

兆厲的眼淚差點又要掉下來，他忙忍住，對兆貞道：「芝芝說你這種症狀定在其他方面有天賦，我們琢磨了一下，既然你這麼喜歡做吃食，天賦肯定就在這上面了，不如咱們來試試？」

這讓兆貞感動不已，他沒想到不過一日工夫，自家娘親、大哥還有三叔一家就接受了自己的事情，甚至努力幫他找出路……

玉芝把八個月餅拿出來一一切成小塊，雖說現在不是最好吃的時候，但是剛出爐時自有一股獨特的香甜氣味。

兆厲從衣襬上撕下一塊布條蒙住兆貞的眼睛，兆志則隨手拿起一塊月餅遞給兆貞。

只見兆貞緩緩把月餅放進嘴裡，細細咀嚼一番後開口道：「花生仁、瓜子仁、杏仁、胡麻仁、核桃仁，嗯……好像還有江米粉？這外皮軟糯，油與糖都比平時的月餅多了許多……咦？為何有一股若有若無的酸氣？這倒是解了外皮的油膩，不過我著實嚐不出加了何物。」

玉芝真的是呆住了，她原本只是懷疑兆貞有這方面的天賦，萬萬沒想到他竟然連轉化糖漿裡的檸檬味都嚐了出來！

其他幾人見玉芝張大了嘴，都感到很好奇，紛紛拿起剩下的五仁月餅放進嘴裡，過了半天，兆厲開口道：「我怎麼一點酸味都沒吃出來？只嚐到了香甜。」

幾人點頭附和，不約而同地看向玉芝。

玉芝這時才緩過來，說道：「三堂哥說得沒錯，裡面的確加了一點點的酸味，只不過九成九的人是吃不出來的，三堂哥真的是……太厲害了！」

說罷她拿了一塊奶黃餡的月餅遞給他道：「三堂哥再嚐嚐這個餡是什麼味道。」

兆貞得到了玉芝的肯定，正感到開心呢！結果手裡突然被塞了熱呼呼的一小塊月餅，他穩了穩情緒，將月餅放進嘴裡品嚐，說道：「以前我定沒吃過這種口味，這裡面有牛乳、雞蛋、麵粉、米粉、少量的鹽跟油，但是神奇的是這油竟然沒有任何味道，到底是什麼油呢？」

玉芝佩服得都想鼓掌了，她激動地說：「三堂哥說得沒錯，只不過這油不是沒味道，而是用牛乳做的，本來就是牛乳味，三堂哥的天賦果然不同凡響！」

兆厲聞言激動地扯下圍在兆貞眼前的布條，抱著兆貞道：「聽到了嗎？兆貞，芝芝說你的天賦不同凡響！」

不只是兆厲，兆貞也很激動，回抱著兆厲哽咽道：「聽到了……聽到了，大哥，我不是怪胎，我不是怪胎！」

李氏抹著眼淚握緊趙氏的手，趙氏已經說不出話來了，只覺得心底五味雜陳。自小盼著讀出功名的兒子不識字，卻在廚藝上展現了驚人的天賦，這到底是好是壞？

待眾人的情緒緩了過來，玉芝對兆貞道：「三堂哥若是下定決心學廚藝，不如跟著袁叔如何？這幾年袁叔在府城將手藝鍛鍊得越發精湛了，雖說收了幾個徒弟，卻一直對我抱怨沒一個有天分的，最多就是有些小聰明。我看三堂哥天賦如此高，定能學到袁叔廚藝的精髓。」

兆貞高興得說不出話來，只能拚命點頭。

趙氏像玉芝小時候那樣摸著她的頭道：「芝芝，妳放心，妳三堂哥若是學藝有成，定然不會做出忘本的事，若是他做錯了什麼，我第一個打斷他的手！」

玉芝苦笑道：「大伯母說的是什麼話，咱們一家人何必分得這麼清楚？我只是看三堂哥這天分若是不尋個高手學廚藝就浪費了，待三堂哥學會了袁叔的功夫，我還想讓他去京城繼續學呢！」

趙氏頓時驚訝得說不出別的話來，只能拉著玉芝的手直道：「好，好，好……」

第六十四章 拜師學藝

第二日大清早天濛濛亮，袁誠就屁顛顛地過來了。他心急得很，昨日慶俞說玉芝又做出了新花樣的月餅，不過因為他晚上要在鋪子裡鎮著，才讓他隔天來。

玉芝沒想到袁誠來得這麼早，急忙派人去尋兆貞。

兆貞昨日激動得半宿沒睡，小廝去喊他的時候他正在作夢呢！迷迷糊糊間聽說袁誠來了，頓時一個蹬腿驚醒，發現不是作夢，他急忙爬起來洗臉、刷牙、換衣裳，往灶房趕去。

看到憨笑著的袁誠，玉芝認真地對他說道：「袁叔不是總說找不著有天分的徒弟嗎？今日我介紹一個天分極高的人給您如何？」

袁誠一聽就來了興致，天分極高？能讓玉芝用這四個字來形容的，必定不是池中之物。

他興奮地問道：「是何人？天分到底有多高？」

看到袁誠按捺不住的樣子，玉芝說道：「是我三堂哥，兆貞。昨日我做了新月餅，裡面的餡除了我跟慶俞還有如竹以外誰也沒嚐過，我這三堂哥竟然一口就說得八九不離十，您覺得這天分如何？」

袁誠一驚，皺起眉頭說道：「若是真的，這天分真是極高，不知他現在人在何處？」

他話音未落，就見兆貞一路跑過來，邁著大長腿幾步跑到兩人面前，氣喘吁吁、滿臉通紅地打起招呼。「芝芝……袁師傅！」

袁誠訝異地看著滿身書卷氣的兆貞，雖說自小兆貞就常去鎮上的鋪子，但是從未進過後廚，就算袁誠去過駝山村為陳家掌廚，也沒正式與兆貞打過照面，自然對他的模樣感到驚訝。

他剛想說些什麼，遠遠地就看到慶俞與如竹一起過來了，玉芝隨即說道：「若是袁叔有何疑問，不如帶上我三堂哥，咱們一起做一回月餅如何？」

袁誠咽下到了嘴邊的話，點了點頭。

兆貞的能力真不是蓋的，在玉芝的指導下熟悉了各種材料之後，馬上就能嚐出最佳的餡料比例，配出來的餡比昨日慶俞做出來的更好。

袁誠對他刮目相看，越看越滿意，見他頭一回烤月餅就抓準了掀開烤箱刷蛋黃液的時機，就十二分願意收下這個徒弟了。

月餅出爐後，玉芝一樣挑出一個切開遞給現場的人，慶俞吃了一塊就心服口服，拱手對兆貞道：「小的實在不如三堂少爺。」

兆貞有些羞澀，眼睛卻亮晶晶地盯著袁誠。

袁誠嚐了一塊蓮蓉蛋黃口味的，露出讚嘆的神色，轉頭對玉芝道：「玉芝，妳可真是為我尋了個好徒弟呀！」

兆貞聞言欣喜若狂，差點當場跪下磕頭叫袁誠「師父」。

袁誠攔住他道：「你擁有這種天分，只怕我教不了你兩年。咱們不必拜師，不然日後遇見更高明的廚子，人家怕是會嫌棄你拜過師。你就跟在我身邊學習吧！什麼時候學完我這身手藝什麼時候結束。」

玉芝對袁誠真是肅然起敬，沒想到他胸懷竟如此寬廣。匆匆趕來的趙氏和兆厲正巧聽到袁誠這番話，頓時淚眼汪汪的。

趙氏邁進灶房道：「袁師傅可不能這麼說，既然要向你學廚，自然要拜你為師，難不成他這小子能吃你豆腐？」

兆貞順勢跪下道：「在下一日隨袁師父學廚藝，一輩子奉袁師傅為師父，求師父收下徒兒吧！」

袁誠見狀十分欣慰，他本就欣賞兆貞的天分，只是怕自己耽誤他而已，如今人家母子倆都這麼說了，他還矯情什麼呢？

他拍了拍跪在地上的兆貞，把他扶起來道：「好，你這徒弟我收下了！」

玉芝歡喜不已，忙指使如竹。「快去告訴我娘，尋個最近的吉日，咱們正經擺個拜師宴。」

如竹響亮地應了一聲，向眾人行禮之後轉頭就跑。

似雲在一旁小聲對玉芝說道：「如竹現在每日都這麼歡快，小姐讓她學著做這事可真是合了她的胃口了。」

玉芝笑道：「若是日後妳發現自己有喜歡的事就告訴我，我也會讓妳像如竹這般開心度日。」

這是玉芝第二次說這種話了，有了如竹這個例子在前，似雲自然十分相信玉芝，重重點了點頭。

沒多久如竹就跑回來了，她對玉芝說道：「小姐，夫人說最近的吉日就是今天，擇期不如撞日，今日就讓三堂少爺拜師如何？」

兆貞和袁誠很樂意，趙氏與兆厲也跟著起鬨。袁誠親自上陣，兆貞打下手，兩個廚娘也做了幾樣拿手菜，滿滿一桌料理的拜師宴就這麼完成了。

直到宴席要開始了，老陳頭等人才知道這件事，雖然百思不得其解，但他還是把疑問跟埋怨的話咽了下去。罷了、罷了，反正他也管不了，何必說出來惹人嫌？

熱熱鬧鬧的拜師禮過後，兆貞就收拾東西要搬出去跟著袁誠學藝了。

趙氏乘機提出搬家的要求。「兆貞總是跟著袁師傅住在鋪子裡也不行，不如我們在這附近賃個小院子，到時候兩家走動也方便。」

李氏噘起嘴來，她好不容易才盼到趙氏來府城，還想著兩家在一起親親熱熱過日子呢！特別是壯壯，這兩日她簡直抱著不撒手了，恨不得能搶回自家養著。

趙氏見李氏這樣子有些哭笑不得，卻還是溫柔地說道：「我知道妳捨不得壯壯，咱們尋個離得近的院子，一、兩日就讓盈娘抱來讓妳瞧瞧如何？」

李氏無奈地點頭道：「我不是不講情理，只是捨不得嘛，既然大嫂想搬出去，那怎麼也得尋個最合適的院子，別著急。」

趙氏笑道：「那是自然，這幾日妳趕我我也不走，怎麼也得賴到賃下院子來再說，就是得麻煩三弟幫忙尋個中人。」

陳忠繁拍拍胸脯道：「大嫂何必客氣？包在我身上，明日我就與兆厲一同尋謝中人去。」

解決了兆貞的事，玉芝連夜帶著慶俞與如竹將不同口味的月餅裝進同一個竹筒，一連裝了百來筒。包裝的方法是用油紙包好月餅放進粗竹筒裡再用蠟封口，儘量減少與空氣接觸的機會，延長保存的時間。

玉芝特地派潤墨與車伕一同踏上前往京城的路，兩人交替著趕車，很快就到了京城。

卓承淮看到兩腿打顫的潤墨與塞了大半輛馬車的吃食，不禁笑逐顏開，忙招呼潤墨把這些點心搬進他的監舍去。

考上庶起士之後，卓承淮覺得反正京中沒有親人，乾脆就住在翰林院的監舍，不過他偶爾會去禮部右侍郎家與他聯絡感情。禮部右侍郎是個圓滑的人，見卓承淮模樣生得好、為人又有心計，日後應是前途無量，因此對他十分有禮，兩人一來一往的，倒是相處出幾分真感情。

看到玉芝送的一百來桶密封竹筒，卓承淮心底像吃了蜜一樣甜，他就知道他的芝芝關心他！

潤墨看著笑得傻乎乎的未來姑爺，忍不住在心底翻了個白眼，從懷裡掏出兩封信遞給卓承淮道：「卓少爺，這是大少爺與小姐讓小的送給您的信，小姐說這月餅的新鮮之處都寫在裡面了。」

卓承淮這才依依不捨地把目光從竹筒上移開，笑著對潤墨說：「潤墨，這一路辛苦你了，快去歇息吧！對了，你何時回去？我要準備一些東西帶回去給芝芝……和叔叔、嬸嬸。」

潤墨差點腿軟，他心想：我才剛到這裡啊！卓少爺……他垂著肩膀、有氣無力地說：「小姐吩咐讓小的在京城待一陣子，要小的尋找一些食材，約莫半個月後回去。」

卓承淮覺得潤墨半個月後才回去有些晚了，但到底是為了辦玉芝交代的正事，於是安撫潤墨道：「那你好好替你家小姐尋一尋，若是有事就來翰林院找我。」

說罷，他給了潤墨五兩銀子，讓他出去尋硯池，待在京城這陣子，潤墨就與硯池做個伴，住在單家買給他的宅子裡。

送走了潤墨，回到監舍的卓承淮首先打開玉芝的信，信上詳細說明了這些月餅的獨特之處與各種餡料，又告訴他記得分給同科的庶起士。至於幾個綁了紅布的竹筒，玉芝要他尋個高檔些的食盒裝好，送給禮部右侍郎。

說完這些正事，玉芝最後一行用比前面都小的字體寫著一句「聽聞近日京城秋風初至，頗有些寒意，你注意多添衣裳」。

卓承淮看了喜孜孜的，芝芝真是的，要關心他還這麼偷偷摸摸的，不知這句話是猶豫了多久才寫上的呢！

帶著歡喜的心情，卓承淮打開了兆志的信，信上說了他成親的日子，推斷卓承淮無法參加婚禮，要他準備一份厚禮讓潤墨帶回去；又說他與陳忠繁和李氏談過了，成親後準備帶著妻子四處遊學，第一站就到京城尋他。

接二連三的好消息讓一向端方的卓承淮整日都笑咪咪的，引得幾個與他交好的庶起士一陣好奇，紛紛問他遇著什麼喜事了。

卓承淮遵照玉芝的囑咐，神神秘秘地回房抱著竹筒出來當場打開，第一個正是玉芝強烈推薦的蓮蓉蛋黃月餅。他拿刀切成方便入口的大小放在盤子上，招待諸位同僚。

眾人一嚐大為驚奇，他們從未吃過口感如此綿軟、外皮清香、餡料特別的月餅，不由得大力稱讚。試吃過後，卓承淮大方地一人給了一筒，還特地告訴他們是不同口味的，到時能換著吃。

一行人心滿意足地離去，第二日整個庶起士的圈子都在討論卓承淮的月餅，一些經常與庶起士們打交道的編修和學士們都很好奇，還假裝路過庶起士身邊好幾次。

這個情形卓承淮自然看在眼裡，很快就奉上裝著不同口味月餅的竹筒給他們。

不過三、五日工夫，整個翰林院的人都拿到了卓承淮的月餅，甚至連卓承淮的頂頭上司柏學士都聽聞了這新奇月餅的名號，他從侍講那裡拿到了一塊蓮蓉蛋黃月餅嚐了嚐，覺得果然名不虛傳。

翰林學士自古清高，不好財、不好色，就好一口吃食，這是有原因的。畢竟翰林學士是天子近臣，若是真的表現得什麼都不在意，只怕皇上也不放心用這種「完美無缺」的人。酒色財氣必不能沾，然而哪怕再好一口吃食，皇上也不過是莞爾一笑罷了。

卓承淮萬萬沒想到這月餅能引起柏學士的興趣，但是他這人有個優點，就是越緊張表現得越淡定。

見到柏學士之後，卓承淮行過禮就奉上了竹筒，又細細解說了每種口味的不同之處，講完以後也不多說別的，行了禮就靜靜退到一旁垂著頭不說話，等待柏學士開口。

柏學士不由得多看了他兩眼，之前怎麼沒發現自己手下還有這麼個人才呢？單單這不卑不亢的氣度，就已經超越許多人了。

他捋了捋鬍子，仔細看了看月餅，又看向站在那裡等著他說話的卓承淮，笑道：「口味這麼多，老夫竟是一樣都沒吃過，真是多謝承淮了。」

卓承淮規規矩矩地又行了個禮，語氣真摯地說道：「學士太客氣了，這本就是學生打算分予同僚與長官的。」語畢也不多說，又垂下頭。

柏學士本就頗為清高，看著與自己個性相近卻誠摯的卓承淮，覺得有些意思，於是邀請道：「我看承淮性子沈穩，不如明日開始每日辰時過來幫我整理書籍？」

這可是從天上掉餡餅了！柏學士的書房是翰林院眾人最嚮往的地方，裡面蒐集了從古至今各種名著，甚至還有孤本。

柏學士對這些書看得極重，每三年只挑一個庶起士去幫他整理書籍，上一任整理書籍的庶起士散館時考進了最吃香的吏部，所有人都盯著這次的幸運兒會是誰。

卓承淮握緊拳頭才壓抑住自己內心的激動，只有漲得通紅的臉出賣了他的心情，他緩緩點頭道：「學生遵命！」

柏學士見卓承淮露出幾分少年人的心性，越發覺得他心思淳樸，正要開口讓他下去，突然聽到卓承淮用略帶猶豫的口氣問道：「不知學士這些書籍是否不能外傳？」

柏學士聽到這個問題很是好奇，畢竟從未有人這麼問過他，他看著臉紅的卓承淮道：「承淮何故問出此話？」

卓承淮有些羞澀地抿嘴一笑道：「學生自幼便與三位舅子情同兄弟，上次春闈大舅子不幸與進士失之交臂，學生甚感遺憾。昨日學生收到大舅子的信，他成親後會帶著妻子遊學，怕是要來京城尋學生……」

話未說完，柏學士就明白了卓承淮的意思，這是想抄些書籍讓他大舅子學習呢！

對柏學士來說這不算什麼，因為書本就是讓人讀的，只要不是落到那種心思不正的人手中，給誰看又有什麼區別呢？只是之前從未有人提出過這種請求，他當然不需要主動讓他們抄了書籍帶回去。

柏學士點點頭道：「只要你有空來抄就行，不過可不能耽擱了自己的學習進度，否則豈不是得不償失？」

卓承淮激動得直點頭，聲音也不自覺地變大了一些。「多謝學士！」

柏學士揮了揮手中的竹筒笑道：「若是真的想謝我，多送些新鮮吃食予我即可。」

卓承淮高興得不知如何用言語表達，臉上漾著如燦陽一般的笑容，看得柏學士忍不住跟著笑了起來，說道：「若是咱們翰林院的人想看，你也可以抄了請他們同覽。」

柏學士這話讓卓承淮的眼睛瞬間亮了起來。這可是拉攏人心的好機會，自古以來庶起士都有「儲相」之稱，能與同僚們交好再好不過。

他深深地向柏學士行了個大禮，決定明日就把自己私藏的豬肉片和餅乾送過來給他。回到監舍的卓承淮壓抑不住內心的激動，馬上寫了密密麻麻的一封信給兆志告知這個好消息，讓他成親後儘早來京城。

寫完了給兆志的信，卓承淮的心情平靜許多，繼續寫要給玉芝的信。與給兆志的信不同，給玉芝的信他寫得極為緩慢，每一筆都帶著繾綣的情意，彷彿玉芝就在他面前，聽著他喃喃訴說自己的思念與感激一般。

第二日一大早卓承淮提著一兜子豬肉片和餅乾進了柏學士的書房後，他被挑中整理書籍的事情就傳遍了翰林院。多少庶起士扼腕不已，看到卓承淮出來後都眼紅地盯著他，看得他不自覺一抖。

與卓承淮友好的庶起士魯昇與韋朝元看見他出來，連忙迎上去，魯昇說道：「好你個小子，竟然瞞我們這麼久，你是何時被挑中的？快說！」

卓承淮笑道：「不過是昨日罷了，待我知曉此事的時候，你們早就回房歇息了，要我怎麼跟你們說？」

魯昇才不管他的解釋，哼道：「你可知整個翰林院都盯著柏學士的書房呢！萬萬沒想到讓你占了先。」

卓承淮拱手道：「我明白大家都惦記著那些珍本，昨日柏學士告訴我能抄寫出來與你們同覽，不知魯兄可否原諒小弟？」

魯昇和韋朝元眼睛一亮，異口同聲道：「學士真的願意讓你抄寫書籍與我們同覽？」

一句話引來眾位庶起士的興趣，十幾個人一同圍上來，激動得忘了自己身為讀書人的矜持，七嘴八舌道——

「承淮，魯兄說的可是真的？」

「這是真的嗎？」

「柏學士真這麼說？」

卓承淮笑著點點頭道：「柏學士一心為了咱們好，特地要我抄出來與諸位同僚一起研究。」

眾人忍不住歡呼，看著卓承淮的眼光中帶著感激。這麼多年來，柏學士從未說過可以把書籍抄出來讓大家分享，一定是卓承淮心中有他們，才向柏學士提出來的！

看到他們的眼神，卓承淮就知道大夥兒誤會了，他苦笑著解釋是柏學士主動提出來的，但是顯然沒人相信，於是他也不廢話，決定明日再親自向柏學士說明。

第六十五章　鴻鵠之志

收到卓承淮的信，兆志欣喜若狂——可以看到翰林院學士的藏書，這是什麼概念?!他忍不住跑到沈山長那裡與他一起分享這個好消息。

沈山長吃驚不已，柏老頭何時這麼大方了？那些書連他都沒全部看過，柏老頭可是號稱從不外借的！

兆厲聽到這件事也十分歡喜，他本來計劃要讓全家住在府城，如今頗為糾結要不要與兆志一起去京城。

關於這點，兆志自然是勸他同去，現在他們在書院其實已經學不到什麼東西了，沈山長也鼓勵他們多往外走走。

兆厲有些猶豫地告訴趙氏與羅盈娘，兩人自然十分替他高興，可是兆厲卻說道：「這樣咱們一家人又要分開了，我好不容易才把你們都帶到府城來……」

想到又要與丈夫分開一段時間，羅盈娘一時也有些傷心，低著頭不說話。

看到小倆口的樣子，趙氏笑道：「兆貞的事已經解決，現在壯壯也能吃些米糊了，芝芝這邊日日都有牛乳跟羊乳，對壯壯再好不過。不如咱們不用找個大院子，在這附近尋間夠我與兆貞住的就成了，到時候由我照顧壯壯，你們小倆口一同去京城。」

兩人一驚，齊聲喊道：「娘！」

趙氏說道：「放心，我一定會帶好壯壯的，再說還有你們三嬸嬸在呢！她疼壯壯也是疼到心坎裡了，最多買個婆子與我作伴，有這麼一大家子人，還帶不好一個娃兒？」

羅盈娘又是捨不得兒子，又是放不下剛團聚的丈夫，只能坐在椅子上絞著帕子，苦著臉說不出話來。

見狀，趙氏打發兆厲出去尋兆志，接著抱著壯壯坐到羅盈娘旁邊，輕聲對她說道：「妳是個好孩子，自嫁進門起就對我這個老婆子好得實在沒話說，只是妳想過沒有，京城是什麼地方……若是他被那花花世界迷花了眼可如何是好？到時咱們娘兒倆再後悔也來不及了。」

仔細思考了一番趙氏的話，羅盈娘下定了決心，她拉著趙氏的手道：「娘，壯壯就拜託您和三嬸嬸了！」

轉眼間就到了兆志成親那日，這可是三房長子的婚事，當然力求隆重，陳家光是撒出去的紅包就有上百兩，頗有暴發戶的架勢，兆志看到爹娘開心，索性不阻攔。

書院的學生們可是忙壞了，娶親的跟嫁妹妹的都是自己同窗，這可如何是好？眾人商議一番之後，乾脆分成兩半，一半負責催妝叫門，另一半負責阻攔。

一時之間曹家門口是詩文滿天飛，出了好幾對絕對，傳出去後驚動了府城的書生們。沒想到濼源書院的學生們竟然各個滿腹經綸、學富五車，他們紛紛後悔當初因為濼源書院是新書院而暫時觀望，結果就這麼錯過了好幾年。

兆志與曹佳在喜娘與眾人的簇擁下進了洞房，兩人坐下喝過交杯酒後，羅盈娘就把壯壯放到喜床上引著他打了好幾個滾，贏得圍觀的眾人一片叫好。

玉芝一直待在新房裡，待大夥兒都離開了才上前說道：「大嫂可要卸下頭面好好歇歇？我讓似雲去取吃食了，待會兒先讓大嫂墊墊肚子。」

看著自己剛出爐的小姑這麼體貼，曹佳一顆忐忑的心也平靜下來，她對玉芝點點頭，然後吩咐兩個丫鬟幫她拆卸頭面，自己則對玉芝笑道：「多謝妹妹，若是妹妹不嫌棄，與我同用可好？」

玉芝聞言開心得不得了，她真喜歡這個乾脆俐落、一點也不矯情的新嫂子！姑嫂兩人閒聊了一會兒，多半是玉芝對曹佳訴說自家爹娘與哥哥的性格，雖說這些事沈氏早就打探得一清二楚告訴過她了，但是從小姑口中聽來又別有一番滋味。

兆志進門時看到自己的新婚妻子與妹妹剛剛放下筷子，顯然一道吃過東西了，他放下心來，對玉芝道：「時候不早了，妳快些回去歇息吧！明日記得別起晚了，我與妳大嫂可是要會親的。」

玉芝噘起嘴朝曹佳眨了眨眼，成功地看到曹佳的耳朵瞬間變得通紅，她這才心滿意足地轉頭回了院子。

第二日一大早玉芝就被書言拽了起來，歡容端來熱水，汪嬤嬤擰乾帕子細細為她擦臉，似雲則在後面幫她梳頭。

書言像個小耳報神一般竄進竄出，猛然說了一句。「大少爺與大少奶奶出院子了！」

幾人不約而同地加快了手腳，玉芝換上了一件粉色的襦裙，外罩霞影紗玫瑰香色的紗衣，打扮得妥妥當當後，她便匆忙往正院走去。

玉芝抄了小路，比兆志跟曹佳先到，她不禁撫了撫胸口，長吁一口氣道：「幸虧我沒來晚！」

第一回做婆婆，李氏的緊張程度不比第一回做媳婦的曹佳少。正提著一顆心的她看到女兒就緩了口氣，招呼玉芝過來上下打量一番，然後拉著女兒站在自己身邊。

會親十分順利，老陳頭與孫氏看著身為大家閨秀的孫媳婦，自己先矮了兩頭，只是笑笑地遞上李氏準備的賀禮，沒多說話。

陳忠繁和李氏見到眼前的兒子與媳婦，眼淚都快掉下來了，經過了二十多年，自個兒終於升格成公公跟婆婆了！

一家人熱熱鬧鬧地吃完會親宴，李氏就開始打點明日的回門禮，禮品準備了雙份，沈山長那裡自然也有一份。

兆志與曹佳的回門受到了曹家人熱烈的歡迎，沈氏拉著曹佳看了半天，見女兒面色紅潤、眉眼含笑，才放下心來。

回門宴結束後，曹老爺和沈氏又陪著他們一同去書院拜見沈山長。

沈山長看到意氣風發的兆志和一臉嬌羞的曹佳，不禁面露微笑，陪外孫女與外孫女婿說了一陣子話，他對兆志使了個眼色，轉頭對曹老爺等人說道：「我有些學問上的事要問兆志，你們三人先在此等會兒。」

曹佳看出了一些眉眼官司，扯了扯正要說話的沈氏的袖子，對沈山長道：「外祖父儘管與相公說正事去，正巧我能與爹娘多說些私房話。」

沈山長欣慰地點了點頭，帶著兆志去了書房。

一進書房，沈山長就直接說道：「卓家的事我也知道幾分，不知這次你入京是否要去助承淮一臂之力？」

兆志皺起眉頭，不問反答。「不知外祖父是在何處知曉的？」

只見沈山長苦笑道：「不瞞你說，我心中一直對承淮有幾分歉意。卓連仁當年考進士時，其實在中與不中之間，當年那科我乃副考，是我把他提到了三甲同進士。」

兆志大驚，竟然還有這種事?!他皺著眉看著沈山長，想聽他繼續往下說。

沈山長喝了一口茶，吞下嘴裡的苦澀開口道：「卓連仁當初進京赴考，聽聞我是當科的副考，以同鄉的身分上門拜見，那時我為了避嫌並未見他，卻無意間記住了他的名字。

「後來時任主考的湯大學士在幾分試卷之間猶豫，喊了我們一同商量，我覺得卓連仁的試卷不錯，另一位副考則覺得另一份試卷不錯。因為我剛被提拔為太子太傅，湯大學士給了我一個面子，選了卓連仁的試卷。

「後來揭了封彌，按照彌錄的試卷考號尋到了原卷，我見此人名喚『卓連仁』，還一陣暗喜，萬萬沒想到，後來他竟然做出畜生不如的事情！」

兆志敏銳地抓住了重點。「外祖父是如何得知卓連仁做的事的？」

沈山長對這個外孫女婿更是滿意，點點頭道：「不知你們可認識承淮身邊一個姓馮的先生？」

這下兆志是真的吃驚了，沈山長看到兆志的神色就知道他認識馮掌櫃，於是繼續說道：「馮先生乃是承淮母親的夫子，我與馮先生的父親有幾分機緣，在他父親去世前答應會好好照顧他，沒想到他中了秀才之後覺得科舉不是他想走的路，他對教書育人與做生意更有興趣。

「正巧單家老太爺替單小姐尋夫子，便找上了他，這既填補了他教書育人的意願，又滿足了他與單家學做生意的願望。這一教便是五年，他也跟著單家學了五年的經商之道。

「這五年他看著單小姐從八、九歲的孩子長成了十三、四歲的花樣少女，他……動了心。可是他父母雙亡，認識的人當中怕是只有我的官職還可以，於是他寫信給我，請我替他去單家求親。誰知我還沒來得及派人送信，他又寫了一封信告訴我不必了，單小姐已經有了意中人。只嘆我這世姪，為了單小姐，到現在都未娶妻，且在承淮被單家接回去之後便一直跟在他身邊。

「我知道這件事的時候，本想撤了卓連仁的官職讓他回老家去，可當時東宮出了狀況，太子命所有人不露鋒芒、養精蓄銳，這一拖便到了皇上登基之時，承淮也長大了。我深覺自己對不住那孩子，可是在皇上面前我更不能提自己的私仇，這種心情日後你慢慢就會懂了。」

雖然沈山長許多地方交代得不是很清楚，但是兆志大概也能拼湊出一些事，不外乎當時還是太子的皇上一直夾著尾巴熬到先帝駕崩才熬出頭，又有些忌憚陪著他一路走過來的老臣罷了。

沈山長見兆志若有所思且沒開口，明白他多少猜出了一些端倪，於是從書桌後的書架上抽出幾封信放在兆志面前道：「這幾人都是我在京中靠得住的老友，你們去京城後先上門跟對方熟識一下，日後若是有什麼事，可以去尋他們幫忙。」

說著，他又從懷裡掏出一封信放在這一疊信的上面道：「這是我與皇上的信，若是真的有事無法解決，就拿著它去尋皇上，皇上看了這封信，應該會給我這個曾經的老師幾分面子……」

兆志嚇得一把按住了信，小聲道：「外祖父何至於此，不過是個汝州通判與郟縣縣令罷了！」

沈山長笑道：「我不是說這個，那件事我相信你們能自己解決，這不過是怕日後你為官時遇到了大事，先有個準備罷了。我只有一子一女，兒子跟孫子都被外放當了小官，只怕這輩子回不了京城；堅兒的性格宛若孩童，往後在官場也難有寸進。我不知尚能活幾年，只盼你們兄弟與承淮以後能拉著我這些無能的子孫一把……」

從這短短幾句話中，兆志聽出一個暮年老人對自己子孫的關懷與擔憂，他收起桌上的信放進懷裡，抬頭認真看著沈山長道：「外祖父放心，我既娶了佳兒，日後便是曹家的半子，是您的親外孫，若有一日我真能在官場上有所建樹，定保沈家與曹家平平安安的！」

沈山長聞言欣慰地拍了拍兆志的背道：「好了，咱們爺兒倆說的已經夠多，佳兒他們怕是擔心極了。今日我與你說的話，挑揀著對佳兒說吧！她性格堅毅，又有些衝動，若是得知我說的這些話，還不知要鬧出什麼來呢！」

兆志沈思片刻道：「這些話我能挑揀著對佳兒說，但怕是要全跟芝芝說了。承淮對芝芝的感情我們都看在眼裡，芝芝對承淮的感情也越發深厚，就算我不說，承淮得知以後也會全部告訴芝芝，不如這就透露給她，也好多個人動動腦筋。」

沈山長用手指彈了兩下書桌，點頭道：「也好，你們馮叔對玉芝的評價相當高，覺得她的智慧不輸於承淮，你就告訴她吧！」

兩人回到前廳，只見明顯有些焦躁的三人鬆了一口氣，曹佳上前道：「為何說了這麼久？再不回去就要誤了時辰，只怕娘要擔心了。」

兆志笑道：「外祖父聽聞咱們要去遊學，十分不放心，拉著我為咱們規劃路線，又跟我說了一些當地的風土人情。」

曹老爺與沈氏明顯是相信了，沈氏忙催促道：「快回去吧！別讓親家公跟親家母著急。」

雖然曹佳沒被這個理由說服，但是看到沒想那麼多的父母與含著慈祥笑意的外祖父，便笑著向他們告辭，與兆志一同回到陳家。

夜裡只有夫妻兩人的時候，兆志挑揀著告訴曹佳有關卓家的事。「……佳兒，咱們的計畫有變了，本來打算帶著妳遊學四方，現在看來……咱們大概要在京城多住一陣子了。」

曹佳得知卓承淮的身世，眼淚都掉下來了，她輕輕拍了兆志的手臂一下道：「承淮是咱們未來的妹婿，他的事就是咱們的事，早早替他解決了，芝芝嫁過去也能省心些。」

兆志把曹佳摟在懷裡，心中嘆息著，自己這單純的小妻子，怕是一點也不知道外祖父的打算吧！

第二日兆志抽了個空單獨去尋玉芝，把沈山長說的話原原本本地告訴她。

玉芝聽完以後愣在原地半天，原來馮叔與卓承淮竟然是這種關係……

她不禁對單小姐起了好奇心，她到底是什麼樣的女人，能讓一個男人深愛到終身不娶的地步？

其實不難想像，單小姐一定是耀眼的，像陽光一般吸引著周圍人的目光……想到這裡，玉芝更加痛恨卓連仁，他為了所謂的前程毀了這麼一個女子，午夜夢迴的時候可感到愧疚?!

看著玉芝變幻莫測的表情，兆志嘆了口氣道：「芝芝，既然外祖父已經出手幫了我們一把，我決定上京幫承淮走動、走動了，馮叔如今應是也在京城，我想在妳嫁過去之前解決掉卓家。」

玉芝倒也不害羞，她冷靜地坐在旁邊思考了一會兒，說道：「既然大哥要去京城，咱們不如在京城開個小零嘴鋪。自承淮哥來信之後，我們又送了三百個月餅過去，聽聞在翰林院引起了不小的騷動。既然現在有了沈山長的路子，不如大哥與大嫂帶著自家零嘴上門拜見那些前輩們，混個臉熟。」

兆志點點頭道：「外祖父的意思就是讓我們一一登門拜見，這樣一來送些自家吃食也在理，只是咱們開鋪子的目的為何？難道是為了掙錢？」

玉芝翻了個白眼，盯著似笑非笑的兆志道：「大哥不是都知道嗎？還需要我多說什麼？這次我讓慶俞帶四個人與大哥同去可好？」

兆志被妹妹頂了一下，也不生氣，笑著說道：「怪不得妳早早就託承淮和潤墨探聽翰林院上下喜歡什麼口味的吃食，原來早就等著這一日了。行，這次大哥就先替妳去探探路。」

第六十六章　同床異夢

兆志之前就與兆厲商議過了，初步定下十一月初出發，再冷的話就要下雪，不方便遠行，可是這個時候出去的話，就不能在家過年了。

李氏跟趙氏有些捨不得，卻明白機會難得，若是只為了一個年耽擱了讀書大業要不得，只能咬牙答應他們出門。

兩個做娘的開始為四個人準備行囊，家裡每日雞飛狗跳的，玉芝實在看不下去了，偷偷摸摸地對趙氏和李氏道：「哥哥們是要進京讀書的，若是行李這麼多，難道不怕路上被劫了？山賊們怕是想宰幾頭肥羊好過年呢！」

這話嚇得她們再也不敢收拾，思前想後、商量了半日，決定多塞給他們一些錢得了，反正京城繁華，什麼都能買到。接下來她們又忙著去錢莊換存銀子、換銀票，雖說一樣忙得很，但好歹不折騰全家上下了。

兩對小夫妻終於擺脫馬車被行李塞滿的窘境，聽說是玉芝的功勞，羅盈娘與曹佳便湊在一起商量，拿自己的嫁妝為玉芝買了一支白玉簪子。

十一月初三，四個人帶著各自的小廝、丫鬟、慶俞與另外四個人一同踏上了前往京城的路。臨別之際兆厲與羅盈娘抱著壯壯親了又親、看了又看，眼睛黏在他身上撕不下來，還是趙氏流著淚抱著壯壯轉頭進了院子，小倆口才狠下心上了車。

卓承淮早就得了信，他讓在京城的潤墨與硯池趕緊收拾出房間迎接他們一行人。十來日之後，馬車才緩緩駛到京城，這幾日老是在城門口等著的潤墨看到自家少爺，眼淚都掉下來了，嗚嗚嗚……他好想少爺啊！

兆志看到潤墨的傻樣，忍不住笑了出來，趕緊說幾句話哄得自家書僮眉開眼笑的。說完以後，他抬頭看了看京城那莊嚴肅穆的城門，心底暗想：京城，我們來了！

到了京城，幾人安頓下來之後就各忙各的了，兆厲如饑似渴地閱覽卓承淮帶回來的藏書手抄本，幾乎連門都不出。

兆志則不同，他每日出門尋找合適的店面，還帶曹佳拜見沈山長的老友們，他們聽說兆志是沈山長的學生兼外孫女婿，都對他相當和藹。有幾個書生氣息重的老爺子甚至當場把兆志叫到書房考校一番，指出他的不足之處，令兆志獲益匪淺。

到了京城不過一個多月工夫，陳家點心坊就低調開張了，此時玉芝派人送的滿滿幾車上好山楂也運到了京城。當京城飄落第一片雪花的時候，陳家推出了山楂系列點心。

柏學士自然成了最先享受到這新鮮山楂吃食的人。人上了年紀，難免食慾不振、睡眠不沈，山楂能增強食慾、改善睡眠，柏學士與夫人只吃了一回，便愛上這酸酸甜甜的口味，飯還多吃了半碗。

家中的小輩們十分歡喜，連忙打聽哪裡有得買，畢竟他們總不能日日讓卓承淮送。

兆志乘機讓潤墨帶著各種山楂點心和蛋糕、麵包親自上翰林院一趟，打著「送吃的給卓承淮」的名義，打響陳家點心坊的名號。

不過十來日，點心坊就能維持基本的收支平衡了，於是兆志先撒開手，在家仔細研究起卓承淮抄出來的書，有看不懂的就記錄下來，待沈山長的老友們休沐時再一一登門認真請教，使得一眾老爺子對他的印象更好。

待兆志請教完畢返家後，就與兆厲關在書房裡苦讀，交流各自的心得，短時間內兩人的學問就突飛猛進。

大年三十，兩對夫妻與卓承淮一道吃了個熱熱鬧鬧的團年飯。

當三個男人都喝多了的時候，兆志抓著卓承淮吼道：「你這個臭小子！自小我就把你當弟弟，結果你竟然打我妹妹的主意！若是日後你對她不好，不管到天涯還是海角我都不會放過你！」

兆厲在旁邊大喊著附和道：「對！不會放過你！放過……你！」

卓承淮大概是最清醒的一個，看著親大舅子和堂大舅子張牙舞爪的樣子，苦笑道：「我知道你們因為我那個爹做的事，心中總是有點顧慮。多說無益，等過完年，那些債也該收一收了！」

這話讓兆厲與兆志酒醒了大半，神情也變得嚴肅。

此時的郟縣縣衙內，卓連仁陰沈沈地坐在書房裡，不知在想什麼，聽到門外熟悉的腳步聲，他迅速換上一副笑臉，等待來人推開門。

裴氏打開門，就看到眉目含笑的卓連仁，她臉上也浮現出幾分笑意，輕步上前道：「老爺為何自己坐在書房內？黎兒還等著老爺一同吃年夜飯呢！」

提起小女兒，卓連仁臉上的笑容真心了幾分，他站起身來，走了幾步握住裴氏的手道：「天氣如此冷，夫人派個人過來說一聲便是，何必自己跑一趟？」

裴氏嬌羞地瞥了卓連仁一眼道：「還不是老爺醉心公務，大過年的也不陪我們娘兒倆守歲。咱們快走吧！黎兒怕是要等急了。」

卓連仁點頭應下，兩人攜手一同去了前花廳，剛到門口，一個五、六歲上下的小女孩欣喜地跑過來，歡快地喊道：「爹、娘，你們怎麼現在才來？黎兒都等不及了，快讓忠叔放爆竹嘛！」

她口中的「忠叔」聞聲，從卓連仁身後上前兩步，彎腰低頭笑著對卓清黎道：「小姐，若是您想看爆竹，奴才這就去放可好？」

卓連仁臉色一沈道：「都要吃年夜飯了，吃完再放，用得著你多嘴?!」

說罷，他抱起卓清黎道：「黎兒聽話，待會兒吃完飯爹陪妳去放可好？」

卓清黎本來有些不高興，一聽卓連仁說會陪她去放爆竹，哪裡還顧得上「忠叔」，立刻拍手道：「太好了，那咱們趕緊吃飯，吃完了去放！」

說著她就指著卓連仁往花廳去，裴氏淺笑著凝視他們的背影，嘴裡卻對還彎腰低頭的「忠叔」發出陰冷的聲音道：「記住自己的身分，你姓卓，是老爺的管家。」

此話一出，卓忠都要冒出冷汗來了，他趕忙稱是。

卓連仁、裴氏與卓清黎三人坐在一個能坐十人的圓桌前，顯得冷冷清清的，雖說往常皆是如此，但今年卓連仁臉色卻微微一變後才恢復笑容，這個變化沒能逃過一直關注著他的裴氏雙眼。

裴氏暗地磨牙，但還是笑著主動提道：「聽聞承淮已經考上庶起士了？那可是儲相，前途不可限量，不知老爺是否有心思把他認回來？」

卓連仁的神色瞬間轉黑，忍了許久才把到了嘴邊的話憋回去，僵硬地說道：「他都被妳弄出去十幾年了，何必提他?!」

裴氏看著卓連仁那心不甘、情不願的表情，內心越發不平。當初是誰主動勾搭她的？是誰狠心與她策劃那一連串事件的？可現在彷彿都是她的錯一樣！

她心底越恨，笑得越柔美，輕聲道：「承淮不是讓單家為他訂親了嗎？也沒通知你這個爹跟我這個娘，看來的確是沒把咱們放在眼裡。」

卓連仁手中握著筷子，用力往桌上一拍道：「這飯還能不能吃了？大過年的提那個不孝子做什麼！」

被他這麼一嚇，卓清黎驚得放聲大哭，裴氏顧不得與卓連仁賭氣，站起來快步走到卓清黎旁邊抱住她細聲勸慰。

原本溫馨的一幕看在卓連仁眼裡卻越發刺眼，曾幾何時也有個明媚女子這樣一邊哄著他的兒子，一邊抬頭溫柔地朝因為逗哭了兒子而驚慌失措的他笑，無聲地安撫他……

卓連仁閉上眼睛，等待那快壓抑不住的情緒緩緩退去，才嘶啞著嗓子開口道：「婷娘，都過了這麼久，咱們三人過得也挺好的，妳何必提承淮？」

被卓清黎打斷了憤怒的情緒，裴氏的語氣也平和許多。「妾身不過是看老爺有些想念兒子罷了，既然如此，咱們日後不提他便是。」

卓連仁的確是想卓承淮了。可事實上，自從他被單家帶走之後，他根本沒再想過這個兒子，反正單家不會虧待他，他不如顧好自己的前程要緊。

哪知裴氏的父親短視近利，能撈一把是一把，引起了眾憤，若不是上頭還有汝州刺史幫他兜著，怕是早就回家種地了！儘管如此，這老丈人還是連累他十幾年來一直待在小小的郟縣做這勞什子的破縣令。

卓連仁知道這件事自己身邊的美嬌娘「功不可沒」，她為了掌控他，勢必得把他留在她爹的勢力範圍內。無奈他所有的人脈都是裴家的，根本逃不出他們的手掌心。

有時候他不禁會想，若是當年他沒踏出那一步，而是踏踏實實地與承淮的娘穩紮穩打、慢慢往上爬，加上單家的財力，現在再怎麼樣都不會只是個縣令。何況他的兒子比他才華更盛，這麼年輕就考上了庶起士，日後怕是要留京做官了……

卓連仁嘆了口氣，強壓住心中的鬱悶對裴氏道：「妳又想到哪裡去了？我已經多年沒見到承淮，怕是現在面對面都不認得了。黎兒才是長在我身邊的心肝寶貝，妳這麼說話不是戳我的心嗎？黎兒，爹的好女兒，別哭了，爹帶妳放爆竹去可好？」

聽見自家爹爹要帶著她放爆竹，卓清黎抽泣了幾下後止住了淚，她睜著被淚水洗刷過的黑白分明大眼看著卓連仁，小聲問道：「爹爹現在就帶黎兒去嗎？」

卓連仁上前從裴氏懷裡接過她道：「現在就去，讓妳娘幫咱們擺菜，放完了三支爆竹就回來吃年夜飯可好？」

點點頭，卓清黎破涕為笑，摟著卓連仁的脖子就要出去。

裴氏在心裡嘆了口氣，但是看到女兒高興的樣子，她不由得笑道：「你們快些去吧！只許放三支，馬上就要吃飯了。」

卓清黎脆生生地答應了，與卓連仁一同出了花廳。

見兩人出了門，卓忠上前幾步走近裴氏，低下頭等她問話。

裴氏捏了捏手心，問道：「老爺最近還有沒有打探那個喪門星的事？」

卓忠有些吶吶地回道：「最近沒有。奴才總覺得老爺好似發現奴才事事都會回稟夫人，對奴才不再那麼親近，也不交代什麼事情了。」

裴氏一拍桌子道：「廢物！要你何用?!」

卓忠嚇得膝蓋一軟就要跪下，卻被裴氏冰冷的眼神制止。「你去打聽、打聽老爺身邊的人，有沒有別人替老爺辦事？」

卓忠低頭道：「夫人放心，奴才待會兒就去打聽！」

裴氏這才稍解心中鬱氣，指揮丫鬟們上菜。

一頓年夜飯除了卓清黎是真的高興，兩個大人可說是各懷心思。

終於熬到了子時，一家人強撐著請了神，各自回房歇息。躺在床上的卓連仁閉著眼睛維持著平穩的呼吸，表面看起來似乎已經沈沈睡去，腦中卻清醒異常。

這麼多年來，裴氏掉了三個孩子，只生下了卓清黎。他為孩子取名為「黎」，正是希望她像黎明一般帶來光亮，多招來幾個弟妹。

然而事與願違，自卓清黎之後裴氏再也沒有過身孕，他有時候都害怕這是報應。現在卓承淮不認他，他又不能納妾生子，怕是日後無人養老送終了！想到這裡，卓連仁咬緊牙，不行，得想個法子，他一定要認回承淮！

其實裴氏也沒睡著，聽著身邊男人平緩的呼吸聲，她心中的恨意不知向誰訴說。當年她不過二八年華，在自家後院遇見前來拜見上峰的卓連仁，就這麼一眼便誤了終生。

她故意頻頻出現在他面前，想要靠近他，他也像是了解她的心思一般，時常藉機來她家裡，與她偶遇，看著她笑……

萬萬沒想到，當她扭扭捏捏地向爹娘提起這件事的時候，卻得知他已經娶妻生子，她是真真切切感受到什麼是「晴天霹靂」。

痛哭了幾日之後，本來她已經息了心思，沒想到卓連仁卻偷偷派人送了一封信來，上面只有幾個字——「恨不相逢未娶時」。

正值青春年少的少女怎能抵擋住自己心儀對象的這種憂鬱攻勢？每次瞧見他對她欲語還休的眼神，聽到他惋惜的嘆息，還有那對她訴說著無盡思念的信……一切的一切讓她下定決心，這個男人，她一定要得到手！

剩下的事情裴氏不願再去想。她在一間銀樓與卓連仁幽會時婚前失貞，為了早日達成目的，她對他的妻子下了慢性毒藥，不過三個月工夫，單氏的身體就垮了。

在單氏出殯百日內，她就匆匆嫁進了卓家，當了卓連仁的填房，卓承淮的繼母。這麼急是有原因的，因為那時她已經懷了一個月的身孕。

原本裴氏想留下這個孩子，然而卓連仁卻不答應，她匆匆嫁入卓家時本來就有許多人看熱鬧，若是到時候再出了個「早產」的孩子，簡直就是明擺著告訴別人發生了什麼事。

這讓裴氏不禁狠下心，既然這個孩子不能留，那麼卓承淮那個小畜生也一樣，她不會允許那個女人生的孩子永遠壓在她孩子們的頭上！

看到卓承淮在後院的小湖裡掙扎，裴氏不是不害怕，可她摸摸自己的肚子咬牙暗道：孩子，娘送你這個哥哥去陪你！

不料卓承淮的舅舅單辰正巧趕到，他看到了這一切，一腳把她踢翻在地，跳進湖裡撈起卓承淮轉頭就往外跑去尋郎中，絲毫沒察覺她身子底下在流血。她的孩子沒了，卓承淮那個小畜生卻活著，她恨！

卓連仁攔住她，說索性用這死去的孩子多向單家要些好處，於是最後換來單家嫁妝的獲利與讓單辰帶走卓承淮。

本來裴氏已經說服了自己，既然那小畜生不在身邊，就當他不存在，她只要與卓連仁再生幾個孩子就行。可誰能想到，她懷一個、掉一個，六年前好不容易懷了黎兒，躺在床上保了七個月才艱難地生下她。

有件事裴氏一直瞞著卓連仁。生了黎兒之後，郎中就說她日後怕是不能再生了，她也早早做了打算，日後就讓黎兒招夫入門。既是如此，她就需要大量的銀子，這才打起單氏嫁妝的主意。

卓忠早早就看清了這個家是誰在做主，背地裡投靠她了。

她索性派卓連仁最信任的卓忠去處理這些事——賣單氏的嫁妝。不知為何，看到卓連仁最信任的人背叛他為她所用，她的心中就有一種莫名的快感。

這麼多年下來，單氏的嫁妝田與莊子早就賣光了，只剩下一些金銀首飾和布料器具充場面。

裴氏甚至期待起卓連仁發現單氏嫁妝都沒了時會是什麼表情，光是想像，她就激動得渾身微微發抖。

卓連仁感受到身旁裴氏的顫抖，知道她還沒睡，也懶得探查她在想什麼，乾脆強迫自己睡下，過了一會兒就陷入睡夢中。

第六十七章　十萬火急

卓承淮自然不知道那兩人在想什麼，他每日想玉芝想得心都疼了，只能靠寫信舒緩相思之情。過年休十五日，直到正月十五之後才開衙，但他還是有空就寫信，等著十五日驛站開了以後送去濟南府。

他去柏學士和同僚們家拜了年之後便窩在家裡，與兆厲、兆志兩人商討學問，其間偶爾跟著兆志去拜訪沈山長的老友們。

沈山長給老友們的信上寫明了卓承淮的身世，希望日後他們若是能幫忙就搭把手，不然憑他一個小小的庶起士能做得了什麼？

其中他最寄予厚望的是兵部尚書彭顯，他與沈山長是皇上當太子時身邊一文、一武兩個老師。

彭顯出身大家族，自小深知「伴君如伴虎」的道理，打從去了東宮他就擺出一副粗人的架勢，甚至連太子都敢摔幾下。整個東宮的人全知道他是個什麼都不在乎的人，也無人敢去惹他。

先帝召見了彭顯幾回，回頭就對太子道：「這個人配你配錯了，他一門心思不知變通，日後怕是難當大用。」

儘管先帝這麼說，然而太子可能長時間被壓抑得有些叛逆過頭了，登基之後就把先帝說能重用的沈山長貶回老家，卻把彭顯升為兵部尚書，總領一部事務。

其實彭顯不是不知道皇上的想法，但是他更清楚先帝的用意。先帝早就看出皇上的心思，按照皇上的反叛心理，先帝指派的那些人，他登基之後怕是一個也不想用。

於是先帝索性捧一貶一，讓皇上自己留下外表憨直、內心狡猾的彭顯，放棄為了拱皇上登基而鞠躬盡瘁的沈山長，這何嘗不是對沈山長的一種保護？

彭顯雖說心有千竅，為人卻算是正直，他與沈山長在困難時刻互相扶持一道走了過來，有多少情分自不必說；沈山長也不瞞彭顯，把自己將沈家、曹家全託付給兆志的事一一向他道來。

兆志帶著卓承淮上門的時候，彭顯正巧在練功，他看見卓承淮，眼睛一亮，這還是他第一次看到沈老頭信中不停念叨的人物呢！

他直接掄起一杆槍甩向卓承淮道：「小子，接住！」

卓承淮一驚，踉蹌一下後在頭頂勉強接住這槍，他把槍插在地上，甩了甩被震麻的雙手後，拔起槍上前幾步，雙手將槍遞到彭顯面前道：「在下卓承淮，見過彭尚書。」

彭顯沒想到他真的能接住，卓承淮難道不是個文弱書生？他還特地甩得高些，這樣即使他沒接住，也能從他頭頂擦過，不致造成任何傷害。

他不禁上下打量了一下標準文人模樣的卓承淮，接過他手中的槍道：「沒想到你竟然還有兩下子，跟誰學過？」

雖說彭顯的舉動略顯無禮，卓承淮卻絲毫沒有感覺到惡意，這反而更像是一個長輩在戲弄小輩。

只見卓承淮拱手笑道：「並未學過，只不過自幼在書院學習過六藝罷了。」

彭顯來了興趣，回頭挑出一把弓遞給他道：「來試試！」

卓承淮也不推辭，拉了拉弓試試力道，抽出一支箭對著約莫十丈遠的靶子拉滿弓一鬆手——正中靶心！

彭顯更高興了，拍拍卓承淮的肩膀對兆志說道：「兆志你真不厚道，有這麼好玩的小友也不早早帶來。」

兆志笑道：「彭尚書不過是頭一回見他才覺得有趣罷了，其實承淮在翰林院可是個端方的人呢！」

這話讓彭顯大聲笑了起來，笑得整個地面都要震動了，他使勁拍了拍兩人的肩膀道：「你們沈山長還真是送了兩個活寶到我這裡，走走走，咱們進去吃茶去。」

說罷轉頭就走，身後的卓承淮與兆志揉著被拍得要散架的肩膀，對視著苦笑了一下，快步跟了上去。

三人坐下倒了茶，彭顯揮退了服侍的人，開口道：「承淮的事，沈老頭已經告訴我了，不知你們有什麼打算？」

卓承淮聽到彭顯說起正事，嚴肅地說：「在下年後就想開始收集汝州通判裴峰與郟縣縣令……卓連仁收受賄賂的證據。」

彭顯正色道：「證據好說，只是你們有沒有想過讓誰出面？據我所知，汝州通判乃是汝州刺史的人，裴峰為汝州刺史斂財無數，只憑你們就想扳倒他？怕是有得等了。」

察覺兩個孩子臉色一沈，彭顯笑道：「你們彭爺爺我不才，是兵部尚書，管的正是各地軍務，收拾一個汝州刺史對我來說不過是稍微費點事罷了，只不過……為何我平白無故要幫你們？」

這下子卓承淮與兆志都愣住了。是呀，對他們來說比登天還難的事，對彭顯來說不過是小事一樁，但是人家憑什麼幫他們？

兆志沈思片刻，看了看保持沈默的卓承淮，站起來拱手道：「不知我們兄弟幾人有何可供彭爺爺差遣？」

彭顯對兆志這順杆爬的本事也是服氣，他自稱一句「彭爺爺」他就接上，既然人家都叫他爺爺了，他還拿什麼喬呢……

他在心裡嘀咕了一番，說道：「不知你們兩人日後可有興趣來兵部任職？」

彭顯的提議讓兩人感到震驚，這對他們來說可不是什麼需要犧牲的條件，而是一大好事呀，堂堂的兵部尚書為何會……

彭顯看到他們驚詫的表情，笑了起來，說道：「我既然尋你們，自然是有所求，不過現在還不能說，我只問你們日後可願意來兵部跟著我？」

卓承淮緩緩開口道：「還請彭爺爺給我們幾日時間，我們回去商議一下可行？」

彭顯當然不會刻意為難，留他們吃了頓飯就讓他們回去，約好等兩人想清楚之後再來。

回到家的卓承淮與兆志顧不得天色晚了，拉著兆厲就到書房認真討論起這件事。

卓承淮畢竟已經一隻腳邁進官場了，看得比兆厲跟兆志遠一些，他說道：「我琢磨著彭尚書是想把咱們與他綁在一起，只不過我納悶的是我們都是一些無足輕重的小卒子，他為何這麼看重咱們？」

兆志順著他的思路想了想，笑道：「咱們的確無足輕重，可你別忘了，單家已是皇商，走上發達富貴之路不過是時間問題；至於我，後面有個當過太傅的外祖父……」

此時兆厲補充道：「何況你們兩人的確稱得上是少年才俊，前途不可限量。」

兆志嘆了口氣道：「怕是咱們早被人摸得透透的了，不只是我與承淮，大堂哥跟我那兩個弟弟應該是都被看中了。」

只見兆厲撓了撓頭問道：「既然如此，咱們要答應彭尚書嗎？」

兆志反問道：「大堂哥有決定的權利，不知大堂哥是怎麼想的？」

沈默許久以後，兆厲下定決心道：「按照我的想法，咱們幾人本就一損俱損、一榮俱榮，你與承淮完全能代表咱們兄弟，我當然與你們站在一起，難不成我還與你們唱反調不成？況且承淮是芝芝未來的夫婿，我身為堂哥，希望芝芝一生無憂，若能在成親前替她掃平一些障礙，我會拒絕？」

他的態度讓兆志與卓承淮感動得眼泛淚光，兩人乾脆不再深思，喊潤墨溫酒過來，三人一醉方休。

第二日兆志和卓承淮一大早就苦著臉爬起來寫信給家裡，因為這件事非常緊急，他們等不及驛站開門，索性要潤墨跑一趟。

潤墨看到卓承淮提著一大布袋信出來時目瞪口呆道：「卓……卓少爺，這些信都是……給小姐的？」

卓承淮揉著因宿醉而疼痛難忍的頭瞪了他一眼道：「誰說的？還有給我舅舅和山長的！」

潤墨鬆了口氣，若是他扛著這麼一大布袋給小姐的信進家門，說不定會被老爺與二少爺、三少爺的眼神給殺死……

他看了一下布袋裡的信，問道：「請問卓少爺，哪些是給小姐的，哪些是給沈山長與單老爺的？」

卓承淮頭痛得快炸開了，他從未像今日一樣覺得潤墨如此嘮叨。他隨便找了一下布袋，抽出兩封信道：「這封給舅舅、這封給山長，其他都是給芝芝的。好了，你快些出發吧！我回去再躺一會兒。」說罷也不管潤墨驚訝地張大了嘴巴，轉頭就回房間。

潤墨看著手中的兩封信與裝滿信的布袋，欲哭無淚地與車伕一起上路。

一路上天公作美，一直未下雪，潤墨與車伕兩人換著駕車，順利地回到了府城的陳家。

他們抵達的時候把陳家人嚇了一跳，一家人忙聚在花廳見潤墨，生怕幾個孩子出了什麼事。

潤墨遞上一布袋的信，對陳忠繁說道：「老爺，這是大少爺和卓少爺讓小的帶回家的信，還有幾封信是要送給沈山長與單老爺的，少爺叮囑小的要親手送到他們兩人手中。」

陳忠繁一聽就知道件事小不了，連忙說道：「別耽擱了，讓人套了車送你去。」

潤墨鬆了口氣，不用面對陳忠繁與兩位少爺詭異的眼神真是太好了……他匆匆行過禮出門送信去了。

一家人圍在桌前看這一大布袋的信，兆勇性子急，乾脆直接把所有信都倒出來，一時之間圓桌就被信鋪滿了。

陳家人頓時眉頭緊皺——這麼多信？難道事情這般棘手？

兆勇先拿起一封信，待他看清楚封面的字時，一張臉瞬間僵住了，表情變得意味深長。他看著滿臉焦急的玉芝，將信放到她面前道：「芝芝親啟，承淮。臘月二十七。」

玉芝愣住了，緋色一點、一點爬到她臉上。她強裝鎮定地伸手接過信放在自己身邊，接著低頭拿了一封信，一看臉更紅了——「芝芝親啟，承淮。正月初三」。

她咬了咬牙，這個卓承淮……回頭非得寫封信罵他才成！

兆亮看到妹妹羞惱的神色，也拿起一封信說道：「喏，芝芝，這封是大年初一的。」

玉芝簡直沒臉見人了，她閉上眼睛深吸了一口氣，開口道：「趕緊看看有沒有正經的信！」

兆亮似笑非笑道：「這可都是正經的信呀……哦，這封……咦？怎麼又是臘月二十七的？難不成他一日寫好幾封？」

這讓兆勇來了興趣，他在桌上翻來翻去，說道：「欸欸欸，正月初三竟然有三封啊！難不成承淮哥休沐時就是日日坐在書房寫信？」

玉芝的腦袋都要炸了，一拍桌子吼道：「快些找正經的信，潤墨都趕回來了，事情定然不小！」

別說兆亮跟兆勇了，連皺著眉偷偷抱怨卓承淮的陳忠繁與笑咪咪的李氏都被她嚇了一跳。

兆亮跟兆勇看妹妹的臉紅到都能煎雞蛋了，怕是真的很著急，馬上吐吐舌頭認真找起兆志的信來。

片刻工夫後，被埋在卓承淮一堆信底下的一封信被抽了出來，兆亮見署名是兆志就直接撕開，看也未看地讀給大家聽。

聽完了信件的內容，一家人沒了打趣玉芝的心思，現場頓時變得異常安靜。

過了半晌，陳忠繁才問道：「你們兄弟怎麼看？」

兩兄弟對視一眼，又看了看低著頭的玉芝，只見兆亮開口道：「我們兄弟沒別的想法，大哥不管做什麼決定我們都同意，能讓芝芝過得好就行。」

玉芝的眼淚瞬間落了下來，這就是自己的哥哥們，因為她選擇了卓承淮，他們就心甘情願地站在她前面，替她掃平路上的荊棘……

陳忠繁欣慰地點點頭道：「爹娘老了，這輩子只想看到你們兄弟齊心同進退，既然如此，等單東家與沈山長回信，就趕快讓潤墨回京吧！」

看到陳忠繁輕易地就贊成這件事，玉芝哭得更凶了，她顧不得臉上的淚水，抬起頭哽咽道：「爹，再想想！」

陳忠繁與李氏心疼得要命，李氏也不管她是十五歲的大姑娘了，抽出帕子像小時候一樣為她擦拭眼淚跟鼻涕，啞著嘴道：「多大的姑娘了，怎麼像個三歲孩子似的？」

見玉芝噘起了嘴，更顯得幼稚的模樣，李氏拍了拍她通紅的臉蛋說：「芝芝想太多了，他們是妳哥哥，當然要照顧妳，再說了，就算妳沒與承淮訂親，承淮也等於是在咱們家長大的，我們什麼事瞞過他？妳哥哥們有的，什麼時候少過他的？

「這麼些年爹娘是真心把他當成另一個兒子，妳哥哥們也把他當成另一個兄弟。爹娘沒讀過書，只知道『兄弟齊心，其利斷金』，他的事妳哥哥們本來就該管，還能眼睜睜地看他陷在泥淖裡不拉他一把？」

李氏說的話樸實、沒有任何花言巧語，卻讓玉芝的眼淚流得更凶了，只怕他們不知道上了彭顯的船將會面臨什麼危機。

玉芝看了那麼多宮鬥跟宅鬥劇，多少能猜出一些。需要單家的錢、沈山長的人脈以及自家哥哥們與卓承淮這種有能力的後起之秀，這……要麼是造反，要麼就是奪嫡！

此時的彭顯打了一個震天響的大噴嚏，若是讓他知道玉芝的想法，眼珠子可得瞪掉了。現在的小閨女腦子這麼活嗎？偏偏活得不是地方呀，猜得也太不像話了吧?!

玉芝不知道自己猜偏了十萬八千里，她深深覺得自家不能摻和這些掉腦袋的事，索性把自己想到的可能性一五一十地說給家人聽。

造反？奪嫡？聽到這兩個詞，陳忠繁和李氏癱坐在椅子上發抖，兆亮跟兆勇也緊皺眉頭思索起來。

過了好半晌，兆亮才緩緩說道：「皇上正值壯年，幾位兄弟都被打壓得苟延殘喘，構成不了威脅；況且……皇上子嗣不旺，公主們早已出嫁，皇子們最大的不過十一歲，現在說奪嫡……是不是有點早了？」

嗯？玉芝呆住了，這和自己想的不一樣呀！難道正常劇情不應該是皇上身邊都是虎視眈眈的皇叔跟皇弟之類的，然後一眾成年的兒子明爭暗鬥，攪得朝堂風雲變色嗎？

她傻傻地張著嘴，眼淚差點流進嘴裡都沒發現。

李氏聽了兒子的分析之後也覺得玉芝想多了，一回頭看到閨女的傻樣子，趕緊又用帕子幫她擦臉。

陳忠繁也鬆了一口氣，剛要說什麼，就見潤墨一路小跑進來，對陳忠繁道：「老爺，單老爺與沈山長看了信之後就說要來咱們家，現在應該快到了！」

這讓陳家人為之大驚。單辰就算了，可沈山長幾乎不出書院，今日竟然要來他們家?!

一陣忙活之後，陳家人做好了待客的準備，單辰與沈山長也一前一後地進了門。

眾人行過禮之後便說起正事，單辰率先道：「承淮的信裡說得一清二楚，這件事對我單家來說倒是簡單，左右不過是些銀錢罷了，若是能為小妹報仇，散盡家財又如何？」

沈山長忙道：「單東家何至於此，我最是了解我那老友，他心眼雖多，卻沒什麼壞心思，怕是故意說得含含糊糊地嚇唬幾個孩子，順便考驗他們有沒有魄力。不過……我琢磨著，朝廷怕是要對某些地方動兵了！」

動兵？這比什麼造反跟奪嫡好多了，但是動兵為何尋上他們？難不成要他們上戰場？

李氏臉色煞白，在自己眼前長大的幾個孩子都是讀書人，可沒那本事上戰場啊……

單辰的表情也不太好看，卓承淮是自家妹妹唯一的骨血，他斷然不會讓他上戰場賭命的！

第六十八章 製作軍糧

沈山長看到眾人的臉色就知道他們想歪了，他嘆了口氣道：「動兵需要糧草，單東家有家底，親家那些肉乾、肉片、麵啊、餅的當軍糧再好不過。以我那老友的心眼，自我第一次寫信對他說了承淮的事，他應該就暗中調查過，不知何時起已盯上你們了。

「還有我，畢竟曾待在朝中這麼多年，各方面多少有些人脈，若是決定動兵，朝廷上自然是你來我往爭論許久，若能多拉攏一些人站在同一邊肯定比較有利。只怕皇上已經起了這個心思，彭老頭才會暗地進行布置，但是他又不能對我明說，畢竟那樣是揣測上意了，所以他才故弄玄虛，借著兩個孩子的嘴讓我知道。

「另外一點，就是兆志與承淮是真的入了他的眼了，他想早早把他們弄到兵部去，好為他搭把手。不過他們兩個都是書生，充其量不過是做些事前準備或軍師的工作罷了，不會上戰場的，你們就放心吧！」

眾人的表情隨著沈山長的話緩和下來，玉芝聽了沈山長的分析，想到方才自己胡思亂想的那些事，一張臉紅得都要爆炸了。

陳忠繁見閨女那羞得不得了的樣子，生怕她憋出病來，忙道：「芝芝快回房歇息吧！」

玉芝點點頭，強忍著羞意，站起來向眾人一一行過禮，趕緊回房去了。

關上房門把丫鬟們趕出去後，玉芝坐在書桌前只想仰天長嘆，越想越覺得自己傻。

思考了一下，玉芝從布袋裡掏出卓承淮的信，按照信封上的時間一封封排好，順著看了下來。

本來玉芝是因為羞惱，想找些事轉移注意力，沒想到卓承淮文章寫得好，話本寫得更棒。她一封封地看，覺得整個京城過年的熱鬧景象彷彿展現在她眼前一般。

玉芝津津有味地讀完了所有的信，才發現過去將近一個時辰了。她一封封將信摺好裝回信封，放進專門裝卓承淮來信的帶鎖小木箱裡。

接著玉芝坐在書桌前回信給卓承淮，她敘述完過年時家裡的情況與陳忠繁何時送陳家一行人回村之後，說起了方才的糗事。

承淮哥，我是不是想得太多了？沈山長把事情說透的那一瞬間，我都要羞死了！相信家裡的人應該會寫信要你們答應彭尚書，若彭尚書的目的真如沈山長推測的那樣，那麼肉乾、肉片與乾麵、泡麵、煎餅的方子都能給他。

絮絮叨叨地又寫了兩頁，想到卓承淮那些多到能鋪滿床的信，玉芝咬了咬牙，添上了三個字——

我等你。

寫完以後，玉芝的臉像被驕陽曬過一般通紅發燙，她伸手搧了搧臉，心想自己怎麼真的像個十五歲的少女似的，難道是因為太久沒談戀愛了？

像作賊一般把信塞到信封裡，玉芝叫來似雲詢問外面的情況，聽聞單辰與沈山長還沒離開，大概是要留飯了，她索性去灶房準備幾樣新菜，待楊嬤嬤過來傳飯時直接端上去。

雖然單辰早就知道陳家的吃食好，卻從未跟他們正式吃過一頓飯，尊沈山長上座之後，他一坐下就愣住了——桌上十來樣菜，竟至少有一半沒見過！

至於沈山長，他可是日日吃陳家送去的吃食，比單辰見得多了些，推讓一番後先動了筷子，直接挾起一塊燈籠茄子。

炸得通體酥脆的茄子中間塞著炸得金黃的肉餡，上面則澆了亮晶晶的酸甜醬汁，這是沈山長這陣子的最愛，哪怕知道過油、過葷，但是只要陳家送這道菜去，他還是一點不剩地全吃光。

沈氏勸了自己父親幾次都沒效果，乾脆寫信給李氏，自那以後，陳家就不為他送這道菜了。

憋了這麼久，沈山長今日總算又能吃著了，他喜孜孜地將菜放進碗裡，在心底搓了搓手，準備享用眼前的美食。

可惜沈山長沒看見李氏朝楊嬤嬤使了個眼色，只見楊嬤嬤低頭碎步上前，把擺在他面前的燈籠茄子換到了單辰那邊。

沈山長阻攔不及，可是他的教養又讓他做不出伸長筷子挾別人面前那盤菜的事情，只能欲哭無淚地盯著自己碗裡唯一一塊燈籠茄子。

不過李氏沒那麼狠心，她要楊嬤嬤帶著丫鬟們手腳飛快地換菜、佈菜，讓沈山長把滿桌菜都嚐了一遍。

沈山長乘機又挾了一塊燈籠茄子，略帶不捨地慢慢吃下，才結束了這一頓全是家常菜的家宴。

喝著小吊梨湯，看著丫鬟們有秩序地撤下碗碟，單辰感慨地想著，幾年前誰能想到陳家會發展到如今這個地步？

幾個人又商議一番，大致決定好如何回信，約好明日一早，讓潤墨跑一圈取信後直奔京城。

至於玉芝的信，因為裡面寫了有關國家大事的猜測，玉芝特地囑咐潤墨一定要貼身帶著這封信，若是有什麼事就直接毀掉，絕對不能落在別人手裡。

潤墨一路疾馳回京，正巧趕上卓承淮休沐。他把信交到兆志與卓承淮手裡後，整個人都要站不住了，兆志連忙讓他下去休息，與兆厲、卓承淮三人開始看信。

玉芝的信是潤墨特地交給卓承淮的，還說了玉芝囑咐的話，卓承淮乾脆將信收進懷裡，打算進房再看。

三人看完了單辰、沈山長與陳家的信之後都鬆了口氣。他們不怕事情尋上門，只怕拖累家人，既然他們全力支持，自己就不用再擔心一些有的沒的事了。

商量過後，他們決定明日下了衙就去尋彭顯。

回到自己房間裡的卓承淮從懷裡掏出玉芝的信——這可是玉芝第一次回給他這麼厚一

封信！

卓承淮欣喜地打開信封，隨著玉芝寫的內容，他的心情也跟著跌宕起伏，皺著眉頭看完玉芝胡亂推測的那段敘述，卓承淮陷入了沈思。

他驚詫於玉芝在政治方面的敏銳程度，哪怕最後她說因為她不明白實情而猜錯了，但是只憑幾句話就能猜到那方面去，絕非易事。

卓承淮仔細思考起玉芝的推測到底有沒有可能，不過根據他這幾個月在官場上的觀察，加上沈山長寫的信，這種可能性幾乎沒有。他沈下心，決定將這件事擱在一旁，繼續往下看。

剩下的就是小女孩的絮絮叨叨，像是訴苦訂做蛋糕的人太多，她好累……這還是玉芝第一次在卓承淮面前說「累」，可把他心疼得夠嗆，恨不能馬上飛回玉芝身邊幫助她、安慰她。

帶著這種心情繼續往下讀，待看到最後一個字時，卓承淮心中一直懸著的大石頭終於落了地。

我等你。

從一開始，玉芝表現出來的熱情就不足他的十分之一，雖說卓承淮慢慢地能感覺到玉芝在靠近他，但他正是恨不得能把心挖出來給心愛女子看的年紀，自然想得到玉芝更強烈的回應。

他一直記得兩人第一次談這件事的時候，玉芝說本來是想與他「協議」成親的……他怕，怕玉芝對他只有親情，怕玉芝是為了幫他擺脫他爹的束縛才與他訂親，怕玉芝只把他當作合作夥伴看待。

今日這個回應終於讓卓承淮放下心來。我等你……我等你！他不停地念叨這三個字，整顆心好似長了翅膀一般想飛。

來來回回看了這封信幾遍，卓承淮真不想依照玉芝的囑咐——看完就把信銷毀。他小心翼翼地把「我等你」三個字撕下來夾進書中，才戀戀不捨地把信投入炭盆裡，看著火苗一點、一點吞噬了信紙。

第二日兆志在翰林院對面的茶樓等卓承淮下衙，兩人一起去了彭顯家。

彭顯剛剛返家，他換下官服坐在花廳裡，不知道在想什麼。聽丫鬟通報卓承淮與陳兆志來了，他嘴角一彎，笑了出來。

三人坐好之後，彭顯完全不提上次的事情，開口問道：「不知你們前來有何事？」

兆志與卓承淮對視一眼，卓承淮站起來拱手道：「彭尚書上回說的事情，這幾日我們已經考慮清楚，也問了家裡的意見，不知彭尚書可還有興趣？」

彭顯笑道：「這幾日我一直在等你們，看來是沈老頭跟你們說什麼了吧？」

卓承淮笑道：「沈山長不過是關心我們罷了。」

彭顯摸了摸滿是鬍子的下巴，對兩人說道：「有些事皇上還沒發話，我自然不能告訴你們。我只問，日後你們可願意來兵部？」

卓承淮正了正神色回道：「若是有機會，我們兄弟幾人願意為了朝廷死而後已！」

兆志也點頭附和道：「承淮的話就是我們兄弟幾個的意思，您儘管放心。」

彭顯鬆了口氣道：「你們陳家那些乾食當作商隊的吃食很好，只不過若是我這邊需求量大的話，成本是高了一些。若是一個月內你們能幫我做出幾樣能儲存、成本又低的吃食，那麼……最多三個月，你們就能看到汝州一些官員被押解回京的場面了。」

聞言，卓承淮握緊了拳頭，強壓下內心的激動，轉頭看了看兆志。

兆志沈思片刻後，朝他微微頷首。

卓承淮心中有了底，思忖了一會兒後說道：「不知彭尚書說的成本低是要多低呢？」

只見彭顯有些無賴地說道：「一人一日的成本要低於三升菜米。」

兆志和卓承淮都有些無語。一日三升粟米是嗎？如今一升粟米不過三、四文錢，不超過三升粟米，也就是一日要壓縮在十文錢左右，怕是軍糧的最低標準了吧？彭老頭還真是開得了口！

卓承淮咬牙道：「那一個月後我們兄弟再來拜訪彭尚書。」

其實彭顯也覺得自己有點狠，見他們竟未討價還價，便訕訕道：「那個……稍微超過一點點也成……」

卓承淮笑著拱手道：「那就多謝彭尚書了。」

明明他的語氣恭敬，行禮也到位，可彭顯聽到這句話，就是覺得有哪裡怪怪的。

想到沈山長那張全是皺褶的臉，又看了看面前這兩個被他千叮萬囑要好好照顧的年輕人，彭顯有些心虛地說：「既然如此，你們趕緊回去吧！看看能不能早點想出法子來。」

兆志與卓承淮返家之後馬上將彭顯的要求寫在一張紙條上，又寫了一些他們調查得來的軍糧情況，動用單辰留在京城給他們的鴿子後，當晚紙條就送了出去。

隔天天擦黑，單辰就收到了鴿子，打開一看後立刻派人送到陳家去，畢竟做乾食的事情還是陳家有經驗。

玉芝才剛吃完飯回房，歡容就急急忙忙地快步走進來說道：「小姐，方才雙祿過來說老爺有急事尋您，要您趕緊去前廳！」

這讓玉芝大吃一驚，自己與爹娘剛分開，這會兒卻急著派人找她，定是什麼了不得的大事，於是她帶著丫鬟們匆匆找陳忠繁去了。

當玉芝看到那張密密麻麻的紙條時，不由得苦著一張臉。她哪裡知道什麼成本低、保存時間長的乾食啊？雖說她嘗試過做壓縮餅乾，但是那東西高油、高糖，和低成本一點也搭不上邊啊！

她看到陳忠繁與李氏焦急的樣子，穩下心神安慰他們道：「爹娘莫急，我不是沒有想法，但還是得仔細衡量是否可行，明日我會把袁叔與三堂哥叫過來一起討論。」

聽見女兒這麼說，兩人鬆了口氣，李氏說道：「那妳趕緊回去想想，我與妳爹也回憶看看有沒有饑荒年的吃食。」

玉芝哭笑不得，饑荒年的吃食能給當兵的吃嗎？不過她沒拒絕，畢竟自家爹娘只是想幫忙出點力罷了。

回到房裡，玉芝窩在鋪滿了厚厚棉花墊的自製懶人躺椅裡一動也不動，她的腦袋飛速地運轉起來，思考到底什麼東西才能當軍糧？

壓縮餅乾、即食米飯、午餐肉、自熱便當……在壓縮成本的前提下，根本不可能做出這些食品來，玉芝想得頭都快爆炸了。

正當她頭痛欲裂的時候，突然想起一樣東西——鍋盔！

這種以前流傳下來的經典軍糧，不知為何現在沒出現，如今軍隊主要還是用粟米，也就是小米來做軍糧。

鍋盔既然能在前世流傳千年，自然有它的獨特之處，然而玉芝只吃過沒做過，只能等明日再依樣畫葫蘆試試看吧！

有了鍋盔這樣食品的啟發，玉芝就不再考慮前世那些現代化的軍糧，轉往明、清兩朝尋找靈感，琢磨有沒有什麼沒想到的。

想了半日，終於被玉芝想到一樣東西，就是繼光餅。相傳繼光餅是戚繼光與倭寇打仗時使用的軍糧，後世甚至成了傳統點心「光餅」。

有了這兩樣軍糧，玉芝不禁有些激動，若是真能做成，那成本定能控制在一日一人三升粟米之內。軍糧就不要想著用白麵了，只要把雜麵磨得碎一點、味道調得好一些，一樣能吃得既飽又滿足。

與袁誠、兆貞試驗一陣子後，玉芝找出了最佳的製作方式。

她將高粱麵、小米麵磨得細細的，然後混合一些白麵，加入鹽，摻入比平時少的水，揉成麵團之後發酵半個時辰，放入大鍋中炕熟，這樣行軍打仗時一人背一個，能頂一旬的口糧。

放涼以後的鍋盔堅硬無比，甚至可以擋箭。若是不急，就一點、一點地磨著啃，這樣能拉長進食時間，讓人用最少的東西吃飽；若是急了，直接用熱水一泡，鍋盔會飛快地酥化在水中，瞬間變成稠食，囫圇吞下去就能頂個飽。

將一個粗糧版鍋盔放在旁邊晾涼後，玉芝開始做光餅。光餅與鍋盔其實是同一類東西，畢竟都是軍糧，自然以製作簡單、儲存時間長為出發點。

玉芝像貼燒餅一般把發酵的麵團貼在烤爐內部，每個麵團中間戳了一個孔，到時能用繩子穿成一串掛在脖子上，急行軍時拿著就能吃，不耽誤時間。

做好這兩樣東西，起碼能保證士兵們基本的口糧了，不過玉芝覺得日日吃這些也不是法子，總得做些能配著吃的東西。她把前世所有下粥的東西都想了一遍，要麼不好帶，要麼容易壞。

兩爐光餅都出鍋了，玉芝恍然大悟地拍了拍自己的腦袋，既然怕壞，那就直接做「壞掉了」才吃的東西啊——就是豆腐乳！

玉芝把廚房裡幾塊新鮮豆腐切成大小均勻的塊狀，上鍋稍微蒸一下以後拿出來，接著指揮廚娘準備好一個大籃子，裡面鋪上稻草，把豆腐一塊、一塊整齊地擺進去再蓋上一層稻草，放到陰涼的地方。

袁誠好奇地問道：「這是何物？豆腐這麼放著豈不是要壞了？」

玉芝也解釋不清，索性回道：「就是要它壞呢！十日後袁叔再來！」

兆貞在一旁一言不發，哪怕是做軍糧這些算不上美味的簡單吃食，他依然認真地觀察每個步驟，時不時還自己比畫一下，也不知道在記什麼。

離開灶房，玉芝送走了袁誠與兆貞，讓兆勇的小廝阿喜去尋單辰，要他明日一大早派個人過來送東西去京城。

沒想到阿喜出門回來時，另外還帶著一個人。這人身著樸素灰衣，一眼看過去就像個普通長隨，但仔細察看的話，卻能瞧出他衣裳下那發達的肌肉。

那人上前向玉芝行禮道：「請陳大小姐安，小的單實，乃單家護院。既然小姐有東西送回京城，就讓小的帶上兩匹馬，快馬加鞭換著騎，三日就能抵達京城。」

玉芝大喜。她急忙讓似雲跟如竹把剛做好的兩樣餅食裝好，然後自己趕去離得最近的哥哥們的書房，抽了張紙寫下這些吃食的食用方法與用掉的糧食重量、平均下來一日會用掉多少糧食。

將紙塞進信封裡，玉芝趕到灶房，單實剛把吃食裝進馬背的簍子裡，她顧不得男女之防，親自上前把信遞給他道：「這封信交給你們表少爺。」

單實點點頭，朝玉芝行禮告辭，跨上馬背後牽著另一匹馬奔赴京城。

第六十九章　虛情假意

三日後兆志就收到了玉芝特製的軍糧，曹佳聽聞鍋盔相當硬實，好奇地想要掰掰看，沒想到她用盡了力氣也無法剁動它一絲一毫。

曹佳疑惑地說道：「這餅真的能吃？怕是要咬掉牙了吧？」

兆志揚揚手中的信回道：「芝芝說了吃的方法了，這餅得趕緊送去給彭尚書，若是有什麼問題，咱們也好修正。」

彭顯聽聞卓承淮與陳兆志上門，頓時驚訝不已。這……過了七、八日沒有？這麼快就有新軍糧了？

他剛抿下第三口茶，兩人就進門了，看到他們的樣子，彭顯差點沒摔了手中的茶杯。只見他們挽起了袖子，分別提著竹簍兩邊，像是剛剛下地歸來的老農一般。

彭顯好奇地站起來，快走兩步迎上去道：「你們手中是何物？」

說罷，他揮揮手止住了兩人要行禮的意思，指著竹簍道：「這是我想要的東西？」

卓承淮頷首，掀開蓋在竹簍上的布，露出裡面大大小小的餅。

彭顯直接拿起一個鍋盔，想嚐嚐到底是什麼味道，誰知輕輕一掰竟然沒掰動！

他心下微驚，手上多用了幾分力，終於掰下一塊來放進嘴裡。

這餅初入口時好似石頭一般，卻在唾液的滋潤下飛快地融化，不過幾息工夫，他就感受到食材原本的味道——有高粱麵的澀，有小米麵的甜，仔細嚼了嚼，又泛出了白麵的香。

彭顯本來就不餓，吃了掰下來的一小塊餅，竟然飽了。他又拿了一個光餅坐回椅子上，前後端詳了幾下，敏銳地察覺到這餅中間的孔是用來做什麼的。

對呀，他怎麼沒想到呢?!把餅用線穿起來掛在身上，這樣既能減少糧草押運的重量，又能隨時吃上飯！

卓承淮乘機告訴彭顯這些吃食花費的總糧量、平均每日一人會消耗多少，還有這些東西能儲存多久。

彭顯沈默片刻，留下了這兩樣東西，抬頭對卓承淮與兆志笑道：「今日老夫算是開了眼界了，你們先回去吧！回頭有了消息，我馬上通知你們。」

卓承淮與兆志也沒追問彭顯到底何時才會動手，笑著行禮後就告辭了。

玉芝每日掰著指頭數日子，到了第十日，她一大早就帶著似雲去灶房，小心翼翼地親手揭開蓋在豆腐上的稻草。

看到豆腐上那層密密麻麻的細白毛，似雲和兩個廚娘臉色都變青了，這真是太……太噁心了！

誰知玉芝卻十分欣喜，成功了，這白毛發得剛剛好！

她把裹了調味料的霉豆腐放進洗淨曬乾的瓷罐裡，放一層就撒一層鹽，最後倒進涼開水淹過豆腐，接著用蓋子密封起來放在陰涼處等它慢慢發酵，約莫幾日後就能吃了。

直到玉芝蓋上蓋子，似雲才鬆了一口氣，蒼白的小臉滿滿都是殘存的驚恐。

玉芝回頭一看笑了起來，說道：「看不出咱們似雲膽子這麼小，等東西做好了，第一個讓妳嚐一塊！」

似雲的臉更白了，結結巴巴道：「小……小姐……它幾日……能好啊？」

玉芝不禁在心底暗笑，好半天才開口安慰她。「莫急，不想吃就不吃，我又不會逼你們吃！快抬起頭來，妳這欲哭無淚的模樣看得我都心疼了。」

似雲這才明白自己又被整了，忍不住噘起嘴來有些埋怨地瞄了玉芝一眼，瞄得玉芝那是通體舒暢。似雲總算擺脫了剛來那時壓抑的樣子，開始展現少女應有的嬌俏了。

心滿意足的玉芝淡淡一笑，帶著似雲去尋陳忠繁與李氏吃早飯了。

此時卓承淮收到了來自卓連仁的信。

卓連仁的信是送到翰林院的，卓承淮撕開寫了他名字的信封，只見裡面還有一個信封，寫著「吾兒親啟」。

一開始卓承淮還沒反應過來，吾兒？是誰？難道是舅舅？也是，舅舅有時候會開玩笑說自己是他另一個兒子。

待撕開第二個信封，卓承淮才知道自己錯了，原來這封信竟是卓連仁寫的！

卓連仁的信寫得那叫一個感情豐沛，他用了很大的篇幅描述這麼多年來對兒子的思念，然而人在屋簷下，受到裴氏的監視，不能與他聯繫，因此內心十分愧疚。

接著他說自己身邊都是裴氏的人，甚至連卓管家都被裴氏收買了。他也是最近才知道，長久以來他派人送去單府給他的東西竟是一件都沒送出去，這封信還是他甩開監控的人親自送去驛站的。

轉過頭，卓連仁又說卓承淮訂親卻沒通知他，他很難過，但還是偷偷攢了一筆錢，待父子相見時將全部交給卓承淮。

最後他寫道「盼吾兒回信，老父思你久矣」，然後留了一個明顯不是縣衙、但也不知道是哪裡的地址。

卓承淮的嘴角全程含著嘲諷的笑看完這封信，他放下手中的信摸了摸胸口，發現自己一點都不難過。

這麼多年下來，他早就過了「想要爹」的年紀了，卓連仁現在寫這封信過來，難道以為他會屁顛顛地湊上去叫他一聲「爹」?!

既然裴氏不知道卓連仁寫了這封信，那自己就陪他好好玩玩。

卓承淮抽出信紙，平靜地寫了一封略帶小兒埋怨口吻的信。

信裡訴說卓連仁這麼久以來不聯繫他所引發的憤怒，又表達了對卓連仁遭裴氏監控的憐憫，還詢問卓連仁為他準備的錢有多少、到時如何交給他……最後他加了一句「不知信中地址是何處，疑不是您所寫，這封信還是送到縣衙吧」。

寫完以後，卓承淮饒富興致地從頭到尾看了一遍，覺得自己寫得真好，能說的都說了，還添油加醋地寫了一些似是而非的話，裴氏看見了，定會撓花卓連仁的臉！

神清氣爽地把信裝進信封，卓承淮大筆一揮，寫上「郟縣縣衙，縣令卓連仁收」幾個字，送去了翰林院寄信的地方。

信寄出去後，卓承淮覺得自己有些幼稚，既然卓連仁寫了這封信，就說明他感受到汝州官場的動盪，他怕是蹦躂不了幾日了，自己何必費這勁呢？

想到這裡，卓承淮搖了搖頭。罷了、罷了，寄都寄了，就當玩耍吧！

數日之後，卓連仁一下衙就覺得家裡氣氛怪怪的，下人們都低著頭、大氣不敢喘，偶有一、兩個抬頭看看他，又飛速地低下頭。

卓連仁好奇發生了什麼事，他去正院打算換一身居家衣裳後找人問問，卻沒想到一進門就看到裴氏沒點燈坐在圓桌前。

昏暗的夕陽下，看不清裴氏的表情，忽明忽暗的陰影投射在她的嘴角，一眼看過去，她好似譏諷地在冷笑。

卓連仁一個沒注意，被裴氏嚇了一跳，定睛一看發現是她，有些悶悶地問道：「婷娘為何不點燈？坐在這兒想什麼呢？可是出什麼事了？」

說完他見房內沒有一個丫鬟，便自己走兩步上前點亮油燈。

油燈跳了兩下，閃爍的燈光讓卓連仁連眨了幾下眼睛，才抬起頭看向裴氏。

裴氏依然面無表情地坐著，不回他的話，也不看他。

卓連仁心中微驚，看來是出大事了……他上前摟住裴氏道：「婷娘，到底出了何事？有我在呢！莫怕。」

裴氏木木然地轉頭看著卓連仁，這個一臉擔憂的男人，英俊的臉龐在油燈的光線下越發顯得魅人，他用溫柔又焦急的神色詢問她，好似她是他最重要的人一般。

她突然彎起嘴角笑了出來，卓連仁不禁一頭霧水，怎麼又笑了？

裴氏從袖子裡掏出一封信，遞給他道：「今日老爺有信，是從京城翰林院送來的呢！」

卓連仁摟著她的手僵住了，露出了一絲慌亂的神情。

裴氏的心徹底涼了，她以為這是那個喪門星故意寫來氣她的，她還懷抱著一丁點希望，期盼身邊這個男人對她就像平日表現出來的那樣。

她掙脫卓連仁的手站了起來，扶著桌子踮起腳尖與他平視，看到卓連仁閃躲的目光，她把信輕輕放在他的手上，輕聲道：「是妾身錯了，老爺思念兒子本屬正常，日後只管大大方方寫信便是，妾身定不會『監控』您。」

卓連仁聽到「監控」兩個字就知道她已經看過信了，他心底有些懊悔，自己這是太著急了！

他低頭看著手中的信，在裴氏的目光之下，他竟然還在思考卓承淮寫了些什麼。

裴氏沈默許久沒等到卓連仁一句話，內心的失望如潮水般湧來，她沒能忍住，哀哀道：「老爺就這麼迫不及待？您那兒子還沒在京城站穩腳步呢！就急著寫信給他？」

卓連仁捏緊了手中的信，咬了咬牙將它放進懷中，握住裴氏的手道：「胡說什麼呢！我為什麼寫信妳不知道嗎？最近……」

裴氏其實也明白原因，她抽出手打斷卓連仁的話道：「最近朝廷派人來查刺史的事，連帶我爹也被查了，但那又如何？每過幾年朝廷都會來這麼一次，哪回有事了?!」

卓連仁揉了揉太陽穴，又拉住裴氏道：「這次我總覺得有些不同。以往都是禮部派人來查貢品或者戶部來人查稅，這還是第一次有兵部的人來，而且也不說要查什麼，槍口直接對準刺史府，我想這是要出大事了，才寫信給他。他畢竟在翰林院，那可是天子近臣待的地方，多少能打探一些消息。我是怕妳胡思亂想才隱瞞妳的，這幾日岳父家已經夠煩的了，我也是想為他老人家分憂呀！」

裴氏在心底冷哼一聲，但到底聽進去幾分，她沒了方才的抗拒，任由卓連仁拉著她的手不說話。

卓連仁鬆了口氣，聲音更加溫柔。「婷娘，我知道妳不希望我聯繫他，可是刺史做的事情咱們多少知道一些，壓根兒禁不住查，得提前做好準備才行。」

說到這件事，裴氏沒了底氣，自家爹爹是自己這輩子的依靠，這麼多年來若是沒有他，她怕是早就被卓連仁撇下了！

雖然裴氏很了解卓連仁的真面目，卻總幻想他對她一片真心。他沒有小妾、外室，甚至連個通房丫鬟都沒有，只守著她過日子，這對一個官老爺來說簡直是不可思議的事情。

這也讓裴氏沈浸在自己的夢裡不願醒來，哪怕清楚地知道這一切全是幻影，卻只想沈溺其中，更何況現在……的確是用得著卓承淮的時候。

她嘆了口氣，回握住卓連仁的手道：「老爺又何必跟妾身解釋呢！只要對老爺和爹好，不用顧及妾身，只管與承淮聯繫便是。」

卓連仁整個人放鬆下來，張開手摟住裴氏細聲安慰，卻沒看到她森森的眼神。

安撫好裴氏，卓連仁回到書房仔細讀起了卓承淮的信。看完之後他在心中暗喜，看來父子天性不可磨滅，卓承淮的語氣帶著這麼明顯的抱怨，不就是還想認他這個爹嗎？

至於卓承淮寄信到縣衙的事情，卓連仁能理解，這個兒子心裡不舒服，想引他與裴氏不快也是正常的。

卓連仁回了一封信，這次寫完以後還拿到臥房給裴氏看，然後裝在信封裡交給卓忠。

既然卓忠的底細已經暴露了，裴氏索性不再隱瞞，當著卓連仁的面囑咐他。「一定要親自送到翰林院才行，知道了嗎？」

卓忠看了嘴角含笑、眼神冷漠的卓連仁一眼，心中惴惴不安，低頭小聲應下。「是。」

卓承淮是真的沒想到卓連仁還能寫第二封信來，他不由得嘖嘖稱奇，看來卓連仁把裴氏吃得死死的嘛。

看完那封信，卓承淮差點要吐了。到底是怎麼樣的人才能若無其事地大書特書對他的思念之情，還說要進京看他，甚至想去府城拜訪陳家？

卓承淮用力將信往桌上一拍——卓連仁這是得寸進尺，若是他敢去騷擾芝芝，他定不會讓他好過！

話雖如此，有件事倒是可以確定，那就是彭顯出手了，接下來只等著卓連仁與裴氏被押解進京那日，他定會好好歡迎自己的「父親」與「母親」。

卓承淮將卓連仁的信撕得粉碎，頭也不回地出了書房。

自信送出去之後，卓連仁就焦急地等待卓承淮的回信，他已經做好打算，想再寫幾封信挽回卓承淮，甚至偷偷進京探望兒子，訴說一下這些年自己的不得已。

不得不說卓連仁這輩子過得算是順風順水，因為相貌生得好，他自小就沒吃過虧。接連接受了兩個女人的幫忙走到了今天，他對自己哄人的本事還是有幾分信心的，再加上卓承淮第一封回信給了他希望，他當然信心滿滿地認為這個兒子逃不出他的手掌心。

豈料等了半個多月還沒收到信，卓連仁不禁有些著急，又懷疑卓忠是不是沒把他的信送到卓承淮手上，日日意味深長地盯著卓忠看，看得他渾身冒冷汗。

又過了一旬，卓連仁是真的等不下去了！兵部和戶部的人已經開始調查這些年來徵兵與上繳軍糧的情形了，這可是能捅破天的大事，雖說刺史表明帳面都做好了，但他總是覺得不安……

卓連仁乾脆又寫了一封信，悄悄地跑去驛站親寄。

裴氏得知以後嗤之以鼻，這卓連仁怕是連「殺母之仇不共戴天」都不記得了，還真以為他說了幾句好話，卓承淮那個小畜生就會乖乖湊上來？

卓承淮又收到了卓連仁的信，他冷笑一聲，拆都不拆，直接扔給送信的差役道：「哪裡送來的回哪裡去，日後此人寫的信不必送給我了！」

苦等十餘日之後，卓連仁收到了驛站的退信，這才明白卓承淮不是他能輕易說服的人，他忍不住懊惱起自己的魯莽，早知道就換個方式慢慢接近他了……

正當卓連仁苦思惡想著怎麼才能和卓承淮修復關係時，一個震盪了汝州官場的響雷劈到了他頭上——汝州刺史莫子善的府邸被十三道監察御史郭均帶人給圍了！

一時之間刺史府就像與世隔絕一般，消息進不來、出不去，汝州的軍隊也被兵部尚書彭顯的孫子彭宇帶著一眾將領連夜接手，許多士兵第二日清晨才發現自己的頂頭上司換了人。

彭宇的手段強硬，當著眾兵將的面斬殺了一批不服氣的莫子善親信；又放話說只要現在與莫子善撇清關係，無大罪便可既往不咎；若是能出首莫子善，還能戴罪立功。不過半日工夫就壓制住差點發生的譁變。

一石激起千層浪，在得知刺史府被圍之後，汝州知府第一時間上書血淚控訴莫子善的罪行。他兩人一文、一武同治汝州，可是莫子善仗著手上有軍隊，根本不把他放在眼裡。剛開始幾年他們尚且能維持表面的和平，但是隨著莫子善坐大，他不再滿足於只管理軍務，竟想插手地方政事。

起初汝州知府並未理會莫子善的無理要求，誰知他惱羞成怒，指使手下兵將們打著割草餵馬的旗號在汝州境內大肆砍伐樹木，甚至放任馬匹吃了不少尚未長成的莊稼，令百姓們叫苦不迭。

汝州知府手邊無兵，不敢與他硬碰硬，又知天子心腹才當得上刺史，就算他上報，莫子善不過是不痛不癢地被斥責一番罷了，但自己卻極有可能丟官送命，只能咬牙忍下，三次登門道歉，邀請莫子善共同治理汝州。莫子善擺出一副盛情難卻的樣子，也不看汝州知府的臉色有多難看，笑著答應下來。

汝州知府的摺子裡寫滿了這些年來莫子善的惡行，也訴說了自己的無奈，如今他只求皇上能嚴懲莫子善，他就算是被罷官也認了。

第七十章　不留情面

此奏摺一出，宣政帝在心底長嘆了一口氣。十三道刺史是先帝親自任命的，先帝給了他們足夠的信任，萬萬沒想到現在竟然養虎自齧，這莫子善真是把先帝的臉皮都給撕下來，在天下人面前踐踏……

宣政帝派人傳來彭顯，把汝州知府的奏摺扔到他面前道：「老師且看看汝州刺史幹的好事，竟能讓知府退避三舍，看來今日就得拿他開刀了！」

彭顯看完奏摺也暗自心驚，這汝州刺史的膽子著實大了些，難不成他以為皇上是泥捏的不成？先帝已經仙逝多年了，竟完全不知收斂。

定了定心，彭顯跪下說道：「莫子善能在汝州胡作非為，必非他一己之力，手下怕是有無數嘍囉。當日微臣稍有察覺，求陛下徹查的時候，也沒想到莫子善是如此的……這麼多年下來，是微臣失察了，微臣對不起陛下，求陛下將他們一網打盡，也算是對汝州百姓有個交代。」

此話深得宣政帝之心，只換一個汝州刺史怎麼能發洩他心中的憤怒，他要查到底，汝州所有與莫子善有關係的官員都別想好過！

第二日，朝堂之上，宣政帝當眾宣讀汝州知府的奏摺，看到底下一群低著頭、不知道在想些什麼的官員們，他痛心疾首道：「朕自登基以來，日夜不能熟寐，只想著如何當一個好皇帝、怎麼治理好國家。如今在朕的治理之下，竟出了莫子善這麼大一隻蠹蟲，這是朕失職，朕對不起汝州人民，對不起全天下的百姓！」

彭顯上前一步道：「微臣身為兵部尚書，也被莫子善瞞天過海欺騙了，微臣深覺自己對不住陛下，只求陛下讓微臣戴罪立功，微臣定會徹查一切，以正天下視聽！」

這件事是他們兩人昨日就說好的，還順理成章地在眾臣面前表演了一番君王痛心、臣子解憂的戲碼，直接定下由彭顯主管這件事。

下了衙之後，柏學士把卓承淮叫進書房，告訴他今日朝堂上發生的事情，意味深長地說道：「我看莫子善是要徹底垮了，他手底下那些人……彭尚書也不會放過的。」

卓承淮死死掐住自己的手心，說不出話來。經過這麼多年，終於等到這一日了！他眼眶微紅，朝柏學士行了個大禮道：「多謝柏學士……」

柏學士扶起他，嘆口氣道：「我與沈老頭的關係雖不如他與彭尚書親密，但是曾經共事許久，還是兆志帶著他的信上門來，我才知道你的事情與你們的關係。」

說罷他停了片刻，又開口道：「若是你想在官場上有所作為，這件事你就別插手了。你與卓連仁終究是父子，時人講究『天下無不是的父母』這個道理，大眾很難站在你的角度設身處地替你著想，能避就避吧！」

卓承淮深吸了一口氣，緩緩吐氣道：「是，學生明白。」

得到宣政帝的命令，彭顯出宮後開始點兵派將，又向戶部尚書借了十個查帳的好手，派了一行二十人帶著三百御林軍直奔汝州。

彭宇接應到自家祖父派來的人馬，立刻秘密地將他們送進了汝州府衙，片刻也不敢歇息，查起了這些年來汝州從上到下的帳。

之前第一批人已經查出些許問題，隨著刺史府被封的時間拉長，莫子善的一些黨羽驚慌失措，有幾個人悄悄進了郭均和彭宇暫住的帳篷，交出了自己偷藏的證據，只求能減輕罪行，留下一條命。

慢慢地，前來出首的莫黨越來越多，莫子善的罪行也暴露越多。郭均為人有幾分霸氣，看到莫子善的所作所為，真是怒髮衝冠，都想直接砍了這罪大惡極的莫子善！

這次戶部派了人下來，他們根據郭均蒐集的證據，不眠不休地花了五日，理清了莫子善這些年來做的假帳，最後得出一個令人咂嘴的數字。

郭均把查出來的明細謄到奏摺上後，彭宇派親信快馬加鞭將東西送到了人在京城的彭顯手中。

彭顯拿到奏摺以後，片刻也不敢耽誤，忙遞摺子進宮。

宣政帝打開奏摺之後略過前面的明細直看向摺子最末端，看到那個數字時心頭一驚，還以為自己看錯了。他先是閉上眼，過了一會兒又睜開眼，眼前的內容絲毫未變——

微臣與彭將軍同戶部等人共同作證，汝州刺史莫子善，在擔任汝州刺史這二十一年間，貪銀約九千四百萬兩。

九千四百萬兩……去年全國一年的稅收不過七千萬兩，莫子善這麼多年來竟相當於貪墨了一年半的稅收！

宣政帝大怒，他的私庫裡只有區區一百多萬兩銀子，一個小小的刺史家產竟是他的九十多倍！宣政帝手一揮，把龍案上所有東西都掃到地上，在一陣物品掉落的聲響當中，御書房所有人都嚇得跪在地上瑟瑟發抖。

盯著跪在地上的彭顯，宣政帝說道：「給朕查！將莫子善的黨羽連根拔除，朕倒要看看他們這些人一共能貪墨多少！抄家……給朕抄了莫賊的家！」

彭顯得了宣政帝的話，當然不敢耽擱，連忙找戶部尚書商議抄家的事。

戶部尚書江岷陽也沒想到莫子善竟貪了這麼多銀子，他身為大周朝的錢袋子，每日為了東一榔頭、西一棒槌要錢的人頭昏腦脹的，若是抄了莫子善拿到這些錢，他起碼有兩、三年不用發愁了。

看到江岷陽笑逐顏開的樣子，彭顯撇了撇嘴道：「江尚書可要知道，這件事是我們兵部先下的手，出力的主要也是兵部，這銀子可不能全進了你們戶部。」

江岷陽笑呵呵地說道：「雖說主要是你們兵部出的力，可這個人細說起來也是兵部該管的人，皇上沒治彭尚書一個『治下不嚴』的罪名就不錯啦！」

彭顯一拍桌子道：「江尚書若是這麼說的話，日後可就沒這種好事了！若是再有這等貪賊出現，到時我直接報給陛下派人抄家，也不需要戶部查帳，抄多少、是多少，讓陛下與兵部平分，豈不是更好?!」

江岷陽臉色微僵，心底暗罵彭顯這老賊真是無恥，不過他也明白這次不可能兵不血刃，只得嘆口氣道：「彭尚書何必如此？不過是說笑罷了，等到收回銀兩時，分給你們兩千萬兩如何？」

彭顯沒想到江岷陽這老摳門兒能這麼大方，竟願意給兩千萬，他還以為能拿到一千萬就不錯了呢！畢竟現在每年戶部撥給兵部的軍費不過九百萬兩而已。

不過他面上不露喜色，反而低聲道：「江尚書說的我當然答應，可是江尚書別忘了，陛下的私庫可沒多少銀子了……」

聞言，江岷陽咬了咬牙。這個老狗賊，他當然知道陛下私庫不多，可是這錢一進了陛下私庫，就沒可能再拿出來了，這真是……

過了一會兒，江岷陽恨恨道：「彭尚書說得是，莫子善貪墨的也是陛下的銀子，自然要還給陛下，你說給陛下五百萬兩如何？」

彭顯看著他咬牙切齒的樣子，笑道：「江尚書問錯人了，我又不是陛下，怎麼知道如何不如何的，不如你直接問陛下？」

語畢，欣賞了江岷陽變來變去的臉色片刻，彭顯才說道：「江尚書快別想這麼多了，先派人去抄家吧！」

這話讓江岷陽反應過來，錢還沒到手呢！待拿到手以後再扯皮也不急。他點了專門負責抄家的人與彭顯派的御林軍一同出發，直奔汝州。

郟縣縣衙中，裴氏正坐在椅子裡緊緊握住手中的茶杯。她知道自己所有的一切都靠她爹，而她爹倚靠的人就是莫子善，莫子善若是倒了，她不敢想像自己的將來會是如何……

不過幾日工夫，就傳來莫子善被奪官抄家的消息，莫家五歲以上的男兒全被押解進京，而本該隨行的莫夫人等一眾女眷，因為害怕被賣入教坊為奴、為妓，遂一同吊死在廳堂之上。

得知這件事，裴家與卓家惶惶不可終日，莫子善是倒了，他們卻覺得這事還沒完，天子一怒伏屍百萬，莫子善的今日只怕就是他們的明日！

卓連仁最近真是心力交瘁，莫子善垮了，卓承淮不回信。他覺得是不是卓承淮做了什麼事，莫子善才倒得這麼快？可轉過頭他又認為自己想多了，卓承淮不過是個小小的庶起士，怎麼可能扳倒如大山一般鎮守汝州的莫子善呢？

可是……莫子善當了超過二十年的刺史一點事都沒有，偏偏在卓承淮入京不久後就倒臺，再結合卓承淮對他的態度以及他與岳父裴峰打探得來的消息，他知道這一切不對勁。

裴氏這幾日就像瘋了一般，不是催著卓連仁打探消息，就是往娘家寫信。可是現在裴家也是一團亂，哪裡有空理會一個出嫁十多年的女兒？裴夫人回了一封信讓她少安勿躁之後，就沒了消息。

卓連仁一個小小的縣令沒了裴家，又怎麼能打探到什麼有用的消息？他每日就像無頭蒼蠅一樣，又不敢有什麼太大的動作，生怕引起郭均的注意。

然而他們夾著尾巴著急，也抵抗不住郭均殺伐決斷的步伐——裴家被抄了。

裴家抄家的那日，裴峰剛去了衙門不過兩個時辰，就被彭宇帶人將他捆了出來。當裴峰灰頭土臉地跟著一群人回裴家之後，裴夫人竟是鬆了一口氣，提心弔膽了這麼些日子，該來的終於來了。

她本來想學莫夫人那樣帶著女眷們自盡，卻無人回應她。媳婦們都是有娘家的人，好死不如賴活，若是被賣入教坊，還能設法讓娘家人買她們出來。

裴家倒得極快，不過三日工夫，就被郭均帶著戶部的人查封了所有財產，在奏摺上寫清了明細遞了上去。

宣政帝看著奏摺輕笑出來，對眼前的彭顯道：「你看看，一個小小的通判，從五品的官，竟能貪墨上千萬兩銀子，看來汝州還真是臥虎藏龍呀！依朕看，若是將莫賊黨羽清理乾淨，咱們大周朝三年的賦稅就出來了。」

彭顯額頭冒汗，如今鬧到這地步已經超出他原來的設想了。這次是他們出其不意，讓彭宇先行一步，才沒讓莫子善手底下的兵隊鬧起來，現在朝野上下都受到莫子善一案的震動，下次再想逮住誰的話怕是難上加難了。

身為裴峰的女婿，卓連仁在裴家倒下後就明白大勢已去，他現在能做的，怕是只有等日子了。

裴氏也看清了局勢，到處託關係要送走卓清黎，可這個時候誰又敢出手幫他們一把呢？

連連碰壁之後，裴氏失魂落魄地坐在床上摟著卓清黎不鬆手，卓清黎也察覺到家裡氣氛不對，乖乖任由裴氏抱著。

卓連仁一進房就看到這一幕，可說是刺痛了他的雙眼。這一切都怪裴氏，若是當年沒有她，他就能與單氏平平淡淡地度過一生，培養出一個前途不可限量的進士兒子！

看了表情不安的女兒一眼，卓連仁嘆了口氣，上前把卓清黎從裴氏懷中抱了過來，對裴氏說道：「到了這個地步，怕是沒人願意幫我們了。黎兒年紀尚小，又是女孩，日後怎麼樣也有一條生路。妳就別多想了，若是被發現她遭人送走，可是必死無疑。」

裴氏過了好一會兒才聽懂卓連仁在說什麼，她嗓音沙啞地回道：「我的黎兒，她……」說著，她像是想到了什麼，喊道：「卓承淮！黎兒還有哥哥……卓承淮！把黎兒送去卓承淮那邊吧！」

卓連仁忍不住嗤笑一聲道：「卓承淮？妳別忘了咱們是怎麼對他的，他會伸出援手？我懷疑這一切都是他搞的鬼！」

裴氏像是被抽空了所有力氣，癱坐在床上喃喃道：「怎麼會呢？不會的，他才進京不久，怎麼會……」

她突然一拍手下的被子道：「他是老爺的兒子，是卓家的人，咱們遭殃，他也別想安然無恙！」

卓連仁到底與裴氏夫妻多年，不可能一點感情也沒有，他低聲道：「隨便一查就知道承淮四歲就去了單家，且咱們兩人當年……妳知道我為何認為這事與他有關嗎？自他久久不回我的信之後，我就與岳父派人去調查了。

「與他訂親的陳家雖說是泥腿出身，但是兒子個個有出息，而且他的大舅子娶了府城濼源書院沈山長的外孫女，那沈山長可是皇上當太子時的太傅，不僅與翰林學士柏靖交情匪淺，更與兵部尚書彭顯有二十年的共苦之情。

「他的大舅子成親不久就上京四處走動，還幾次與他出入彭家大門，在這之後沒多久，兵部就派人來查莫子善了。雖說這一切可能是巧合，可是也太剛好了！直到岳父入了大牢，我才敢這麼說，現在咱們想去攀著承淮把他拉下水，豈不是癡人說夢？」

裴氏萬萬沒想到，當年那個任由她扔進水裡的小孩子如今有這等能耐，她十分後悔當年沒有下狠手殺了他以絕後患！

她用力握緊雙拳，半晌才開口道：「妾身要寫封信給他，只求……只求他救救黎兒！黎兒是無辜的，她是他妹妹呀……」

卓連仁心想這也是個辦法，現在卓承淮根本不理他，可若是用黎兒當作藉口，說不定他會心軟一次。

裴氏忍著心中的恨意寫了一封情詞懇切的信給卓承淮，知道自己罪孽深重、死不足惜，但是卓清黎什麼都不知道，只求卓承淮救卓清黎一命，要將卓清黎託付予他。

這是裴氏最後一線希望，她寫完信之後派人快馬加鞭、日夜不休地送去京城，不過兩日，信就擺上了卓承淮的案頭。

卓承淮見又是郟縣來的信，原本打算直接撕了，卻察覺字跡不是卓連仁的，好奇之下便打開來瞧瞧。

只一眼，卓承淮就冷笑出聲。裴氏這個女人真是不簡單，竟然有膽寫信給他？

他當然知道自己有個妹妹，可是這妹妹就當沒有也罷，裴氏的女兒生來與他便是仇人，何必相認？更何況，他既然求人出手，就是沒把這個妹妹放在心上。

裴氏這封信看起來是如此諷刺，她知道為自己的女兒著想，那當年她害死他娘時有為四歲的他想過嗎？

卓承淮的唇角泛起一絲譏諷的笑，整個人顯得陰沈又邪魅。

察覺到心中激烈的情緒，卓承淮摸了一下自己的臉，心想若是被玉芝看到了，定然會嚇到。於是他放鬆了表情，抽出一張紙，也沒廢話，直接抄下單氏嫁妝單子上的莊子與田地，差人送去郟縣。

第七十一章　押解進京

收到卓承淮的回信，卓連仁與裴氏本來十分高興，卻沒想到抽出來竟是一張寫滿了某某縣某某鎮田莊一百畝、某某縣上等良田五十畝等內容的紙張。

卓連仁一頭霧水，這是什麼意思？是想要他把這些地都給他？這些地看起來挺眼熟的，似乎有幾樣是單氏的嫁妝？

他不由得感到欣喜，難不成兒子的意思是只要把他娘的嫁妝還給他，他就會救他們一家？這不是送上門的好事嗎？這些嫁妝在他成親之後本來就要給他，現在不過是提早一、兩年給罷了，反正這段時間的收成他也不放在眼裡！

卓連仁一臉興奮地轉頭看向身邊的裴氏道：「婷娘，快把單氏的嫁妝、地契都找出來送進京城，我看承淮應是看在黎兒的分上心軟了，只要咱們把東西都還給他，他說不定能保咱們平安，再不濟也能保住黎兒！」

裴氏看到紙上列的項目時臉色就變得蒼白了，聽到卓連仁那句「再不濟也能保住黎兒」時，她的心情複雜到了極點，不知是什麼滋味。是他……是卓承淮！他都知道了，是他在報復……這一切都是他做的！

她眼神恍惚地看著卓連仁歡喜中帶著疑惑的笑臉，想到自己斷了女兒最後的生路，再也承受不住這個打擊，兩眼一翻暈了過去。

卓連仁看到裴氏暈過去嚇了一跳，過了片刻才反應過來，一邊手忙腳亂地扶起癱在地上的裴氏，一邊大聲叫人。

裴氏的奶嬤嬤帶著幾個丫鬟衝了進來，從卓連仁手中接過裴氏，把她抱到床上小心伺候著，卓連仁覺得這裡用不著自己了，轉頭去了書房，要小廝叫卓忠過來。

卓忠聽聞內院出事了，還沒來得及打聽就被叫到卓連仁面前，他內心十分忐忑，弓著腰等卓連仁開口。

卓連仁盯著自己曾經最信任的管家，卓連仁恨得牙癢癢的。還在縣城時，卓忠就跟著他，原本以為他一輩子都不會背叛自己，沒想到才幾年就投靠了裴氏。

現在裴氏暈倒了，要說全家上下還有第二個清楚這些嫁妝狀況的人，必定就是這個大管家了。

卓連仁壓下心中的憤恨，低聲問道：「單氏……前夫人的嫁妝裡那些莊子與良田的地契，你可知在何處？」

一聽到這話，卓忠腿都軟了，「砰」的一聲跪到地上，牙齒上下打顫，一句話也說不出來。

再怎麼沒長進，卓連仁也當了十多年縣令，方才他是被突如其來的驚喜沖昏了頭，沒有細想，現在看見卓忠這樣子覺得實在不對勁，於是他大聲喝道：「說！前夫人的嫁妝出了什麼問題？」

卓忠哪裡還說得出話來，幾息之間汁就浸透了衣裳。

見卓忠一言不發，卓連仁快步上前一腳踢翻他，踩著他的胸口問：「說不說？到底出了何事?!」

卓忠被踩得有些喘不過氣來，但是卓連仁這個舉動也將他從方才的驚恐中喚醒。他掙扎了兩下，卻發現卓連仁越踩越用力，強烈的求生慾讓他從嗓子眼擠出一句話來。「地……都賣了……」

都賣了？都賣了是什麼意思？

卓連仁愣在當場，他鬆開腳彎下腰拉起卓忠的領口狠道：「什麼叫都賣了？若是不說清楚，待會兒就把你扔去餵狗！」

事情到了這個地步，卓忠哪裡還敢隱瞞，大喘一口氣後就一五一十地說了個明白。

得知單氏的嫁妝田地全被裴氏賣光了，卓連仁如同被一盆冰水從腦袋淋下，他萬萬沒想到裴氏竟如此大膽，單家……單家難不成是吃素的？

不對，單家肯定知道這件事，但是他們卻不上門找他，反而與裴氏一起瞞著他，定是要用這件事讓他好看……

此時卓連仁才反應過來，他的猜測沒錯，這一切……莫子善、裴峰，甚至是幾日後的自己……都是承淮在背後下的手！

這個好兒子是要親手毀了自己呀……卓連仁一時不知道做何感想，潸然淚下。

他流著淚焦躁地在原地轉了兩圈，突然停下腳步。他不能就這麼放棄，地沒了，錢還在啊！對，把錢給承淮，他定會消氣！這是最後的希望了……錢……錢在哪兒呢？沒錯……一定在裴氏那裡！

卓連仁一腳踢開跪在地上的卓忠，喊左右小廝把他綁好了扔進柴房，等他回來再處置。處理好這件事以後，卓連仁便疾步向後院走去，他要去尋裴氏拿錢……拿他兒子母親的嫁妝錢！

此時裴氏早就醒來了，她不過是急火攻心，被奶嬤嬤狠狠掐了一會兒人中就悠悠轉醒。她躺在床上盯著頭頂的帳子一語不發，旁邊的奶嬤嬤與幾個丫鬟大氣都不敢喘。

卓連仁急促的腳步聲打破了一室的沈寂，奶嬤嬤與丫鬟們趕緊一起跪下，裴氏卻連眼珠子都沒轉。

只見卓連仁幾步跑到裴氏面前，氣喘吁吁地喊道：「錢呢？賣地的錢呢?!給承淮，全都給承淮！把錢給他，他就會消氣，就會救我們了！」

裴氏僵硬地轉過頭來看著他說道：「老爺還如多年前一般幼稚，卓承淮既然動了手，會因為這點錢放過你我？說起來莫子善與我爹不過是受我們拖累罷了，若是沒有咱們，他們怕是能在汝州終老了……錢我不會給，那是要留給我的黎兒的！」

卓連仁氣得太陽穴一鼓一鼓，裴氏怎麼能……怎麼能理直氣壯地說出這種話?!

他盯著裴氏，咬牙切齒道：「那可是單氏的錢，也是承淮的錢，妳有什麼資格留給妳的女兒？快點拿出來，我們再多湊一些送上京，好保全家平安！」

裴氏的心徹底涼透了，自己沒了爹，對卓連仁來說已經沒有任何利用價值了，如今他竟說出「妳的女兒」這種話，彷彿跟黎兒沒有任何關係一般。

她轉過頭不看卓連仁，反正只要她不拿出來，他肯定找不到，就算黎兒被賣入教坊，年紀也還小，只要有錢能把她贖出來，日後隱姓埋名，依然能過衣食無憂的日子。

卓連仁見裴氏賴皮的模樣，一時之間新仇舊恨湧上心頭，抬起手狠狠地甩了躺在床上的裴氏一巴掌。

裴氏的奶嬤嬤驚呼一聲撲上前去，檢查裴氏是否受傷。

這一巴掌打得裴氏整個人都懵了，這還是卓連仁第一次打她！她的臉迅速腫了起來，剛張嘴想說些什麼，卻吐出了一口鮮血。

奶嬤嬤嚇得大叫一聲，立刻為裴氏擦拭，卓連仁見裴氏目光茫然，有些不忍，但仍是狠下心道：「把錢交出來，我最後好好跟妳說一次，莫要再拖延！」

聽到這話，裴氏迷茫的眼神瞬間變得像惡鬼似地盯著卓連仁，含含糊糊道：「不……可能……」

卓連仁氣極反笑道：「行，妳有骨氣，我倒要看看妳身邊的人是不是跟妳一樣！來人啊，把房裡的人全綁下去，把她們家裡的人也綁過來，若是不開口，就挨個兒狠狠地打！」

門外一群衙役高聲應諾，闖進裴氏的臥室。

裴氏被這變故嚇了一跳，這可是她躺著的內室，卓連仁竟讓這麼多男人進來，這是一點情面都不顧了呀！

幾個丫鬟嚇得尖叫，拚命掙扎，卻抵抗不住男人的力氣，一個、一個被拖了出去，房間內一時鬼哭狼嚎，涕淚縱橫。

裴氏哪裡見過這種場面，她忍不住握緊了身邊奶嬤嬤的手，瑟瑟發抖。

卓連仁一直在觀察裴氏，見她真的嚇到了，便威脅道：「現在妳交還是不交?!」

裴氏的狠勁被他激了上來，她坐直了身子，像鬥雞一般吼道：「不、交！」

卓連仁嘴角一咧，拍了拍手，兩個壯漢隨即靠近床邊。

見狀，裴氏趕緊用被子蓋住自己的全身，只露出一顆頭，誰知壯漢一把拉住裴氏身旁的奶嬤嬤就往外拉。

裴氏哀號一聲。「嬤嬤！」

豈料奶嬤嬤對她的呼喊沒任何回應，仔細一看，就見奶嬤嬤垂著頭，像是暈過去一般。

裴氏不禁無措地看向卓連仁，卻看到他露出牙齒森森一笑。典獄裡的差役最是懂怎麼制服人了，毫無聲息就能把一個大活人弄暈過去。

卓連仁逼近裴氏，看著她惶恐的眼神說道：「既然妳不說，那妳身邊的人就得說；若是她們不說，她們的家人都得死！妳說是妳這個主子重要，還是她們自己的血脈至親重要？我勸妳一句，趕緊說吧！別耽誤了時辰！」

裴氏低下頭咬咬牙，知道卓連仁說的都是真的。

過了許久，當房間裡其他人都離開，只剩卓連仁坐在圓桌旁時，裴氏終於開口道：「錢在彙鑫隆錢莊的三號櫃裡。」

說著她從枕頭裡摸出半塊印章道：「這是取那筆錢的信物。」

卓連仁連忙站起來上前要拿走印章，裴氏卻收手將印章握緊在手心道：「我只求老爺拿了錢之後早早交給卓承淮，拜託他保住黎兒。」

只見卓連仁胡亂點頭應下，自裴氏手裡拿走印章後轉頭就去了錢莊。

當日下晌卓連仁就提出了所有的銀票，因為那些地賣得偷偷摸摸的，所以壓價不少，本來價值四千多兩的地，一共只賣了三千多兩銀子。

卓連仁摸著懷裡三十張銀票放下心來，琢磨著再多添一些送給卓承淮，不過到底要添多少錢，才能讓卓承淮滿意呢？

這一路上，卓連仁坐在馬車上苦思惡想，直到返家才理出些頭緒來，誰知他剛踏進家門，脖子上就被架了兩柄刀！

彭宇的臉龐出現在卓連仁面前，衝他咧嘴一笑道：「卓縣令，別來無恙啊，本官對卓縣令可是久仰大名呢！」

卓連仁哪裡見過彭宇這種人物，只知道那刀貼著他的肌膚透出刺骨的寒冷，他不禁抖著牙齒道：「你……你是誰？」

彭宇挑了挑眉道：「卓縣令不認識本官也是應該的，咱們是頭一回見呢！只是本官聽了許多卓縣令的往事，感覺就像與你認識許久一般。本官姓彭名宇，兵部尚書彭顯乃家祖父，庶起士卓承淮與家祖父是忘年之交。」

卓連仁聽到彭宇的名字時先是一震，接下來聽到彭顯與卓承淮的關係時，身子更是抖得如篩子一般。

他張了張嘴，彭宇卻不給他任何機會，臉色一變，嚴肅地對兩旁屬下說道：「奉陛下旨意，今日查抄貪贓枉法之賊郟縣縣令卓連仁之贓物。還不快些進去，早日與陛下交差！」

卓連仁一直住在縣衙，沒怎麼往其他地方去，因此查抄起罪證來相當快，不過一日工夫就查得差不多了。

彭宇似笑非笑地看著自卓連仁身上搜到的三千多兩銀票，說道：「卓縣令身藏鉅款，是準備畏罪潛逃了？本官一定會一五一十上報給陛下，絕不會漏下一絲一毫！」

卓連仁被左右兩個御林軍架著才沒癱倒，聞言他解釋道：「不……不是……這是要給承……」

彭宇打斷他的話。「現在說什麼都沒用，留著以後向三司說吧！」說罷也不理會卓連仁，要人堵住他的嘴巴帶下去。

第二日，郟縣大牢傳來消息，郟縣縣令卓連仁因為害怕自己不堪酷刑，說出不該說的，偷偷灌下了私藏的啞藥，待隔天獄卒發現不對勁時已無藥可醫，他成了啞巴。

彭宇大怒，關押犯人之前的搜身竟未搜出啞藥，這是他們嚴重失職。他上了請罪摺子，用八百里加急送到宣政帝面前。

宣政帝覺得好奇呢！莫子善都已經倒了，一個小小的郟縣縣令還能做出什麼大事，竟讓彭宇上了請罪摺子？

打開一看，宣政帝不禁冷笑一聲。好，好一個卓連仁，對莫子善真是忠心耿耿。既然如此，就讓他與莫子善共赴黃泉得了，也算成全他的忠心！

宣政帝在摺子上回了幾個字後扔給身邊的人道：「送去給彭宇，要他日後這等小事不必事事向朕說了。」

彭宇收到回覆的摺子，卻沒把皇上那句話放在心上。沒人比他爺爺更清楚皇上的個性，若是他不回報，只怕成了瞞上欺下的證據。

拿著摺子，彭宇去了大牢，看到披頭散髮趴在地上的卓連仁，他笑道：「卓縣令可好？我來告訴卓縣令一個好消息了。」

卓連仁眼睛一亮，是不是承淮？是不是他的兒子來救他了?!他掙扎著爬起身來，「啊啊」地發出聲音朝彭宇激動地比畫。

只見彭宇嘴角含笑道：「卓縣令別急，要說卓縣令這個造化可真是無人能敵，一個窮書生傍上了有錢人家的小姐，靠著岳家的錢讀書、做官，還生了個有出息的兒子。

「可惜呀、可惜！誰教卓縣令的眼界只有胡麻粒那個大小呢？唉，算了，還是早些告訴你這個好消息吧！本官方才收到了皇上的旨意，待卓縣令被押送進京之後，直接關入刑部大牢，秋後與莫子善一同處斬！」

卓連仁眼裡的光芒陡然熄滅，揮舞的手臂停在半空中。

彭宇看到他的樣子，笑得更高興了，說道：「卓縣令莫不是歡喜得傻了？這可是椿好事，既然不需要經過三司會審，就不會被用刑，死的時候不會少胳膊、少腿。啊……本官忘了，你可是要被砍腦袋的，要那胳膊跟腿有何用？最後不也一樣死無全屍！」

最後四個字像大風一般，將卓連仁最後的希望吹得一絲也不剩，他不禁閉上了眼睛。不過審就說明他沒有任何辯解的機會，皇上親自下旨要他死，他肯定逃不過。

想到死前不知道還要受多少折磨，卓連仁索性心一狠，用力朝舌尖咬去！

彭宇見狀眉頭微皺，誰知還沒咬出血，卓連仁就疼得停下了動作。不知是心哀還是舌尖傳來的疼痛，他流著淚倒在地上，再也沒有勇氣咬舌自盡。

這真是逗得彭宇笑出聲來了。他們一路上抄了不少家，有許多千金小姐深怕被賣入教坊，趁人不注意咬了舌，可沒想到當了這麼多年官的大男人卓連仁還不如那些嬌滴滴的姑娘家們勇敢。

他蹲了下去，看著倒在地上的卓連仁道：「卓縣令留點力氣吧！好好休息一下，看下次能不能咬出血來！」

說罷，彭宇站起來拍拍手，兩個御林軍聞聲進來，彭宇踢了踢地上的稻草道：「幫卓縣令收拾、收拾，可不能讓他這麼蓬頭垢面的，攏起他的頭髮把臉露出來，明日一早送他入京！」

語畢，他看也不看還在地上流淚的卓連仁，轉頭回去縣衙書房，寫信給郭均商議下一家抄誰。

隔日一大早，卓家一行人就被鞭笞著上路，因為卓連仁是主犯，怕有莫子善餘孽劫囚，因此「享受」了站在囚車裡的待遇，不用像裴氏與一眾下人靠雙腿行走。

郟縣的百姓之前就得到今日卓連仁將被押解入京的消息，一早就把從大牢到城門的路圍得死死的，待卓連仁一露面，一顆臭雞蛋飛了過去砸在他額頭上，只聽一道粗獷的男聲大喊道：「狗官！還我家祖傳的地來！」

一時之間圍觀的百姓紛紛扔出手上的臭雞蛋或爛菜葉，有人甚至還提著一桶糞過來想潑到卓連仁身上。

從縣衙走到城門平日只需要半個時辰，如今花一個多時辰才走了一半，隨行的彭宇看到激動的百姓，騎著馬靠近囚車對卓連仁道：「卓縣令真是好人緣，我看全城差不多八、九成的百姓都來送你了吧?!」

卓連仁狼狽又頹廢地低頭一語不發，彭宇停下來回頭一看，只見衣著破爛、手戴枷鎖的裴氏腳步蹣跚地跟在囚車後面，身邊的卓清黎只戴了腳鐐，伸手拉著裴氏的衣角亦步亦趨地跟著她。

彭宇面帶不屑地嗤笑一聲，轉頭策馬去了最前方，交代押運的御林軍加快腳步，別誤了進京的日子。

第七十二章　形同陌路

這幾日，從莫子善、裴峰再到幾個縣令，一個接一個被押解進京，京城的百姓早就看夠了熱鬧，見卓連仁一行人路過，只不過「呸」了一聲，與身邊人議論一句「又一個貪官進京」而已。

整個京城真正關注這行人的怕是只有卓承淮了，自從彭顯給了他卓家人進京的日子，一大早他便與兆志在靠近刑部的茶樓上等著了。

吃過了午飯還沒見人來，卓承淮搖搖頭道：「怕是路上有事耽擱了，不如咱們回去，明日再來等吧！」

兆志剛想答應時，無意間往外一瞥，看到一群官兵壓著一些人往刑部走去，他忙指著他們道：「是不是這行人?!」

卓承淮猛然站起身來靠近窗口，低頭緊緊盯著樓下的人。似是有什麼感應一般，此時樓下一個身處囚車、滿臉鬍渣的男人也抬起頭，正巧望進了卓承淮的眼裡。

兩人對視幾息，那男人突然激動起來，用力晃動著脖子上的枷鎖「啊、啊」叫了兩聲，卓承淮這才確定那人正是自己那十幾年未見的父親！

御林軍們像是得了什麼吩咐一般，不僅不理會卓連仁的舉動，而且越走越慢，讓卓承淮有時間打量這一行人。

卓承淮平靜地從上到下看了卓連仁一遍，又移開視線往後看。

跟在卓連仁後面的婦人怕就是裴氏了吧？她已經完全不像他記憶中那高貴的樣子了，臉上的皺紋深得能夾死蒼蠅，一隻腳不知為何有些跛，走路一瘸一拐的。她身邊緊緊貼著一個小女孩，那小女孩看到卓連仁激動的樣子，也順著他的目光抬頭看向卓承淮。

看著樓下的父女兩人在一臉汙垢中尚能分辨出來的相同眸子，卓承淮心中有些恨、有些痛，雖然表情未變，眼神卻變幻莫測起來。

裴氏見自家相公與女兒都抬起頭才反應過來，緊跟著也看向樓上。

只一眼，她以為自己看到了年輕時的卓連仁，那個溫文儒雅、俊朗如星，笑起來能讓她的世界填滿柔情的卓連仁……

她突然打了個冷顫，不，那不是卓連仁，是卓承淮！

見卓承淮面無表情地看著他們，裴氏低頭瞧了瞧貼著她的女兒，咬咬牙朝茶樓跪下，開始對卓承淮不停地磕頭。

裴氏的動作引起了一陣騷亂，誰也不知道這個女囚到底在發什麼瘋，兩個御林軍上前拉起她，她的雙眼卻死死地盯著卓承淮，好似想讓他答應什麼一樣。

卓承淮當然知道裴氏的意思，可是他又怎麼會如她的意？他勾起唇角，露出一抹嘲諷的笑容，冷哼一聲，轉頭消失在窗邊。沒多久窗口飛出一個小酒瓶，正好落在卓連仁與裴氏中間，碎渣迸開來濺了兩人一身。

裴氏失去最後的希望，痛哭起來，那撕心裂肺的哀叫聲，聽得周圍的人渾身陣陣發麻。

領頭的參軍見樓上窗邊已經沒了人影，回頭一鞭子抽到裴氏身上吼道：「嚎什麼嚎?!」又對兵士們喊道：「趕緊走！」

一行人加快步伐，很快就消失在茶樓看得到的範圍，躲在窗戶後的兆志見狀，回到座椅上對卓承淮道：「他們走了。」

卓承淮灌了口酒道：「兆志兄，我明明自小就盼著這一幕，但是當它真的發生在我面前時，我一顆心卻空盪盪的。就算現在那兩人得到了報應，我娘她卻……再也……再也回不來了……」

兆志何嘗不懂卓承淮的心情，他拍了拍他的肩膀道：「今日咱們不醉不歸！」

兩人喝到卓承淮在雅間裡放聲痛哭時，守在門口的硯池與潤墨才發覺不對勁，衝了進來。看到兆志與卓承淮醉成一灘爛泥的樣子時，他們不禁傻眼，這兩個可是大夥兒心目中最冷靜自持的人了……

此刻兩位主子大吼大叫的，硯池到底自小跟著卓承淮，有些底氣，他掀開卓承淮的外衣，從他的裡衣上撕下一塊布，捲成一團塞進他嘴裡。

卓承淮「嗚、嗚」叫了兩下，發現自己喊不出聲來，掙扎片刻後，頭一歪睡了過去。沒了卓承淮的聲音，兆志跟著安靜下來，沒多久也發出沈重的呼吸聲。

兩個書僮都鬆了口氣，硯池待在原地看著他們，潤墨則乘機跑回去尋曹佳來接他們。

第二日兆志清醒過來時覺得頭痛難忍，忍不住呻吟一聲。

一旁的曹佳連忙湊上來摸了摸兆志的額頭，見他沒發熱才站直身子、翻了個白眼道：「喲，陳大舉人醒了？今日還和承淮一同喝酒去？」

兆志聞言苦笑，爬起身來半靠著床頭說道：「昨日我真的不是故意的，承淮他不好受，我不過是捨命陪君子罷了。」

曹佳也不是真的生氣，只是心疼兩人，她回頭擰了條熱帕子遞給他道：「就是心裡難過才不能喝酒呢！你不知道承淮早上起來從他房裡走到大門口的路上差點摔了幾次，要不是硯池機靈，今日家裡怕是要請郎中了！」

搖搖頭，兆志苦笑道：「他長這麼大，怕是頭一回醉成這副德行，我看下半晌他就會告假回來了。」

兆志猜對了一半，卓承淮的確告假了，然而卻不是下半晌，而是巳時就回來了。

返家的卓承淮看起來已經完全清醒過來了，他直接派人喊兆志去書房，想商議後續該怎麼做。

兩人各自捧著一杯熱茶喝了起來，溫熱的茶水舒緩了因宿醉而不適的胃。

熱氣裊裊中，誰也沒先開口，直到喝完了一整杯茶，卓承淮才放下茶杯滿足地嘆道：「真舒坦……」

兆志贊同地點點頭，放下茶杯問道：「如今卓連仁已經押解進京，也確定會被處決，你……打算怎麼辦？」

卓承淮皺起眉頭，猶豫許久才答道：「我的確是巴不得他們趕緊被處斬，但是……雖然我不願意，卓連仁死了的話我怕是要守孝，那麼……」

兆志思索了一會兒，說道：「現在守孝對你來說也不失為一個好時機，回過頭來還是庶起士，又能跟著下一科散館，若是出仕再丁憂，能不能起復就難說了。」

卓承淮輕咳了一聲，這些事他早就想過了，見兆志沒明白他的意思，只能低聲點明。「若是我要守孝，我與芝芝的婚事怕是……要另外耽擱三年？」

聞言，兆志卸下了滿臉關心的神色，嚴肅道：「咱們家本來就沒想讓芝芝太早出嫁，等到她十八歲又如何？咱們家又不是養不起！」

其實兆志會這麼說，卓承淮也不意外，他想了想，玉芝九月才能及笄，那時候卓連仁怕是已經……唉，那就多等一些時候吧！反正丁憂時他會回書院讀書，反而離玉芝近。

兆志見卓承淮一臉無奈的模樣，很是不高興，這人真的是天天惦記他妹妹呢！

不過兆志忘了一件事——人家小兒女已經訂親了，就算惦記也是光明正大呀……

兆志回到臥房後，氣得多喝了好幾盞茶，曹佳見他氣呼呼的，有些好奇地問道：「一大早不是還跟我說要體諒承淮什麼的嗎？不過去了半個時辰而已，怎麼回來就變了個樣？」

只見兆志恨恨地說道：「對他好有什麼用，日日惦記咱們家妹妹！」

接著把卓承淮的話從頭到尾講了一遍，問曹佳。「妳說說，他那個爹還沒被斬呢！他想得可真夠遠的！」

曹佳哭笑不得地說：「你還真是……人家惦記不是正常的嗎？難不成你想讓芝芝嫁給一

個不日日惦記著她的人？」

兆志被這麼一句話堵住，一口氣下不去、上不來，卻想不出任何話反駁自己的妻子，只能放下茶杯「哼」了一聲不說話。

曹佳覺得好笑，轉移話題道：「來京城之前，爹娘交代咱們要在京城為芝芝置辦嫁妝。先前你們一直在忙，現在既然承淮的事已經了結，你準備什麼時候開始辦嫁妝？」

兆志還真不是故意忽略這件事，到了京城以後事情一樁接一樁來，再加上還要讀書，他是真的忙得沒工夫去辦，現在的確該忙活起來了。

他拉住曹佳的手道：「那些金銀首飾什麼的我不懂，還是得託給妳，不過房啊、地的多少也得置辦一些。我看承淮這次入了彭尚書與柏學士的眼，日後怕是要當京官了，怎麼也得在京郊置辦幾個小莊子，好方便芝芝吃用，就是不知道能不能買到。」

曹佳低下頭，認真地想了想，說道：「若決定三年後再成親，那麼金銀首飾什麼的買足金足兩、實惠的就成了，款式拙一點無妨，現在時興的東西，三年後也沒人戴了，不如到時鎔了那些首飾，再打新樣式。」

兆志尋思曹佳說得有理，接過話道：「妳覺得怎麼樣好，咱們就怎麼做。這件事就麻煩妳了，我明日就去尋莊子跟地。」

來京城之前，陳忠繁和李氏大方地給了一萬兩銀子，存在銀號裡讓他們置辦嫁妝時隨取隨用。這一萬兩別說在府城了，哪怕在京城，都能辦一副十里紅妝了！

曹佳知道陳家家境不錯，卻沒料到他們家底竟然如此雄厚，從兆志這邊得知他們為女兒辦嫁妝竟然直接給了一萬兩，甚至言明不夠再給時，整個人愣住了。

兆志見曹佳呆住了，忍笑拉著她坐到床邊，從小時候一家人飯都吃不上開始講起。他用平淡的語氣娓娓道來，反而讓聽的人更心酸，害得曹佳哭得一抽、一抽的，眼睛都腫成了核桃。

見妻子傷心，兆志心疼地拍了拍曹佳的背哄道：「別哭了，現在不都熬過來了嗎？咱們家發家全靠芝芝，妳可知光是那間新開的點心作坊一個月就能賺多少錢？」

曹佳抽抽噎噎道：「就……就咱們每日吃的新鮮糕點嗎？」

兆志笑道：「那間點心作坊的東西未公開對外販售，只是接一些大戶人家的訂單，一個月就能淨賺六、七百兩；若是有人要辦什麼春會、秋會的，一個月怕能賺上千兩。」

曹佳倒抽一口氣，這……

沈默片刻後，她開口道：「這是芝芝想出來的，咱們不能要，日後那間作坊就給芝芝做嫁妝吧！這種細水長流的買賣得為她多備一些，才能保她一生衣食無憂。」

兆志欣慰又感動地摟住曹佳，一下、一下拍著她的後背道：「有妻如此，夫復何求？」

這話頓時羞得曹佳滿臉通紅。

小倆口商議好之後，第二日就各自行動。曹佳帶著丫鬟們和三、五個小廝去京城幾間有名的銀樓逛，還打算去一些專門賣舶來品的店看看。不過因為舶來品店位置偏僻，兆志特地叮囑她，等他辦完事再一同前往。

另一方面，兆志尋中人買起了地，因為他們能付現銀，不過七、八日工夫，他就買下兩個離京城三十多里遠的小莊子。

然而想買京城的宅子就不好辦了，自古以來，京城的宅子是稀缺品，只聽聞有人想買，很少見到有人賣。

普通的民宅和鋪子倒是有幾處能交易，兆志又買了兩間鋪子，可他忙了半個月才發現，在京城真的是有錢也花不出去。兩個小莊子加上兩間鋪子，再算上曹佳買的各式頭面，一共才花了三千兩出頭，離一萬兩還遠著呢！

兆志在買宅子這件事上碰壁了無數次之後，最終還是找上了彭顯，他帶著自家糕點坊的各式新鮮點心，略顯隨意地上門求助。

彭顯聽完兆志的要求，頓時被噎得一句話也說不出來。竟然……竟然有人上門問兵部尚書去哪裡買嫁妝宅子？他忍不住在心底給兆志的評價又加上了一條──「厚臉皮」，不過他心底卻十分受用，這是把他當成自家長輩看待了。

沈吟幾息後，彭顯開口道：「巧了，若說宅子，最近還真是有一些，而且大小俱全，別具特色。」

兆志一聽大喜，他在外面跑了這麼久都沒尋著，果然還是得求助有後臺的人呀……

不過彭顯的臉色有些奇怪，他看著雙眼發亮的兆志道：「這批宅子其實是莫子善與他黨羽在京城的私宅，最大的有七進，但是這不能賣，已經在皇上面前掛了號了。其中能賣的，較大的差不多有三進跟五進，對了，其中還有兩處是卓連仁的私產。」

兆志微皺起眉頭道：「卓連仁的就算了，若是真的買下來，怕是承淮會厭惡壞了，不知彭爺爺能否告知五進和三進的宅子有幾間？」

彭顯回道：「我只知道個大概，其餘的實在不清楚，我讓彭英過來，日後你跟他討論得了。」

彭家大管家彭英接了這差事就忙活起來，一日之後，現在京城中待售的屋況都送到了卓承淮位在京城的小宅子裡。

兆志與曹佳仔細斟酌了幾日，最後選定了一處四千兩百兩、離各衙門不過半個時辰的五進大宅，又選了一處稍微偏了點的五進宅子，一共花了七千兩。

那間偏一點的五進宅子是兆志為陳忠繁與李氏買的。如今他們待在卓承淮這邊，但卓承淮與玉芝成親之後他們還住在這裡就不好了，既然早晚要買，不如趁有機會時趕緊下手。

陳忠繁與李氏收到兆志把錢花光了的信，內心相當滿足。自家閨女在京城也是有房有地的人了，到時在山東道再為她買上幾百畝良田，陪送幾個錢生錢的買賣，他們就不用擔心玉芝的後半輩子了。

幾人為了玉芝忙前忙後的，玉芝卻一點要出嫁的自覺都沒有。自從卓連仁被押解進京時與卓承淮見了一面之後，卓承淮彷彿放下了心底最深處的執念，不過他的一顆心也像是空了一塊，寫信給玉芝的頻率更高了。

寫他讀書後的感悟，寫他與人相處時的交際之道，寫他心底對卓連仁的恨與對卓清黎的茫然。

玉芝很是心疼卓承淮，他就這樣放下背了十幾年的包袱，當然會若有所失。她體貼地不要求或建議他做什麼，而是與他天南地北地聊一些趣事，有些是她在書上看來的，有些是前世聽到的野史八卦。

兩人你來我往地頻繁通信，連驛站的差役都知道這小倆口有多甜蜜，傳出去以後，又讓一眾女兒家扯爛了無數手帕。

轉眼間就到了七月底，兆貞現在做起各式點心可說是手到擒來，閉著眼都能配出最完美的餡料。袁誠對此嘆為觀止，一點也看不出這孩子才學了幾個月而已，索性把八月十五這批月餅全交給他。

兆貞第一次做主，有些激動，他細細地調查了往年府城人偏好的月餅餡，又考慮到山東道的人口味偏鹹，於是決定提前做兩千個甜口、一千個鹹口的月餅，到時再根據頭幾日賣的情況調整。

陳家的月餅一推出就引起了轟動，眾人紛紛排隊下單等著品嚐，泰興樓甚至一下子就每種口味都訂了一千個。

這次玉芝沒去幫忙，因為過了八月十五後，有一件非常重要的事情——卓連仁要被砍頭了。

秋風乍起，路邊的樹葉搖搖欲墜，這日一大早，御林軍押著莫子善一行人去了午門，卓連仁自然也在這個行列裡。

短短幾個月時間，卓連仁的頭髮全白了，他佝僂著身子、表情麻木地走著，一點也沒有感覺到自己這是要去送死，可能如今「死」對他來說，是一種解脫吧……

第七十三章　秋後處決

單辰在家過完中秋後就奔赴京城，他要親眼看著卓連仁死！

他與卓承淮在法場外的茶樓二樓包了個雅間，遠遠看到人群騷動起來，他們就下樓站在圍欄最前面一排等著。

看著步履蹣跚、分辨不出本來面目的卓連仁，單辰臉上控制不住地泛起一絲猙獰。這麼多年了，他終於等到了這一日，而且這一切都是他卓連仁的親兒子辦到的，對他來說定是痛上加痛。

單辰嘴角含著笑容，眼中發出晶亮的光芒，死死地盯著卓連仁被押入法場，接著驗明正身，跪在劊子手面前，等待午時三刻到來。

時辰一到，劊子手抽出犯人們背後的亡命牌扔到地上，舉起砍刀一用力——一排人頭紛紛滾落，刀口處在幾息之後才噴出血來。

被這畫面刺激得激動不已的圍觀群眾大聲叫好，接下來不知是誰帶的頭，所有人都慢慢跪下，朝皇宮的方向磕了個頭喊道：「皇上聖明！」

單辰與卓承淮自然隨著眾人跪地，單辰的淚一滴滴落在法場外的青石板路上。桑兒，承淮為妳報了仇……妳的兒子親手為妳報仇了！

卓承淮見舅舅渾身都在發抖，生怕他受到刺激出了什麼狀況，忙壓抑住自己內心複雜的情感，扶住他小聲道：「舅舅。」

單辰拍了拍他的手背道：「我沒事，你先去翰林院與柏學士商議是否要丁憂。」

卓承淮微微頷首，扶著單辰回茶樓，把他交給單實後，趕去翰林院尋柏學士。

柏學士知道今日是卓連仁行刑的日子，雖然他之前與卓承淮大致討論過丁憂的事，但是最終還是要看卓連仁處斬前被宣判的罪名是什麼，才能看清皇上的態度，再細細商議該怎麼做。

柏學士下朝忙完了公事，在書房等待卓承淮，見他進來，連茶都沒上就趕忙問道：「罪名是什麼？有沒有『藐視朝廷』這一項？」

卓承淮順了順氣息道：「沒有，只說他與莫子善勾結、貪汙受賄以及魚肉百姓。」

柏學士鬆了口氣道：「我看這是因為他只是個縣令，又被關了這麼一陣子，已經被皇上忘了。既然沒有藐視朝廷這項罪名，那明日你就上個丁憂摺子吧！」

卓承淮尚未有實際職位，丁憂摺子一般交由禮部審批即可，但是柏學士的意思是乾脆讓他在宣政帝面前報個號，否則丁憂過後被發現有這麼一個爹，怕是會直接影響宣政帝對他的看法。

況且這次卓連仁的案子本應全家查抄，還是彭顯與禮部右侍郎從中斡旋，才將卓承淮從這個泥淖中拽了出來，不如趁這個機會沈寂三年，讓宣政帝慢慢淡忘。

第二日卓承淮就上了丁憂摺子，禮部右侍郎程臨安拿著卓承淮的摺子待了半日，下半晌就去尋禮部尚書道：「尚書大人，這份丁憂摺子有些特別，您看能批嗎？」

禮部尚書年約六十，平日基本不管事，加上禮部也沒什麼事要忙，他只等著熬到日子好致仕，做主的人早就是左、右侍郎了。

不過禮部左侍郎志向遠大，一門心思想調去戶部，使得禮部尚書極其看不上他，對右侍郎程臨安越發看重。

這次見程臨安罕見地有難為的事情尋他，禮部尚書也很驚訝，溫和地問道：「這摺子有什麼特別的？」

程臨安將事情從頭到尾講了一遍，又稍微說明了一下卓承淮與卓連仁的關係。「這是下官派人出去調查的，卓承淮自四歲起就養在舅舅家，直到昨日才又見到卓連仁。」

人一老心就更軟，聽到卓承淮的事情，禮部尚書一把將手中的摺子甩在書桌上喝道：「這卓連仁還是個人嗎?!」

程臨安跟著表現出憤怒的樣子說道：「戶部查抄了卓連仁的家產，那可真的是……他這十來年的縣令沒『白做』，甚至連卓承淮娘親的嫁妝都賣得乾乾淨淨的，聽聞他舅舅正在詢問如何拿回那些嫁妝呢！這種殺妻棄子、罪孽深重的畜生，真是死不足惜！」

禮部尚書從書桌上揀起摺子，剛要揣到自己懷裡，手一頓，又緩緩拿出來遞給程臨安道：「我老了，怕明日上朝時說不清楚，還是由你向陛下稟奏，請陛下定奪吧！」

程臨安心裡暗罵一句「老狐狸」，面上卻恭恭敬敬地接過摺子道：「下官遵命。」

當程臨安當朝上奏這件事的時候，彭顯呆住了，這……沒人跟他說啊，就這麼捅到皇上面前，真的好嗎？

經過這段時間，宣政帝早就忘了那個勞什子郟縣縣令了，乍聽程臨安的話還覺得有些奇怪，一個小小庶起士丁憂，需要拿到朝堂上來議論？

彭顯一看自己這皇帝學生的表情，就知道他忘了，他鬆了口氣，背地裡瞪了程臨安一眼——這也太突然了！

程臨安暗暗叫苦，他本來打算過幾日再提的，沒想到要上朝之前，禮部尚書把他叫到一旁詢問這件事，又叮囑在陛下面前要怎麼說之類的，他能拒絕不成？

此時宣政帝終於想起來卓連仁是誰了，他冷哼一聲道：「這種罪臣餘孽怎麼沒被關進大牢？現在還要在朝堂上議他丁憂?!」

程臨安的腰彎得更低了，他苦著臉又把卓承淮的故事飽含感情地說了一遍，說得那叫一個讓人於心不忍，許多官員都忍不住發出了嘆息聲。

見氣氛營造得恰到好處，程臨安繼續說道：「啟稟陛下，卓承淮雖為卓連仁之子，卻在幼年時差點被他害死，寄人籬下方得偷生。微臣私認為卓承淮與卓連仁並無任何關係，所以才與尚書大人糾結他丁憂的問題……懇請陛下定奪！」

禮部尚書突然被點名，無奈地摸摸鼻子稟告道：「微臣確實無法做出判斷，求陛下定奪。」

宣政帝有些猶豫，他雖認定先帝不疼愛他，可這個父親並未少了他的吃穿、用度，更別說想殺了他，這卓連仁真是畜生不如……他不禁對卓承淮多了幾分同情。

彭顯見宣政帝的神色捉摸不定，定了定心上前道：「啟稟陛下，微臣覺得卓承淮這個名字相當熟悉，琢磨了許久才想起來是誰，就是那個……」

宣政帝看到彭顯那欲言又止的表情，又發覺其他官員都豎起耳朵想聽彭顯說下去，知道彭顯定有什麼不好在大庭廣眾下開口的，於是指了指身邊的總管太監道：「你去聽聽彭尚書要說什麼。」

總管太監低頭應了一聲，走下臺階靠近彭顯，只見彭顯用手一遮，小聲在他耳邊說了兩個字。「軍糧。」

總管太監心頭一驚，抬頭看彭顯的時候，發現他已低下頭，彷彿什麼都沒說過一般。總管太監不禁在心中感嘆，這卓承淮運氣真好，竟然有這麼多大人物為他護航，看來日後對他得客氣些了。

他湊到宣政帝面前，輕聲轉達了彭顯的話。「啟稟陛下，彭尚書只說了『軍糧』兩字。」

宣政帝眼睛一亮，軍糧？難不成做出那些餅、又出了主意的人是卓承淮？

他不由得看向彭顯，彭顯看到宣政帝晶亮的眼神，悄悄地朝他點了點頭。

宣政帝輕咳一聲，一錘定音。「卓連仁畜生不如，既已伏誅，就把他那惡妻流放三千里，永不得赦！卓承淮自幼孤苦，卻長成了朝廷的棟梁之才，朕甚是疼惜。本應奪情，但他既已上了丁憂摺子，也是表明他心底的一片純孝，朕決定讓他丁憂九個月，明年直接回來參加散館考試。若是考得好，朕定要重用；若是考不好，那就回去當他的欽犯兒子！」

此話一出，想反對的人也沒了聲音，畢竟這一年可是用未來的前途當作賭注呀……

退朝之後宣政帝招了彭顯進宮，仔細詢問卓承淮的事。

彭顯早就想好了說詞，躬身道：「微臣惶恐，軍糧是沈太傅的外孫女婿陳舉人所獻，卓承淮與陳舉人的妹妹訂了親，當日陳舉人獻軍糧之時確實提了一句『卓承淮也出了大力』。興許是年紀大了，微臣竟然聽過就忘，今日朝堂之上聽見名字覺得耳熟，這才想起來，還請陛下恕罪。」

宣政帝皺了皺眉頭道：「沈太傅的外孫女婿？」

彭顯道：「陳舉人是沈太傅回鄉開的書院中的學生，後來被沈太傅的女婿看中，兩家結了親，聽聞他要參加下次春闈。」

宣政帝嘆了口氣，都說遠香近臭，沈太傅離開他幾年，他慢慢地念起沈太傅的好來，憶起那段艱難的時刻他是怎麼盡心盡力輔佐他的，又是怎麼急流勇退回鄉的。

他還記得沈太傅回鄉前對他說的話。「微臣此次回鄉教書，定會多為陛下教出幾個棟梁之才來，既讓陛下用得順心順手，也全了微臣對陛下的忠心。」

宣政帝揉了揉眉頭道：「既然陳舉人與太傅有此淵源，卓承淮又與陳家有關係，那便給他一些方便吧！」

彭顯要的就是這句話，他壓抑住內心的喜悅，平靜地回道：「卓承淮知道了肯定感激涕零，謝陛下隆恩！」

既然卓承淮要守九個月的孝，定然要回鄉。

柏學士讓他把抄過的書全帶走，又說道：「你回沈老頭身邊，在學問方面我是放心的，我不過是幫你關注朝廷動態、推測一下考題罷了。回去這段時間可不能荒廢學業，記得隨時與我通信。」

卓承淮認真地點了點頭，一一拜謝幫助過他的人們後，與兆志、兆厲兩對夫妻，連同單辰一同踏上了返鄉之路。

回鄉途中，陳家幾人心急如焚，因為九月十二玉芝即將及笄，這是一名女子一生中最重要的時刻之一，代表著她已經成年了。

這麼重要的日子，他們自然不想錯過，一路上快馬加鞭，終於在九月初五回到了府城。

單夫人唐氏對卓承淮的態度好了許多，或許是她沒想到卓承淮竟這麼快就搞垮了卓連仁，終究清楚地意識到，他已不是當初那個用渴望母愛的眼神盯著她的小可憐了。

有了他，單家間接與沈山長、彭尚書、柏學士有了關係，這可不是花幾萬兩銀子買得來的。

卓承淮這麼多年才得到唐氏熱情的笑臉，絲毫不為所動。

單辰看在眼裡，心中暗嘆了口氣。罷了、罷了，回頭還是跟她說一下，像往常那般對待承淮就好，現在這樣做等於是把他往外推呀……

在廳房見過單老太爺與單老夫人，眾人哭了一場，剛擦乾眼淚，單辰就帶著卓承淮去了書房。

舅甥兩人已許久沒這麼安靜地坐在一起談心了，看著氣宇軒昂的卓承淮，單辰想到自己那嬌俏可愛的妹妹，忍不住又流了一回淚。

卓承淮見從來不哭的舅舅掉了幾回淚，不禁掏出帕子遞給他道：「舅舅莫哭了，咱們現在不是熬出頭了嗎？只要我散館考得不錯，就能進兵部了。」

單辰嘆了口氣，止住淚說起了正事。「因為有陛下那番話，戶部很痛快地將你娘的嫁妝交給我，金銀器物與單子上寫的都一樣，被那畜生賣地得來的三千多兩也給了銀票。如今差不多有價值一萬兩的東西了，到時我再添一些給你，讓你熱熱鬧鬧地成親，那舅舅也就放心了。」

卓承淮皺眉道：「舅舅何必再添？我娘的嫁妝本就是單家出的，雖說按禮法應該給我，但是這些年我全靠單家照顧，這嫁妝我本來就沒打算要。自我考中進士之後，已有許多人帶著田地來投靠，甚至有小行商要自賣為奴，況且舅舅可別忘了，鴻翠閣有我一半的股，日子是不用愁了。我已與馮叔談過，他日後將一直跟著我，我來為他養老送終！」

單辰心頭微驚，他知道馮先生一直待在卓承淮身邊，也多次表達了想要見他一面的意願，可是馮先生卻避而不見。

他心想應該是因為馮先生心中對他們也有怨吧！怨他們識人不清，輕易將桑兒嫁給卓連仁那種男人。

最重要的是，馮先生無父無母、無妻無子，他所有的感情大概都給了卓承淮，與卓承淮的關係也是亦父亦師。在卓承淮心中，他這個舅舅與馮先生孰輕孰重，還真的說不準呢……

不過單辰到底是生意人，他壓下心中的感嘆笑道：「你娘的本該是你的，舅舅也應為你添聘禮，還有你外祖父跟外祖母，盼著你成親盼了好幾年了，早早就準備好東西，你就收著吧！除非你不想認我這個舅舅?!」

卓承淮聞言有些無奈，他是真的不想要，畢竟單家實在為他付出太多了。但是看舅舅這架勢，若是拒絕就等同於要與他們疏遠，於是他只能點點頭道：「既然如此，那就煩勞舅舅幫忙操持了，為了明年的散館考試，我準備搬到書院去跟著山長讀書！」

兩人道別之後，單辰回到房間，看著笑臉迎上前來的唐氏皺眉道：「妳不早早對他好些，現在又堆起笑臉來給誰看？趕緊改改妳那模樣！」

唐氏十分委屈地說：「我不就是覺得自己這些年來忽視了承淮，現在想彌補一下嗎？」

看到妻子不服氣的模樣，單辰暗暗嘆息。當初讀過幾本書的妹妹個性清高，看不上唐氏，說她為人現實，總是從眼縫裡瞧人，心思不純；然而他卻覺得商人的媳婦心思要活一些才好，執意娶她。

後來妹妹與妻子之間一直有疙瘩，互相看不上對方，直到妹妹出事以後，承淮來這個家住，她對他又是那種態度……

想到這裡，單辰嘆道：「行了、行了，我只是提醒妳一句罷了，妳願意聽就聽，不願意聽就隨便妳。好歹妳沒缺吃少喝或虐待過承淮，他心裡定也記得妳這份情，妳自己看著辦吧！」

語畢他也不管深感委屈的唐氏，掀開門簾去了前院，尋單老爺子說話去了。

沈山長與卓承淮端坐在一張茶几的兩側，看著面色沈靜的卓承淮，沈山長開口道：「承淮，如今事情已了，我覺得自己應該當面告訴你……」

卓承淮打斷他道：「山長何必糾結？這件事本不怪您，試卷都是封彌的，您也不知道誰是誰，況且能這麼快就解決這件事，全多虧了山長的鼎力相助，我應該向山長道謝才是。」

說罷他也不管沈山長的反應，站起來就行了一個九十度的大禮。

沈山長連忙站起來扶住他道：「我知道你不會怪我，只是我過不去心裡這道坎，總想與你面對面談一次。」

卓承淮笑著應道：「這次回來我想住在書院，不過因為我正在守孝，略有不便，求山長尋個單獨的小院子，除了上課，我就不輕易出門了。」

沈山長回道：「那還不簡單，咱們書院沒進新學生，你們這批考上進士的四個人離開後正好空出一個院子來，就給你了。」

卓承淮點點頭，第二日就收拾好行李搬進書院，開始了潛心讀書的日子。

九月十一，玉芝的十五歲整生日前一日，卓承淮因有孝在身不能登門，只能提前託兆志帶他準備好的禮物過去。

他們兩人現在離得近了，依舊每日通信，言辭上也越來越大膽，每次玉芝收到卓承淮的信時都忍不住臉紅心跳，生怕他又寫一些羞人的話。

兆志遞過卓承淮的禮物，玉芝忍著羞放到身後，看得兆志一陣感慨：唉，妹妹大了，留不住嘍……

第七十四章　及笄之禮

待兆志離開後，玉芝打開盒子，不禁驚呼出聲——藏藍緞面的底座上靜靜躺著一支通體剔透、模樣精緻的玉簪。這個時代沒有機器，若是想把簪子雕成這般形狀，定要下十二分的細心，一點、一點打磨才成。

她小心翼翼地拿起簪子仔細端詳，才發現這支簪子原來是雕成了孔雀：彎曲的簪身好似一隻孔雀的身體，尾部細細雕琢出孔雀的尾羽，簪頭的孔雀嘴裡叼著一朵小小的鈴蘭花，顯得相當俏皮可愛。

玉芝欣賞完簪子，剛想放回盒子裡，卻發現緞面底襯一角露出一個白白的小紙頭。她會心一笑，小心地抽出紙條，上面果然是卓承淮寫的悄悄話——

這是我娘留下來的簪子，舅舅告訴我，當日娘拿這東西陪嫁的時候就說好要一輩輩傳下去。現在它終於回到了我手中，明日妳就用這支簪子束髮可好？

玉芝臉上浮現出幸福的笑容，覺得卓承淮的禮物既美麗又富有涵義。她將簪子放回盒子內，蓋上蓋子摩挲了半日，才拿起盒子去尋李氏。

面對娘親與大嫂意味深長的目光，玉芝幾乎要羞得敗下陣來，她是真的不知道自己怎麼了，現在怎麼如此容易害羞？

看到小姑臉蛋通紅的模樣，曹佳忍不住「噗哧」笑了起來，玉芝見狀，噘起嘴巴撒嬌。

「大嫂也笑話我？」

曹佳止不住笑，伸手虛點玉芝的頭道：「咱們芝芝長大了呢！」

一句話讓玉芝的臉紅得都能攤煎餅了。李氏不忍心看到女兒這樣子，輕輕拍了站在她身邊的曹佳一下道：「看看，當了媳婦的人就是不一樣，當年我見到妳時，妳的臉比芝芝還紅呢！」

曹佳被這麼一打趣，不禁回想成親之前遇到李氏的時候，還真是看見婆婆站在那邊自己就害臊了。她的臉紅了起來，看得李氏哈哈大笑，覺得自己這個媳婦真是可愛。

這麼插科打諢了一會兒，玉芝沒那麼羞了，她目光閃閃地看著李氏，李氏便笑道：「還沒嫁給承淮呢，就替他著想了？罷了、罷了，明日就用承淮那支簪子吧！反正咱們本來準備的簪子也是銀樓打的，沒承淮那支有意義。」

曹佳也點點頭，接著說道：「我尋了我的小姊妹凌冉當贊者，她家雖說是行商之人，但是她為人古道熱腸、個性活潑可人，不知芝芝可滿意？」

贊者是主持儀式的人，負責為及笄者梳頭、去髮笄與更衣。

玉芝回道：「大嫂之前不是說過了嗎？當然可以啊，大嫂的姊妹就是我的姊妹。」

曹佳是真的把玉芝當成妹妹，這次沒能忍住，伸手點了點她的頭道：「來到府城這麼久，妳都沒有交好的姊妹，我看妳無事就該多出去應酬，尋幾個年紀相仿的姑娘一起玩才是。」

玉芝是真的不願意，她上輩子就喜歡窩在家，能不出門就不出門，除了上班，就在家裡研究吃的、動手做美食，見家人吃得滿足，她就特別開心。
現在有了袁誠和兆貞在身邊，她簡直是如魚得水，隔三差五有新點子就尋他們兩人過來商議。這段時間以來，陳家食鋪已經推出了十多道新菜，每道都是從未出現過的菜式，震撼了府城的美食界。
玉芝乾脆盤了間略大一些的兩層酒樓，開了一間「陳家私房菜館」。私房菜館裡沒有大廳，全是一間間包廂，裝修得高雅又寧靜，裡面的菜式全是陳家這麼多年來的自創菜，點心也是充滿特色的西點或水果甜湯之類的。
最近玉芝在研究做優格，卻因為沒有乳酸菌而失敗了好幾次，這讓她焦頭爛額的，哪還有空出去交朋友?!
李氏憂心贊者要找誰擔任的時候，玉芝就沒當一回事，她覺得讓嫂子們上場也行，沒什麼大不了。
不過兆志早就來信說他們定能趕上玉芝的及笄禮，所以李氏就把希望放在曹佳身上。曹佳回來後一聽到這件事，第二日就出門尋了凌冉，凌冉也是個乾脆的人，直接答應了。
九月十二日一大早，天空散出瑰麗的晨光，一看就是個大晴日。曹夫人沈氏帶著之前辦過曹佳及笄禮的下人們早早趕來幫忙，吉時一到，一家子熟人就去了東房。
玉芝早就沐浴好換上采衣采履，安坐在東房等待吉時到來。
正賓是曹夫人，沈太傅的女兒。自從灤源書院聲名大噪之後，沈太傅的名聲傳遍了府城，特別是皇上又賞賜了他幾次，表達自己對老師的敬重，現在連知府都對沈山長恭敬有禮。

曹夫人沈氏更是一躍成為上流社會的新寵，無奈沈氏與玉芝一樣懶，偶爾才出門應酬個幾回，巴不得日日在家聽戲、照顧相公跟兒子，讓眾夫人扼腕不已。

陳忠繁與李氏上前迎接沈氏，相互行禮後請她到正賓位，趙氏、單夫人、羅盈娘等人則於觀禮位就座。

待大家坐好、陳忠繁在東房門口簡單致辭之後，只見凌冉昂首挺胸地走了出來，盥洗淨手，站在西階就位，玉芝披著頭髮走到場地中間，先朝四面的賓客行禮，然後跪坐在笄者席上。

凌冉肅著臉，一下、一下地梳順玉芝的頭髮，然後把梳子放在席南。

此時玉芝站起身來進房換上襦裙，待她出來後，對著陳忠繁與李氏行正規拜禮，表達對父母養育之恩的感激之情，接下來她端坐在方才的席位上，等待正賓為她加簪。

凌冉為玉芝去髮笄，沈氏讚頌完祝福，跪下替玉芝插上簪子，而後站起來向玉芝行禮。玉芝又回到東房，凌冉則拿了曲裾深衣去東房為玉芝換上。

換好衣裳，玉芝走出來行至場中央，對前來參加及笄禮的人一一行禮感謝，眾人都站起來對她點頭微笑。

此刻陳忠繁大聲宣布道：「小女玉芝今日及笄禮已成，感謝各位賓朋參與，現在前院已經擺好酒席，還請各位前去就席！」

似雲帶著丫鬟們如流水一般湧上來，一人引著一個客人去前院吃酒席。凌冉等的就是這頓飯，聽說今日的飯食都是陳家大廚子帶著徒弟做的，在陳家私房菜館也吃不到。

曹佳深知自己好姊妹的心思，見凌冉將王芝送回房出來之後，連忙對她說道：「趕緊入席吧！剩下的我來就好。」

凌冉個性爽朗，應了一聲就轉頭去了前院。

當凌冉抵達前院時，菜已經上了大半，今日因為有單夫人這種陳家不太熟悉的客人，所以他們實施分餐制。

坐在自己的座位上，凌冉看著面前一小碟、一小碟精緻的佳餚，在心裡激動得直搓手，可她卻表情淡然地挾起一塊沒見過的爆魚放進嘴裡——魚皮是脆的，肉是鮮的，有淡淡的鹹香，又有微微的酸甜，重點是一點腥味都沒有！

凌冉在心底滿足地嘆了口氣，眼睛都亮了起來。

正巧，此時被李氏叫來見長輩的陳家三兄弟進了前院，兆亮一眼就看到了腮幫子鼓鼓的凌冉，她的模樣像極了一隻剛偷了花生的小老鼠。

兆亮勾起嘴角，覺得這姑娘真是可愛，不知是誰家的女兒？

三兄弟退出去之後，他直接問兆志。「大哥，今日可有年輕的面生小姐來參加芝芝的及笄禮？」

兆志畢竟是過來人，腦筋一轉就覺得不對勁，回道：「怎麼，可是你看上人家姑娘了？」

只見兆亮笑著對兆志大方承認道：「的確是覺得一個姑娘挺有趣的，只是不知道她是何人、是否訂親了？」

這個發展讓兆志激動極了，連忙說道：「咱們先不回前院了，兆勇去跟爹一聲，就說我們兩人送及笄禮給芝芝，咱們先尋你大嫂去！」

曹佳此時剛陪著玉芝沐浴完。九月秋老虎發威，今日的天氣實在有些熱，玉芝折騰了一頭晌，早就渾身大汗了，她沐浴完才覺得整個人清爽起來，索性喊人送菜來後院，與曹佳吃了起來。

誰知沒吃兩口，她們就聽到似雲在外面稟報說兆志跟兆亮來了，玉芝與曹佳都有些好奇，這個時候他們來做什麼？

兆志看到曹佳就問道：「佳兒，今日來的人當中可有臉生的小姐？」

曹佳被問懵了，臉生的小姐？來的人大多都是長輩，既是小姐，又臉生的，怕是只有凌冉一個了。

兆亮面對大嫂和妹妹時顯得有些羞澀，但還是說道：「今日我在宴席上偶然見到一位有趣的小姐，特地來尋大嫂打聽，若是這位小姐尚未訂親……」

玉芝驚得倒吸一口氣，這……鐵樹要開花了?!

曹佳也目瞪口呆地看著羞赧的兆亮，她好半天才找回自己的聲音，木木然道：「我不知你說的是不是……芝芝的贊者？」

兆亮一臉茫然地對曹佳說道：「大概就是那位小姐了，符合這些條件的人怕是不多吧？」

曹佳忍笑道：「確實不多，你說說看那小姐的模樣，我來對對看。」

兆亮嘴角泛起一絲笑道：「她年約十五、六歲，身著嫣紅配魚肚白的裙子，笑起來有兩個小酒窩，眼睛晶亮，吃起東西來就像一隻『小老鼠』。」

曹佳聽到裙子配色時，就知道兆亮說的人正是凌冉，到了最後的「小老鼠」時，她忍不住笑著說道：「對對對，我與她吃過這麼多次飯，還從未想到過如此貼切的形容。現在回頭想想，她果然就像隻『小老鼠』一般！」

玉芝來了興趣，看起來那是個吃貨呀，不正好適合他們家嗎？她看著有些臉紅的兆亮，對曹佳說道：「大嫂，確定是今日的贊者嗎？那個姊姊真的十分可愛。」

曹佳笑道：「正是她，她是個好姑娘，也是家裡的掌上明珠，今年十六歲，尚未訂親，最大的興趣就是吃。」

兆亮得知那姑娘是自家大嫂的閨中密友，非常開心，這樣她的人品肯定沒問題，況且有大嫂在中間傳話，他娶上媳婦的機率大大增加了！

他拱手深揖道：「煩請大嫂跟娘說說，讓她出面向那姑娘的父母提親。」

玉芝沒想到今日受的驚嚇還沒完，只見了一面，就要提親了？看不出來自己這個二哥還是個浪漫行動派！

曹佳和兆志也被嚇到了，兩人對視一眼後，兆志吞了口口水，開口道：「既然如此，佳兒先去告知娘一聲吧！不過提親的事先別急，先問問姑娘家裡願意不願意……」

兆亮懊惱地拍了拍頭，自己真是莽撞，光想著趕緊提親，卻沒考慮其他事，看來他還是得多學習一些男女相處之道才行。

宴席散了之後，曹佳就尋李氏說這件事。這可是意外之喜，李氏原本對兩個兒子的婚事暫時不抱希望了，沒想到天上掉下一個美嬌娘，讓二兒子動了春心了！

她忙催促曹佳道：「佳兒，妳明日去一趟凌家探探口風可好？還是我與妳同去，顯得正式一點？咱們要帶什麼禮上門？」

看到婆婆慌張的樣子，曹佳笑道：「娘莫急，明日我先自己去一趟，若是凌家有意，您再上門就成，禮物就帶咱們家的點心吧！」

第二日，曹佳一大早就被李氏派人挖起來，雖說曹佳與凌家的關係已經好到不需要遞帖子的地步，然而當凌老爺與凌夫人及凌冉在吃早飯時聽到曹佳來訪，還是吃了一驚。

凌夫人差人將早飯撤下迎接曹佳進來，曹佳也知道自己來得太早有些失禮，一進門就對凌家人行禮道：「請伯父跟伯母原諒我一大早就跑來。」

說著，她從身後的丫鬟手中拿起點心籃子對凌冉道：「冉兒，快些把這些東西送去灶房，不然待會兒就不好吃了！」接著朝她眨了眨眼。

凌冉心花怒放，以為這是曹佳幫她找偷吃的藉口，喜孜孜地告退去了灶房。

曹佳這才開始說正事。「……就這樣，我那小叔對冉兒一見傾心，我婆婆也看重冉兒，大清早就催著我上門來拜訪了。」

凌家兩老真沒想到曹佳是為此而來。陳家是府城新貴，雖說來府城沒幾年，生意卻越做越大，家裡幾個兒子都是讀書的料子，未來的女婿也已經是進士老爺了，可自家這情況……若是女兒嫁過去，會不會受委屈？

凌夫人委婉地表達了這個意思，曹佳笑著解釋道：「伯母莫擔心，我婆婆為人再和善不過，對我就如同親女兒一般，小姑的性子也善良大方，否則我豈會讓冉兒去幫她做贊者？」

聽到這話，凌夫人稍微放下心，問起兆亮的事。「陳家二少爺是個什麼樣的人？」

曹佳回道：「我這小叔讀起書來極其努力，我外祖父覺得他未來定能考上進士；不僅如此，他的性格和善、孝敬父母、兄友弟恭，最重要的是他們家的男兒都發了誓，永不納妾！」

凌老爺思考片刻後說道：「這事還是得問問冉兒是怎麼想的。來人，把小姐叫過來。」

沒多久凌冉就過來了，她的表情有些不高興，一看就知道是被打斷了吃東西的興致。

凌夫人也不管她的小心思，將曹佳方才的話重複一遍後，問她道：「冉兒覺得如何？」

一聽曹佳上門是為了自己的親事，對象還是陳家的二少爺，凌冉有些愣住了。她扁了扁嘴，回味了一下嘴裡殘餘的水果蛋糕香氣，問道：「嫁給他的話，能日日吃這些嗎？」

這個問題讓曹佳忍不住大笑，凌夫人則是恨鐵不成鋼地拉過凌冉，使勁拍了她的手背兩下。

待曹佳終於止住笑，她就像大灰狼騙小白兔一般說道：「自然，而且一有新的吃食，妳還能第一個嚐到呵！」

凌冉雙眼發亮地說：「行啊，我嫁了！」

曹佳連忙攔住她道：「妳可別衝動！今日我只是來探探情況的，若是妳有意願，就安排妳與兆亮見一面再做決定。」

凌冉噘起嘴道：「再怎麼說，他也比爹娘找的那些男人們強……」

這話讓凌老爺氣笑了，說道：「妳說說，爹娘為妳尋的人哪個不好了？那可是千挑萬選找出來的！」

凌夫人忍不住翻了個白眼，自己這個閨女真是還沒長大，都怪他們兩口子把她慣壞了。她示意凌冉別再說話，轉頭對曹佳笑道：「佳兒，這件事咱們一家子得好好商議一下，過個兩、三日再給妳回音如何？」

曹佳對著凌夫人一笑，說道：「伯母說的是哪裡話，咱們姑娘家本來就該好好考慮，那我三日後再上門可好？」

凌夫人當然答應，一家子親自送曹佳出門。

看到拉著曹佳不停打聽陳家情況的凌冉，凌夫人忍不住拍了拍自己的腦袋——這孩子怎麼就這麼不知羞呢?!

第七十五章 久別重逢

一家人送曹佳離開後回到屋裡，凌夫人看著噘起嘴的女兒，扶額道：「說說吧！妳是怎麼想的？難不成真要為了吃食嫁入陳家？」

凌冉湊上去撒嬌道：「娘怎麼這麼說呢！吃食當然重要，但是陳家的確不錯呀！那日我去為陳家小姐做贊者，看得出陳夫人溫柔體貼，陳老爺也很憨厚淳樸，一點也沒有商人的樣子，兩個人肯定好相處。」

凌老爺與凌夫人這才鬆了口氣，他們知道自家閨女雖然貪吃、貪玩了些，但是看人的眼光獨到，而且任何事都心裡有數。

不過凌冉摸了摸頭，繼續道：「但我沒見過陳二少爺，只是覺得陳家很好，他為何求娶我呢？咱們家的家世不如他家，他自己又有出息，總得有個說法吧？」

凌老爺一拍桌子道：「既然如此，咱們就讓佳兒安排你們見一面。妳十六歲了，再拖下去不好，若是有適合的對象，就先訂親！」

待曹佳依約上門，凌夫人委婉地表達了凌冉想與兆亮見一面的意思。

曹佳笑著說道：「這次我就是來說這件事的。我家小姑說與冉兒興趣相投，想請冉兒去品嚐新吃食，今日她讓我來問問，說到時候讓袁師傅親自下廚招待冉兒呢！」

凌冉一聽，眼睛都亮了。袁師傅……他可是陳家的首席大廚，基本上已經不在陳家各間鋪子裡親自下廚了，相傳他一直在幕後研究各種新菜式，這機會真是不可多得！

她無視凌夫人無奈的表情，連連點頭，曹佳只能忍著笑道：「那明日巳時中我讓馬車來接妳。」

雙方既然約定好了，就各自為了第二日的相看準備。玉芝一大早就起床，似雲強行將她從頭到尾精心打扮一番，當玉芝抵達私房菜館早早就預訂好的上等包廂時，才發現凌冉已經到了。

玉芝看著凌冉的滿頭珠翠不禁笑了出來，凌冉瞧見玉芝的花枝招展也沒能忍住，兩個小姑娘話還沒說一句就面對面哈哈大笑，笑得門口的丫鬟們相當好奇。

笑了一陣子之後，兩人親近許多，玉芝請凌冉坐下，說道：「凌姊姊可要多吃一些，袁叔特地為妳做了好些新鮮的吃食呢！」

凌冉頷首道：「當然，我今日來的主要目的不就是為了吃嘛！」

玉芝很是喜歡這個吃貨姑娘，她們邊吃邊聊，直到吃撐了，凌冉才依依不捨地放下筷子，摸了摸肚子道：「袁師傅的廚藝果然不同凡響。」

聞言，玉芝笑道：「其實我家裡還有些吃的沒拿到店裡來呢！不知道凌姊姊有沒有興趣跟我回去一趟？」

凌冉知道重頭戲來了，臉龐微紅道：「那我就不客氣啦！」

玉芝帶著凌冉出了包廂，從隱秘的走廊去了後門，兆亮與淡墨已經在馬車旁等著了。

凌冉沒想到一出門就看到兩個陌生男人，她不由得側頭看了玉芝一眼。

只見玉芝隱晦地點了點頭，凌冉的臉頓時紅了起來，但還是偷偷地多看了兆亮幾眼。

兆亮大方地任由凌冉打量自己，還笑著走到她們面前說道：「凌小姐、芝芝，現在要去哪兒？」

凌冉沒想到兆亮竟過來搭話，有些害羞地低下了頭，玉芝看到自家二哥嘴角含笑的樣子，忍不住打了個冷顫——他這也太做作了吧！

玉芝瞧凌冉不主動回答，便趁她低著頭時對兆亮翻了個白眼，嘴上卻溫柔地說道：「二哥，真巧啊，我邀請凌姊姊去咱們家吃點心，你能送我們回去嗎？」

看到妹妹不屑的樣子，兆亮不禁笑道：「行呀，那咱們走吧！」

兆亮說完就轉身讓淡墨套馬車，自己則扶著玉芝上車。接著他轉頭走到凌冉面前說道：「還請凌小姐上車。」

說著他把袖子拉長蓋住自己的手，然後伸了出去，想讓凌冉扶著上車。

凌冉見到兆亮伸過來的胳膊，一下子愣住了。她抬頭看向他，只看到一雙含笑的眼睛與俊朗的臉龐，她的臉蛋瞬間更紅了，就像那十月的山楂果一般，只能慌亂地搭著兆亮的手上車。

一坐進馬車，凌冉鬆了口氣，抬眸卻對上玉芝別有深意的笑，剛放鬆的一顆心又提了起來，她輕輕地推了玉芝一下道：「別笑。」

誰知玉芝隨即哈哈大笑起來，看到凌冉的臉越來越紅，她心想事情差不多成了大半了！

凌冉惱怒得圓眼一瞪，恨恨地掐了玉芝的手臂一把。

人在外面的兆亮也被妹妹這笑弄得有些尷尬，輕咳了一聲道：「別鬧。」

一聲「別鬧」像羽毛般飄進凌冉心裡，搔得她心頭癢癢的。她咬咬唇，看了看身邊嗤嗤笑的玉芝，又想到情同姊妹的曹佳、溫柔和善的李氏，跟馬車外那個笑起來很好看的男人……

凌冉暗自決定，就是他了！嫁人碰運氣，千挑萬選到最後也不一定能挑到什麼如意郎君，還不如選個婆家和善的，日後若是夫君不好，自己也能舒舒坦坦地過日子。

這日沈氏一大早就趕了過來，她將凌家的情況從裡到外向李氏說了一遍，然後道：「我看冉兒這姑娘不錯，若是妳也覺得還行，不如早早上門提親？」

此話正中李氏下懷，玉芝及笄禮那天跟凌冉的短暫相處，她已經知道她是個爽直的姑娘，哪裡還有什麼不滿意的。

這門親事決定得極快，不過凌家表明要一年過後才嫁女兒，好多準備一些嫁妝。陳家自然同意，畢竟兆亮要參加明年的秋闈，現在正是需要用功的時候，待明年高中之時再娶親，豈不是雙喜臨門？

平靜無波的日子中，陳家一家人雖然忙碌，卻也感到喜悅。過了年，玉芝十六歲了，單辰幾次上門私底下與陳家商議卓承淮與玉芝的親事，最後兩家人議定在明年五月讓他們成親。

一則是卓承淮本應守二十七個月孝，現在皇上開恩允他只守九個月，若是剛出了孝馬上就成親，給人感覺有些猴急，因此最好緩一緩。

再則這是兆厲與兆志強烈要求的，他們兩人經過兩年多的沈澱，對於下次會試已經成竹在胸，說什麼也要考個進士，讓玉芝以「進士妹妹」的名號風風光光地出嫁。

最後就是兆亮成親的日子定在今年的九月二十五，一家一年不好辦兩次親事，玉芝的婚事移到明年再合理不過。

見距離成親還剩下將近一年半的時間，玉芝放下心來，琢磨著如何在這些日子裡繼續發展家業。

這天一大早，正逢書院放旬假，陳家一家人其樂融融地在一起吃早飯時，曹佳忽然站起來跑到屋外乾嘔，兆志嚇了一跳，扔下筷子追了出去為她拍背順氣。

幾個男人都面面相覷，不知道曹佳是怎麼了。

李氏卻在最初的呆愣過後激動起來，跟著跑出去喊道：「佳兒，快進來！別受了涼！」她與兆志一左一右扶著曹佳進門，玉芝喊楊嬤嬤找了個軟墊鋪在椅子上，再讓他們兩人小心翼翼地扶著曹佳坐下。

只見李氏顫抖著嗓音問：「是不是……有了？」

曹佳的臉蛋一下子就紅了，猶豫道：「我也不清楚呢……」

兆志傻乎乎地追問道：「有什麼了？是不是哪裡病了？」

李氏使勁推開要摸曹佳額頭的兆志，翻了個白眼道：「別離你媳婦太近，要是碰壞了怎麼辦？我看佳兒是有孩子了！」

陳忠繁有些驚慌，起身的時候不小心把一個碗帶到地上摔碎了，他不管不顧地湊近李氏，避嫌地不看曹佳，只盯著李氏問道：「是真的嗎？」

李氏拚命點頭道：「我覺得沒錯。兆勇，快去尋個郎中來！」

兆勇突然被這麼一點名，愣愣地應了一聲就親自出門去尋郎中，壓根兒沒想到家裡現在有一堆小廝跟書僮。

曹佳被陳家人團團圍住，她不禁輕笑道：「娘別擔心，一會兒就知道了，大家都先坐下吧！」

李氏擺擺手道：「妳坐就好，娘看著妳心裡就高興！」

玉芝也變得傻傻的，她伸手隔著衣裳輕輕碰了一下曹佳的肚子，又像是觸電般地縮回手，喃喃說道：「大嫂……這裡有寶寶了?!」

曹佳聽了她傻里傻氣的話，看向待在自己身邊、一臉茫然又驚喜的兆志與像隻無頭蒼蠅般走進走出的兆亮，不由得失笑。平日這幾個兄妹明明精明得很，怎麼這會兒全變成這樣了？

她笑道：「先別急，有沒有孩子，還得等郎中看了再說，都坐下吧！你們這樣我會緊張……娘，快來陪我坐坐，我害怕……」

過了一會兒，兆勇拉著府城一個出名的郎中氣喘吁吁地跑回來，鬚髮全白的老郎中被他拽得衣裳都歪了，好不容易才緩過氣，拉起曹佳的手細細診起脈來。

片刻工夫後，老郎中起身拱手道：「恭喜、恭喜，貴府少夫人正是喜脈，已有一個月餘了！」

一個月餘？李氏懊惱地拍了拍頭，這麼久了，自個兒竟然沒發現?!

老郎中說完了診斷結果，見陳家眾人臉上有驚喜、憂心、懊惱等各種表情，沒說什麼，畢竟這種情形他見得多了。

幸虧兆亮尚有一絲理智，他見全家人都呆住了，便上前扶著老郎中去結診金，還給了他一個大紅封，感謝他前來報喜。

玉芝回過神後，去灶房端了一碗麵過來，這碗麵的湯頭相當清淡，只在上面擺了幾根青菜，曹佳一看就來了胃口。

曹佳挾起一筷子麵放進嘴中，只覺得異常鮮美，喝了一口湯後，她忍不住問道：「芝芝，這是什麼湯，怎麼這麼鮮？」

玉芝見曹佳吃得香，開心地說：「這就是高湯呀！灶臺上時時燉著一鍋，只不過這碗還用雞肉茸吸了幾回浮油與雜質，看起來清爽，吃了也不油膩。」

曹佳感動得淚眼汪汪的，自家小姑真是沒話說，平日有什麼新鮮的吃食就送來給她，又經常在婆婆面前說她的好話，她嫁進來一年多沒懷上身孕，婆婆卻一聲催促都沒有，她知道這其中玉芝功不可沒。

可能是有了身孕吧，曹佳的情緒變得相當敏感，她越想越覺得自己掉進了幸福窩裡，眼淚就這樣滴了下來。

李氏抽出帕子為她擦臉，輕聲道：「妳這孩子，說妳愛吃還真是沒說錯，兩口麵就把妳吃哭了。快吃吧！以後日日讓芝芝為妳琢磨新吃食。」

一碗麵下肚，曹佳差點打了個飽嗝。陳忠繁和兆亮、兆勇已經避了出去，兆志則在一旁眉目含笑地看著曹佳，保持固定姿勢許久了。

李氏是過來人，知道這時候小倆口肯定有許多話要說，於是喊了楊嬤嬤過來。「把大少奶奶送回院子，路上小心著些。」

不過半晌工夫，沈氏就匆匆趕來了。她和李氏兩個馬上要當祖母的人執手相望，一切盡在不言中，看得玉芝起了一身雞皮疙瘩。

對視一會兒後，沈氏開口道：「親家母，明日咱們去送子觀音廟裡燒香還願吧！」玉芝聽了差點沒昏倒，只見李氏一副英「雌」所見略同的模樣，拉著沈氏的手拚命點頭道：「我也在想要跟妳一起去呢！咱們去求佳兒平平安安的！」

這戲碼讓玉芝看不下去了，她嘆了口氣道：「我先去為大嫂琢磨晌午要吃啥。」

兩個老的急忙拉住她一陣叮囑，什麼不能吃兔子啦、不能吃牛肉跟羊肉還有母豬肉等，直把玉芝說得眼冒金星，通通答應下來。

被放出門後，玉芝回想了一下方才李氏與沈氏說了什麼，結果竟一點也想不起來，真的是左耳朵進、右耳朵出……她還是去拜訪出名的婦科郎中，仔細問問有什麼忌諱吧！

從去年九月算起，卓承淮已經守滿了九個月的孝，這段時間他沒閒著，除了每日跟著沈山長學習和寫信給玉芝外，也時常往京城送信——當然，他是打著兆志的名號，省得被有心人做文章。

一進入四月，柏學士、彭顯跟程臨安都來信催卓承淮上京。

因為守孝期間卓承淮不便與玉芝見面，哪怕書院與陳家離得很近，他們也沒破戒，玉芝忍不住在心裡嘀咕，難道自己天生就是異地戀的命？

現在出了孝，卓承淮便大方地上陳家拜見，他心不在焉地與陳忠繁和李氏寒暄了半日，卻不見玉芝出來。

李氏見卓承淮不停轉頭看門外的樣子，有些想笑，索性對他說道：「芝芝現在正在為你準備午飯呢！你想去灶房看她？」

萬萬沒想到卓承淮拚命點頭道：「行嗎？叔叔、嬸嬸？」

陳忠繁和李氏被這句話堵住了。說行？可便宜了這個臭小子；說不行？話都說出去了，收回來像樣嗎？

想到這裡，他們禁不住齊齊在心裡翻了個天大的白眼。

卓承淮見兩人不出聲，當成他們默許了，他站起來恭敬地行禮，退出門轉頭往灶房快步走去。

陳忠繁和李氏四目相對，心想這孩子是真的急了，罷了、罷了，自從訂親以後他們都沒怎麼見過面，就這樣吧！

氣喘吁吁的卓承淮站在灶房門口，看到煙霧繚繞中那一抹纖細的身影，他忍不住大喊一聲。「芝芝！」

玉芝正在指揮廚娘片魚，打算待會兒做一道糖醋黃河鯉魚。突然聽到卓承淮的聲音，她心頭一驚，回過頭去，透過層層蒸氣看到門外那俊逸的男子，沒有多想，轉身就朝他奔去。

這短短十幾步的距離，對兩個人來說卻是經過了兩年。卓承淮見玉芝朝他跑來，不由自主地張開胳膊，想把她摟進懷裡。

玉芝大腦一熱，也想撲進他懷裡，就在兩人馬上要相擁的時候，兆貞從灶房追了出來，邁著長腿三步併成兩步趕上玉芝，一把拉住她的衣領！

此時他們之間只有半步之遙，卓承淮張著雙臂傻笑，玉芝雙眼晶亮、臉蛋通紅，兆貞這無情的一拉，打斷了這對有情人的重逢大戲……

兆貞鬆了口氣，心想幸虧來得及，他順手將玉芝拉到身後，面帶玩味的笑容看著卓承淮道：「卓少爺做什麼呢?!這張著胳膊的樣子，真是有些傻氣呀！」

卓承淮沒想到會有這種「變故」，他狂跳的心還沒平靜下來，就被兆貞問得說不出話。

他尷尬地放下雙手，看向躲在兆貞身後的玉芝，她現在肯定羞得想殺人，日後怕是再也沒有這種機會了。

欲哭無淚的卓承淮把視線移向兆貞，堆起假笑道：「叔叔跟嬸嬸可憐我與芝芝兩年未見，特地讓我來看她。」

兆貞上下打量了卓承淮一番，見他目光誠懇，猜想他不敢撒這種謊，便從身後把整個人都在發燙的玉芝揪出來道：「既然如此，你們就尋個人看得見的地方說話吧！」

卓承淮貪婪地看著出落得越發嬌俏的玉芝胡亂點頭，輕聲說道：「芝芝，妳說咱們去哪裡好？」

玉芝被卓承淮含糖量超標的嗓音膩得抖了一下，她側過頭看向用嫌棄的表情盯著卓承淮的兆貞，低聲道：「就去書房外的小花園吧！」

兆貞頷首道：「好，大哥跟二堂哥都在書房裡讀書，你們就去那邊吧！推開後窗他們就能看見你們了。」

卓承淮嘆了口氣，玉芝本人是真的樣樣都好，偏偏哥哥著實太多了。想到成親時芝芝身後會站著一群舅子，他就瑟瑟發抖……

抱怨歸抱怨，卓承淮還是很珍惜這次與玉芝單獨相處的機會。

這一路上，卓承淮每回剛想拉拉玉芝的小手，就聽見輕重不一的咳嗽聲，全都來自兆厲和兆志身邊的人，看來他們兩個已經得到消息了。

玉芝被陣陣的咳嗽聲逗得忘了害羞，低頭悶笑。

第七十六章　胸有成竹

好不容易到了花園，卓承淮見四下無人，剛伸出罪惡之手想拉住玉芝滑嫩的小手，就聽見「砰」一聲，嚇得他飛速縮回手。轉頭一看，才發現是兆志用力推開了他書房的後窗，窗戶撞到牆上發出了聲響。

這下卓承淮徹底老實了，放棄了想要與玉芝有點接觸的心思。他看了看巧笑倩兮的玉芝，低聲道：「芝芝，我好想妳。」

玉芝抬頭看向卓承淮的俊臉，兩年不見，他褪去了印象中那一直纏繞在他身上的淡淡憂愁，整個人看起來更加沈穩，也更有魅力了。

她突然覺得害羞，低下頭咬牙小聲回了一句。「我也是……」

卓承淮覺得有些激動，這還是他頭一回親耳聽到玉芝跟他說這種甜言蜜語呢！

他咧開嘴笑得滿足，摸了摸自己的胸口道：「自從卓連仁被斬了之後，我的心彷彿缺了一小塊，今日見到妳，我才感覺整顆心都填滿了，原來我的心這麼小，只能裝下一個妳。」

玉芝聞言忍不住大笑出聲，見卓承淮的臉色越來越黑，她強忍住笑道：「承淮哥……你……你偷看話本了？」

卓承淮的臉紅了起來，露出無奈的表情道：「欸欸欸，這是怎麼回事？曹堅給我看的一個話本裡全是這些情話，他說若是我能運用裡面的臺詞，妳定會對我更好，我可是一邊看、一邊掉雞皮疙瘩，費了番功夫才背下來的，現在看來沒什麼用啊！」

玉芝笑得眼淚都流出來了，原來古代也有什麼「情話大全」之類的東西，這真是太土了，讓人一聽就想笑。

她想到卓承淮日日抱著一本情話大全仔細研讀、認真背誦的模樣，就控制不住自己，笑得差點摔倒在地，幸虧她身後有個鞦韆，索性坐在上面笑個痛快。

卓承淮無奈又寵溺地看著她，罷了、罷了，能逗芝芝一笑，這些情話就算沒白學。

遠處的兆厲和兆志聽不到兩人之間的對話，只看到玉芝笑得倒仰，兆厲不禁驚奇地問道：「你說承淮說什麼啦？我好久沒看到芝芝笑成這樣了。」

兆志輕哼一聲道：「誰知道呢?!這小子慣會投機取巧，我看芝芝就是被他給騙到手的！」

花園裡的兩人笑過一場以後，氣氛鬆快許多，感覺就像回到他們還在青山鎮時那樣。

卓承淮輕輕地推著鞦韆跟玉芝說話，少女柔美的身影在鞦韆上一盪、一盪的，直盪進卓承淮心底。

他用身體遮擋住兆厲與兆志的視線，一手握住玉芝抓著鞦韆繩的手，低嘆一句。「好想早點把妳娶回家。」

玉芝沒抽出手，只是抬頭看著他說：「我等你。」

卓承淮的手握得更緊了，說道：「這次回京我會好好參加散館考試，彭尚書應該會把我要到兵部去，待我謀個官職之後，就來娶妳！」

玉芝擔憂道：「兵部到底不是傳統讀書人待的地方，你若是去了，可得萬事小心，身邊帶幾個武功高些的人才好。」

卓承淮笑道：「別忘了，軍糧的事情與我有關，兵部上下對我都有好感，不過……我這是占了芝芝的便宜。」

玉芝抽出小手覆蓋在卓承淮的手上道：「你我之間何必說這些話？對了，說到軍糧，我想起來了，那年送鍋盔與光餅給你們之後，我不是說還有一樣小菜嗎？

「只是當東西做成的時候，汝州那邊已經出事了，我心想你們肯定忙得很，就沒差人送過去。過了一年多，豆腐乳成了咱們食鋪的招牌，每日都有許多人買回去配粥或夾餑餑吃，香得很呢！

「待會兒你也吃吃看。若是想帶回京，我把方子寫給你，只是這東西的成本有些高，就算帶到軍營，怕是沒辦法讓每個人都吃上。但是聊勝於無嘛，到時你進兵部就能多些資本了。」

卓承淮感受到玉芝小手傳來的一陣陣溫暖，見她處處為他著想，不禁哽咽道：「有妻如此，夫復何求？」

玉芝輕輕呸了一聲道：「什麼妻不妻的，我們還沒成親呢！」說完自己羞得笑了起來。

兩人又說了一會兒話，越聊越甜蜜，此時突然又聽見一道推窗戶的聲音。

玉芝抬頭看了看天色，驚道：「哎呀，到吃晌飯的時辰了，咱們趕緊去廳堂吧！」

卓承淮依依不捨地跟著看向天空，發現時間確實到了，只能嘆道：「時辰過得怎麼這麼快?!」

玉芝輕輕拍了他的手臂一下道：「快走吧！爹娘怕是等急了。你看，我大哥連大嫂都不去接了，盯著我們不放。」

卓承淮順著玉芝的話轉頭看向抱著胳膊站在窗口的兆志，又嘆道：「我的大舅子怎麼這麼難纏啊……」

他這話逗得玉芝又是一陣笑。

這頓午飯自然豐盛又美味，卓承淮滿臉諂笑地伺候陳忠繁與五個未來舅子喝酒，將氣氛炒得很是熱鬧，一家人盡歡而散。

第二日卓承淮就帶著硯池與幾車土產返京，抵達京城當日就去翰林院銷假，一一見過諸位同僚與長官並送上禮物之後，隔天就登了彭顯家的門。

彭顯對卓承淮帶來的土產很感興趣，直接拿了一顆鹹鴨蛋扔給身邊的小廝道：「明早切來，這東西配粥最好。」

只見卓承淮笑道：「若是彭尚書想配粥，有樣新吃食肯定合您的口味。」

彭顯不禁好奇地說道：「什麼新吃食比鹹鴨蛋更配粥？快拿過來給我看看。」

卓承淮讓等在門外的硯池去馬車上取那一小罈豆腐乳與旁邊兩個竹筒，彭顯的小廝機靈地去了灶房，不一會兒就端著兩碗粥與兩個小碟子過來等硯池進門。

沒多久硯池就帶著罈子和竹筒回來了，卓承淮用乾淨的筷子挾了兩塊豆腐乳出來，一塊直接放在碟子裡，另一塊放好後澆上竹筒裡裝著的香油與白糖。

彭顯先嚐了一口沒加任何東西的，入口時只覺得口感綿密，味道不僅獨特，還包含了一股濃郁的香氣，甚至帶著些許酒香，口味偏鹹。

他忙端起碗喝了一大口粥，白粥的清淡沖散了嘴裡的鹹味，更彰顯出豆腐乳的鮮香。

彭顯又挾了一塊澆了香油與糖的，香油與糖中和了豆腐乳的鹹味，吃起來只剩下醇厚的口感與一股異香。

他覺得這樣吃不夠勁，猜想家裡那些女人們應該會喜歡這個，他還是愛吃什麼都不加的，不但夠鹹、夠下飯，還有微微酒香。

彭顯忍不住問道：「這是何物？」

卓承淮回道：「這是豆腐！」

彭顯大驚，這是豆腐？他挾碎了一點豆腐乳仔細端詳，看不出來有豆腐的影子，他突然心靈福至地問道：「這東西能保存多久?!」

卓承淮見彭顯一下子就問到了重點，露出笑容道：「這本就是發酵而成的，沒具體試過能放多長的時間，但是彭尚書面前這一罈已經放了六個月有餘，上面澆了一層燒刀子與胡麻油，應該還能放更久。」

彭顯咂了咂嘴，燒刀子跟胡麻油的成本實在太高，哪怕本體是豆腐，做出來怕是不能供軍隊眾人享用。

不過好歹多了一樣能儲存許久的新鮮吃食，比日日吃鹹菜跟疙瘩頭強！

想到這裡，彭顯擠出自以為和善的笑容對卓承淮道：「承淮啊，你早晚都是咱們兵部的人，不如今日就把這豆腐的方子給我，我琢磨、琢磨，為你在一眾老匹夫面前多要點好處？」

卓承淮拱手道：「東西拿到這裡就是要給彭尚書您的，只是這是下官的未婚妻研究出來的，之前的鍋盔與光餅也出自她之手。」

彭顯雙眼微張，這陳家小姐是個人才呀！若是個男兒，定要把他招入麾下，只可惜……

他看著卓承淮，想到明年就要進京參加春闈的兆厲與兆志，不禁露出一個志在必得的笑容道：「行，既然你們遲早是兵部的人，那陳家小姐也是咱們一分子。方子先給我吧！我尋人做來試試看。」

卓承淮從袖子裡掏出一張紙遞給彭顯道：「既然如此，在下也不耽誤彭尚書的時間，這就告辭了。」

彭顯拍了拍他的肩膀道：「叫什麼彭尚書，日後只管叫我彭爺爺！」

卓承淮覺得自己差點被彭顯的力道給拍矮了三分，只得苦笑道：「知道了，彭爺爺。那我先走了，這個豆腐乳有什麼問題的話再尋我就好。」

因為兆厲與兆志這次沒進京，卓承淮乾脆住回翰林院。玉芝源源不斷地送各種吃的給他，想去京城開開眼界的下人都去求玉芝身邊的丫鬟們，畢竟玉芝幾乎每半個月就要派人跑一趟京城。

玉芝有時候也覺得自己挺好笑的，不知道是不是兩世加起來活太久了，她總有一種母親的心態，生怕卓承淮吃不好、穿不暖，只想把他餵得肥肥胖胖的。

到了八月，兆亮與兆勇信心百倍地進了秋闈考場，曹堅決定也跟著進去試一試。

玉芝除了為他們準備正常的科舉套餐，還將饅頭切成片，再備一竹筒油與一小桶豆腐乳。

科舉檢查起物品特別嚴格，若見到整顆饅頭，都會捏成小塊，看看裡面有沒有夾帶舞弊的紙條，所以玉芝乾脆將饅頭切成薄片，這樣一眼就能看個清楚。

豆腐乳則被查驗的人攪和得稀爛，幸虧卞芝本來就打算要他們這樣吃，反倒省了一番功夫。

考試途中兆亮生好火爐，放上一個小烤架，在饅頭上抹了厚厚一層油，再鋪上一層稀爛的豆腐乳那麼一烤……

沒多久就聽見附近傳來「咕嚕、咕嚕」的腹叫聲，一群考生磨了磨牙，心想這一定是陳家的人來考試！

這幾年陳家的科舉套餐早就流傳開來，這次進考場的考生們大都帶了陳家的吃食，沒想到他們竟然還藏了一手。

一時之間旁邊幾個人都寫不下試卷了，索性生起火來煮麵。兆亮根本不知道眾人的心聲，捧著烤得濃香酥脆、熱呼呼的豆腐乳饅頭片，一口、一口吃得香甜。填飽肚子後他吁了口氣，拿起筆來認真寫下自己的答案。

有了兆厲與兆志的一對一輔導，又有卓承淮帶回來的翰林院書籍加持，對於兆亮和兆勇兩個人來說，舉人應該是囊中物了。

九日後兆亮與兆勇早早出了考場，陳忠繁帶著雙祿、淡墨和枯墨守在門口，他一看見兒子出來，連忙帶人上去扶住他們，讓兩人去馬車上休息。

車內有食盒，裡面裝著玉芝特地做的過橋米線，他們打開食盒，把米線、肉片、青菜等材料倒進被油封住的熱雞湯裡，不過小半刻就能吃了。

玉芝的雞湯調得極為鮮美，一碗米線下肚後，兩人總算緩了過來，只見曹堅這時才被枯墨攙扶上車。

馬車緩緩駛動，本來看起來虛弱不已的曹堅聞到馬車裡那尚未散去的米線香味，整個人頓時活了過來，叫道：「我也要吃！」

兆亮忍住笑取出曹堅的份，親自為他調好。

曹堅接過米線後先喝了一口湯，燙得他差點跳起來，張著嘴半天，到底嚥了下去，不一會兒一大碗米線就進了他的肚子。

吃飽喝足的曹堅犯起睏來，兆亮拍拍他的臉道：「再堅持片刻就到你家了，若是你現在睡著，待會兒直接把你從車上踢下去！」

曹堅輕哼一聲，打起精神坐直身子，還時不時地掐自己大腿一下，好不容易到家，他來不及向曹老爺打招呼，就回房昏睡過去。

陳家這邊，李氏與玉芝早就備好了熱水，兆亮和兆勇一進家門就覺得疲憊感鋪天蓋地襲來，只想睡覺，還是兆志指揮幾個小廝把兩個人刷洗乾淨扔到床上，才沒白費了李氏與玉芝的用心。

兩人這一覺就睡到了第二日頭晌，可把玉芝給嚇著了，以前大哥應考時也沒睡成這樣啊，都過了十個時辰了！

終於，辰時末時兆亮與兆勇悠悠轉醒，兩人睜開眼睛看著熬紅了雙眼的淡墨和枯墨，同時說了一句話。「我餓了！」

陳忠繁早就請了郎中在家裡等著，等郎中把過他們的脈說無事，只要好好歇息幾日便可後，一家人才放下心來。

送走了郎中，玉芝端上好消化的白湯滷鴨麵，麵條是用精白麵做的，細細的龍鬚麵飄在用老湯熬煮的麻鴨湯中，鴨肉肥而不膩，湯清麵爽，光看就讓兩人的肚子打起鼓來。

麵條旁是六個小碟子，分別裝著兩隻鴨腿與四樣爽口泡菜，兆亮先挾了一口泡菜吃下，頓覺胃口大開，接下來就抱著碗大口吃喝起來。

直到喝完最後一口湯，兩個人才覺得恢復元氣，兆志見他們一臉心滿意足，直接問道：「你們倆怎麼這麼沒用？之前我考完時可沒你們這麼嬌滴滴的。」

兆勇一聽這形容詞就毛了，他一個身高八尺的漢子竟然被形容成「嬌滴滴」，這簡直就是侮辱！

沒想到陳忠繁也點點頭道：「我看是現在日子過得太好了，要不咱們請個拳腳師傅過來，一家子都跟著練練？我看單家那幾個師傅不錯，站出來威風凜凜的，一看就是真把式！」

李氏好笑地看著陳忠繁，丈夫覬覦單家那些武師許久了，巴不得自己家裡也養上兩個。男人啊，不管年紀多大都像孩子一般，反正家裡又不是養不起，請個武師練練身體也好。

玉芝突發奇想道：「娘，若是有拳腳好的女師傅，也尋一個過來教教咱們如何？再不濟，她都能待在咱們身邊，日後出去上香什麼的也能護個周全，況且大嫂有身孕呢！有必要為她備一個。」

兆志贊同道：「咱們竟然沒想到這點，等孩子長大以後，身邊有個會拳腳功夫的人，也能練得比較結實。」

事情就這麼定了，哪怕兆勇認定自己不是嬌滴滴的人，聽到能學拳腳功夫，也咬牙忍了下來。

陳忠繁猴急地下晌就出去尋謝中人，不過五日，謝中人就帶著一家人上門。

這家人一共有四口，三十多歲的秦毅是一家之主，妻子雷氏二十八、九歲，他們帶著一個十二、三歲的男孩秦鏢跟一個三、四歲的女孩秦菊。

秦毅過去在鏢局擔任鏢頭，誰知某次出任務時被劫了鏢，身邊的兄弟死了大半。他撐著一口氣回來了，當家總鏢頭卻把所有責任都推到他身上，將他們一家淨身出戶趕出鏢局，而且到處敗壞他的名聲。秦毅混不下去了，與雷氏相擁痛哭一場後決定賣身，決定不管發生什麼事，一家人都得在一起。

正巧陳家要尋會武功的師傅，秦毅自幼就在鏢局學武，雷氏的爹過世前也是鏢局的鏢頭，她跟著學了些拳腳功夫，別說秦鏢，就連四歲的秦菊都已經開始扎馬步了。

看到秦家人，陳家人就想到了過去的自己，陳忠繁拍板道：「就這樣吧！咱們想鍛鍊筋骨，不知秦師傅能教好我這老胳膊、老腿嗎？」

秦毅打量了一下陳忠繁，說道：「若只是鍛鍊筋骨，應是能行。」

他們一家總共才賣二十五兩銀子，李氏言明會給他們月例，還要廚娘準備好吃的給他們，不過十來日，就把這一家人的臉吃得豐潤起來。

秦毅一家備受感動，於是他對待陳家男人們時更加嚴格了，因為這樣才算對得起他們的知遇之恩。

如今陳家男人每日早起就要扎半個時辰的馬步，然後才去讀書或是忙活；晚上還要練一個時辰的長拳，幾日下來，連之前習慣做農活的陳忠繁都有些受不了，但是又怕丟了陳家的面子，只能咬牙堅持。

第七十七章 陰錯陽差

秋闈放榜後，兆亮與兆勇不負眾望雙雙中舉，家人雖說歡喜但也覺得一切都在意料之中。陳忠繁派人捎信回駝山村，給了老陳頭一百兩銀子讓他擺十日流水席，可把老陳頭與孫氏高興壞了。

曹堅也吊車尾中了舉，曹家人歡喜得夠嗆，兩家人湊在一起歡歡喜喜吃了一頓飯以後，李氏就開始準備兆亮的婚事了。

除了陳家，兆亮中舉後最開心的就是凌家了。凌冉與兆亮訂親以來也經常通信，對彼此越來越滿意，兆亮發現凌冉那純真得有些傻氣的外表下心思竟然十分細膩，與他看待事情的角度一致，不禁感嘆幸好自己下手快，提前定下了這個好媳婦。

兆亮對凌家兩位舅子也盡心盡力，時常寫信與他們商討學問，還將卓承淮帶出來的書抄了一套送給他們研讀。

卓承淮回府城時就笑話兆亮太過拍未來岳家的馬屁，卻被他用看傻子的眼神說道：「有了你這個前車之鑑，我還不抓緊時間與舅子們搞好關係？到時候要是落到你這個地步，那該如何是好？」

這話堵得卓承淮氣都喘不勻，自己與幾個舅子的關係不好嗎？比起親兄弟也不差了！可是一涉及芝芝就……唉，算了，兆亮說得對，自己有什麼資格笑話他呢？

由於凌家自覺配不上陳家，怕他們日後嫌棄凌冉，於是把能拿出來的都給凌冉陪嫁。

沈氏聽到消息，趕緊過去阻攔道：「你們這樣不是給陳家人下馬威嗎？嫁妝這麼多，聘禮該怎麼送？」

凌夫人也不是不講情理的人，她只是覺得陳家現在地位更高，一時昏了頭，幸虧沈氏及時點醒她。她乘機詢問了曹佳出嫁時的情況，最後決定比曹佳的嫁妝少十抬，但是多塞了一疊銀票壓箱底。

歡歡喜喜娶了新兒媳婦入門，這幾日李氏容光煥發，像是年輕了十歲一般，玉芝不禁撒嬌道：「娘看起來就像我的姊妹呢！」

李氏笑得合不攏嘴，點點她的眉心道：「淨瞎說！現在妳二哥成了親，妳大嫂也快生了，我這些年不算白熬，總算要抱孫子了。」

玉芝噘起嘴道：「娘就日日惦記著孫子，我想要個小姪女呢！香香軟軟、白白嫩嫩的小姑娘，光是想像她一點點地長大，心都要化了。」

坐在一旁的曹佳感激地看了玉芝一眼，她知道玉芝這麼說是不想給她壓力，最近公婆日日念叨著「孫子」，她害怕若是自己生了女兒，公婆會不會不喜歡孩子？

只見李氏想也不想就說道：「女孩更好！妳小的時候家裡苦，出了月子就不見妳長胖，斷了奶後更是瘦得厲害，看著就讓人心疼。若是我有個孫女，肯定日日哄著她、慣著她，把她養得白白胖胖的！」

玉芝吐吐舌頭道：「娘這是要餵小豬呀！大嫂，若是妳真的生下了我的小姪女，可不能讓娘養著，不然沒幾日她就會跟吹氣一樣，讓妳認不得了。」

曹佳笑得扶著腰癱在椅子上，突然間，她感覺腹部傳來一陣疼痛，忍不住彎下腰倒抽兩口氣。

李氏正做著有白胖孫女的美夢，曹佳的抽氣聲讓她頓時驚醒，看到曹佳露出痛苦的表情，她趕緊上前扶住她道：「佳兒，妳這是怎麼了?!」

玉芝也有些慌亂，回過神來後，她大喊道：「似雲，快去把客院的穩婆喊去大哥院子！書言，去尋我大哥！」

兩個丫鬟馬上分頭行動，玉芝喊曹佳的陪嫁丫鬟上前扶住她，自己則親自掀開曹佳的裙子看了看，接著鬆了口氣——既沒見紅也沒破水，沒事。

她握著曹佳的手道：「大嫂，現在應是才剛開始陣痛，咱們之前問過穩婆，她說這時候要多走走才好生，妳要不要走回院子去？或者讓人抬妳回去，咱們在院子裡走走？」

曹佳咬著牙回握住玉芝的手道：「走……往院子去！」

玉芝扶著曹佳的左手，喊在門外等曹佳的雷氏進來扶住她另一隻手，李氏則帶著一群丫鬟跟婆子，慢慢陪她往小倆口住的院子走去。

玉芝扶著曹佳到了房門口就被李氏攔下，她接過扶曹佳的工作，說道：「妳一個沒出嫁的閨女別進去，快去幫妳大嫂準備一些好消化的吃食來。」

曹佳此時竟還回頭說了一句。「芝芝，我要吃過橋米線！」

玉芝被逗笑了，她撫了撫曹佳的後背道：「大嫂，米線不好消化，我用米線的湯和配菜為妳做碗麵吧！保證和米線一樣鮮。」

曹佳點頭道：「那妳快去，我的胃有些難受，也不知道是怎麼回事。」

一旁的穩婆笑道：「大少奶奶放心，這是正常的，孩子開始動了，可不就擠壓到胃了嗎？待會兒吃些東西就會舒坦許多了。」

玉芝帶著似雲端著一大碗麵過來的時候，曹佳正在院子走動，兆志在一旁小心地扶著她，生怕她摔倒。

曹佳一看到玉芝，眼睛都亮了，貪婪地往她身後的似雲手上看去——果然有一大碗麵！

玉芝招呼曹佳道：「大嫂，快來吃些麵。」

曹佳坐在鋪著厚厚棉花的石凳上，抱著一大碗麵開始吃，李氏站在後面為她順氣，生怕她噎著。

一碗麵下肚，曹佳放下碗心滿意足地嘆道：「真好，這麵吃完，我整個人都暖和起來，也感覺有勁了。」

話音剛落，就聽見曹佳「哎喲」一聲抱住肚子，把身邊十幾個人嚇了一跳，穩婆連忙上前查看，說道：「羊水破了，要生了！」

兆志和玉芝兩個沒經驗的人頓時被拋在一邊，呆呆地看著眾人簇擁著曹佳進了產房。

不一會兒，他們在外面聽到了曹佳痛苦的呻吟聲。從白日到天黑，四、五個時辰過去了，一家人飯也沒心思吃，就這麼等著。

曹佳的嗓子已經叫啞了，幾個人什麼也做不了，可說是心急如焚。

正當兆志忍不住想衝進產房時，聽見一道響亮的嬰兒啼哭聲——曹佳生了！

玉芝的眼淚忍不住流了下來，站在她身旁的凌冉轉頭抱著她哭道：「生了……生了！佳兒姊姊生了！」

李氏從產房跑出來對大夥兒說道：「生了，一切平安，馬上就會把孩子抱出來給你們看，快些到外屋等著吧！」

一家子慌忙擠進外屋等著，一刻鐘後孩子被清理好、包在乾淨的布巾裡抱了出來，兆志渾身僵硬地抱著孩子，只能愣愣盯著新生兒皺巴巴的小紅臉看。

陳忠繁忍不住湊上前去，用手指撥弄了一下孩子的小臉道：「看我這大胖孫……對了，這是孫子還是孫女？」

李氏往自己的額頭一拍，她都給忙忘了！

見陳忠繁又要去戳孩子的臉蛋，李氏拍開他的手道：「別戳壞了我的大胖孫女！」

陳忠繁傻笑兩聲道：「大胖孫女……我也是當爺爺的人了，我有孫女了！」

一個月的時間很快就過去了，曹佳與兆志的女兒變得白白胖胖，見人就笑，相當惹人憐愛。

沈氏恨不得每日都賴在陳家看外孫女，曹老爺更是借著接媳婦的名義一天跑三趟。

陳忠繁強硬地討了為孩子取小名的權利，看著朝自己笑的孫女，他嘟起嘴逗道：「看咱們乖寶的小臉蛋，圓圓的，就跟滿月一般，不如小名就叫『滿滿』吧？」

滿滿這個名字聽起來就喜氣，一家人都很贊同，「滿滿」、「滿滿」地叫了起來。

當滿滿一個半月的時候，卓承淮參加了散館考試，排名很快就出來了，卓承淮在一眾庶起士中考了第三名！

自從卓承淮進入翰林院起，眾人可沒少吃他帶來的東西，這些吃食在無意間幫他結了好人緣，他缺席九個月卻考了第三名，大家只覺得佩服，無一人嫉妒。

柏學士把這屆庶起士的成績報給宣政帝，宣政帝一個個認真看過，挑出前十名道：「剩下的人就讓六部挑吧！」

說完，宣政帝將這十個人的名字從頭到尾唸了一遍，接著抽出卓承淮的冊子扔給柏學士道：「這名字倒是眼熟，就是那個丁憂九個月的罪官之子吧?!」

柏學士的腦門瞬間出了汗，「罪官之子」這四個字可不好開脫，皇上這麼說是何用意？擔心歸擔心，柏學士卻只能低頭拱手道：「正是。」

宣政帝摸了摸下巴道：「丁憂了九個月竟然還能考第三名，這是太傅教得好呢？還是他天賦高？」

柏學士哪裡敢接話，他只覺得皇上今日說起話來陰陽怪氣的……

正當柏學士心裡打鼓的時候，就聽見宣政帝嘆道：「太傅教出來的學生當然好，就讓卓承淮做個翰林院侍講吧！」

這可真是柏學士意想不到的結果！本來卓承淮早早就對他說要去兵部，他也知道彭顯已經做好了準備，不管他在哪裡都能把他要過去，可是翰林院侍講……那可是日日在御前行走的天子近臣！

翰林院侍講的品級雖然不高，卻是滿朝文武都盯著的一個位置，誰能想到會落到卓承淮頭上？

彭顯得知這個消息的時候，猛然咂了一下嘴，這……卓承淮被點為翰林院侍講了?!

按照一般人的思維，沒人敢跟皇上搶人，可是彭顯不是一般人，他真的敢。

隔日彭顯就進了御書房，對宣政帝說道：「陛下，卓承淮還是庶起士時微臣就看中了，兵部一群老東西都等著他呢！他……他怎麼就變成翰林院侍講了？」

宣政帝有些不解地問道：「他是沈太傅的學生，朕想老師不成嗎？再說了，兵部那群老傢伙等著這麼一個白臉書生做什麼？」

彭顯嘆了口氣，解釋道：「卓承淮守孝期滿返京時，帶了一樣新吃食給微臣，叫做豆腐乳。聽聞這東西能保存六個月以上，我琢磨著咱們日後……那個……軍演什麼的，不就又多了項吃食嗎？於是微臣帶去兵部讓那些老東西們嚐嚐，沒想到他們全都愛上了。陛下，您不知道我每個月都要尋卓承淮兩回，為的就是厚臉皮地向他討這些個吃食！」

宣政帝撫掌大笑道：「老師這話說得好笑，你向他要個方子不就得了？」

誰知彭顯聽了宣政帝的話更是難受，鬱悶道：「他那回上門就送了方子，可是咱們的人毛毛躁躁的，怎麼樣都做不好。微臣本來以為那方子是騙微臣的，差點把他給綁了，結果他派了身邊一個人到兵部現場做給十幾個廚子看，明明每個步驟都沒錯，但是咱們做的就是不行。

「我要卓承淮把那人留下，他還跟我爭論起來，真是個沒大沒小的臭小子！他說那是他未來岳家陳家的人，不能隨隨便便送走，只能每日過來幫忙做吃食，所以那群老東西們才等著他去兵部。」

說完彭顯咂咂嘴，做出一副嘴饞的樣子道：「他家的東西真是香，那蛋黃月餅、肉粽、山楂糕什麼的，讓人回味不已……」

宣政帝沒想到自己為了沈山長而點的侍講竟有這種隱藏技能，興致全來了，私下決定等卓承淮來上差的時候好好問問他。

至於現在嗎……宣政帝笑了笑，說道：「朕已經頒下聖旨，卓承淮是去不了兵部了。這樣吧！日後若是你們有事可以來尋他，朕許他為兵部做事可行？」

雖說彭顯是真心想讓卓承淮去兵部，不過他今日此舉不過是為卓承淮刷存在感罷了。既然目的已經達到，自然見好就收，他裝出有些不情願的模樣說道：「微臣謹遵陛下旨意。」

宣政帝被自己這個老師逗得哈哈大笑，對卓承淮那樣引得整個兵部期盼不已的吃食更是好奇，畢竟朝廷日後用得著。

他輕咳一聲道：「老師方才說的那個豆腐什麼的吃食……能保存六個月以上，不知它是否像醃菜一般苦臭？」

彭顯搖搖頭道：「回陛下，那東西由豆腐製成，即便採用低成本製作，聞起來也只有淡淡的臭味，極其下粥、下飯，抹在餑餑跟燒餅上也很好。不過那群老東西怎麼甘心吃便宜的，一定要吃用胡麻油與酒泡起來的，那可真的是越陳越香……其實微臣更喜歡直接吃，然而家裡人都偏好澆一勺麻油、撒上糖吃。」

宣政帝見彭顯根本不顧慮自己的心情，實在有些沒眼力勁兒，乾脆直說道：「老師送點來給朕嚐嚐，還有那什麼月餅跟山楂的，一併拿來。」

彭顯卻略顯為難地說道：「這……好吧！陛下也明白那群人，東西一到就被他們分了個精光。微臣待會兒去尋卓承淮，問問他那邊有存貨沒。」

宣政帝意味深長地看了他一眼，說道：「看來老師真的很喜歡這個卓承淮，不過一會兒工夫，都提起他幾回了？」

彭顯絲毫沒有心思被戳破的羞意，只摸摸鼻子道：「陛下，若是您哪日用膩了卓承淮，可記得要扔給咱們兵部，光是去年那個餡盔和光餅，兵部就受益不少。這段時間以來微臣拿那兩樣吃食在河北大營實驗，可是省了將近三分之一的糧食呢！」

宣政帝眉頭微皺，不到一年就省了三分之一的糧食，若是真的能在打仗時使用，說不定能說服一眾老古板同意他向外邦開戰。

之前他只是稍稍透露出開戰的意願，戶部就蹦躂得厲害，從尚書到下面的郎中們，各個跟要了他們的命一樣日日哭窮。不過既然不久前抄了一個莫子善，又得了新式的軍糧，應該能藉此……

想到這裡，宣政帝懶得再與彭顯重複相同的話題，只揮了揮手道：「朕累了，老師先回去吧！記得明日送那些吃食過來。」

彭顯出了宮就搭著馬車直奔翰林院而去，他讓身邊小廝尋卓承淮出來，在車上小聲向他說出方才宣政帝的要求。

卓承淮聞言大驚道：「送吃食入宮？這不是大忌諱嗎?!」

彭顯苦笑道：「我的本意只是想在陛下面前為你增添一點分量，誰能料到陛下會開這種口？除了豆腐乳，其他東西不能拿在宮外做好的，明日我早早來接你，你帶著人去御膳房做吧！」

卓承淮無奈道：「有些原料宮裡沒有，得從外面拿。」

彭顯嘆道：「沒辦法了，就這樣吧！我這就派人進宮向御膳房總管太監說一聲。」

兩人分頭行動，卓承淮馬上去尋慶俞，將事情從頭到尾說了一遍，問道：「如何？明日你能否與我同去？」

慶俞手心冒汗、臉色煞白——要做點心給皇上？

他強迫自己鎮定下來，點點頭道：「既然沒辦法拒絕，我願意去，只是還請卓少爺快些寫信給小姐，讓袁師傅與兆貞少爺來京城。若是我做得好倒無事，要是我有什麼差池，只要有他們兩個在就有退路，再不濟京城的鋪子也能繼續開。」

見慶俞似乎抱著必死的決心進宮，卓承淮安慰他道：「沒那麼可怕，陛下就是一時好奇罷了，你照著平日的作法去做就成。我這就去寫信，你今晚好好歇歇，明日一早我來接你。」

慶俞的臉色好了一些，頷首道：「麻煩卓少爺了，我現在就去琢磨明日做些什麼。」

卓承淮回去翰林院之後絲毫沒耽擱，馬上用飛鴿傳書傳遞消息。

陳家人收到消息後都大吃一驚，下芝急忙喊袁誠與兆貞過來，要秦毅親自護送他們上京，自己則與兆志打點好了家裡才跟著出門。

第七十八章 快馬加鞭

就在此時，卓承淮和慶俞已經被彭顯接進了宮裡。

御膳房大概是天底下食材最齊全的地方了，他們兩人商議許久，只帶了不能現做的豆腐乳與宮裡沒有的奶油跟鮮奶油，其他一律不帶。

慶俞從一個奴隸到能走進皇宮，激動與害怕的情緒幾乎要把他淹沒，從踏入皇宮第一步起，他的手就控制不住地一直發抖。

卓承淮心急不已，卻不能在大庭廣眾之下說什麼，只在與慶俞分開時囑咐他。「你先熬山楂，一定要先上山楂的吃食。」

慶俞努力平復心情，點了點頭，跟著引路的太監去了御膳房。

鮮奶油跟奶油早早就送去御膳房用銀針試毒，之後又有兩個小太監分別嚐了一小口，等著看東西有沒有什麼問題。

過了小半個時辰，才從頭到尾檢查完，慶俞一顆高懸的心在身旁小太監的不停安撫之下，也慢慢平靜下來。

他感激地對小太監一笑，從袖子底下偷偷遞了一個銀錠子過去，小太監卻推開他的手小聲道：「奴才本是汝州人，被莫賊手下的貪官汀吏逼得家破人亡，無奈之下賣身進宮當差。因為彭尚書派人緝拿莫賊，算是替奴才報了家仇，您既是彭尚書帶進宮的人，奴才自然要略盡棉薄之力，若是收了您的銀子，奴才可真是過不去心裡那道坎了！」

慶俞也有過被賣的經歷，聞言感同身受地嘆了口氣，默默縮回拿著銀子的手，然後對他微微點了點頭。

小太監看懂了慶俞那有同情、有感謝的眼神，淡笑著說道：「您放心，昨日彭尚書早就上下打點過了，待會兒您好好做就行，我力爭幫您打下手。」

慶俞這才徹底穩定了心緒，確認可以開始動手料理後，他站在灶臺前深吸了一口氣，開始熬煮山楂。

卓承淮正躬身回答宣政帝的問題，奇怪的是宣政帝不是與他探討學問，而是詢問他許多私事。

像是裴氏跟單家是怎麼對待他的，他是怎麼認識陳家人的，又是如何進入灤源書院讀書的，林林總總花了一個多時辰，幾乎問完了卓承淮的生平。

這讓卓承淮忐忑不安，他小心翼翼地回答完所有問題，接著就低頭等宣政帝開口。

宣政帝摸了摸下巴，其實他只是想了解沈太傅喜歡的學生是怎麼樣的罷了。雖說他們書院一次考上了四個進士，但是卓承淮可是在當庶起士時就讓沈太傅為了他奔走，看來他在沈太傅心目中的地位很不一般。

此時的宣政帝絲毫沒察覺自己的心態就像吃醋的小孩子。沈太傅在他身邊二十多年，從他十幾歲到三十幾歲，一直盡心盡力地照顧、教育、輔佐他，甚至連自己的兒子都擱在一邊。

雖說他登基之後……嗯……對沈太傅有一些小「誤會」，但是那都過去了。身為帝王，他身邊的人來來去去再正常不過，可直到現在，他才發現真正為他著想的人，還是當年那些共患難的東宮班底。

想到這裡，宣政帝回頭看了坐在一旁笑著喝茶的彭顯一眼，低頭在心裡啐了自己一口：都怪當初太年輕，中了先帝的計，留下這麼一隻外憨內奸的老狐狸！

宣政帝索性直接切入今日的主題。「卓侍講啊，聽老師說你提供了一種吃食，能儲存六個月以上？可帶來予朕嚐嚐了？」

卓承淮鬆了口氣，回道：「啟稟陛下，這吃食乃是微臣的岳家所創，微臣不過是借花獻佛罷了。今日微臣還帶了岳家一個廚子進宮，打算為陛下做些民間小食……」

他還沒說完，就被宣政帝的笑聲跟話打斷了。「可是老師說過的什麼月餅跟山楂的？」

卓承淮低頭應道：「回陛下，正是。」

宣政帝點頭道：「既然如此，就一樣、一樣上吧！」

一旁的總管太監聞言低頭退出了御書房，不過一會兒工夫，親自端著一盤豆腐乳擺在宣政帝面前。

宣政帝笑道：「德保，你這老狗倒是勤快，還親自去端來了？」

總管太監德保笑道：「陛下不知這豆腐乳的美味，方才卓侍講將東西帶來時，奴才忍不住嚐了一口，初入口時沒什麼特別的，可這麼長時間過去，嘴裡竟一直縈繞著一股鮮香呢！」

宣政帝不禁好奇道：「能得到你這個評價可了不得，若是朕嚐了一般，那你可就犯了欺君之罪了。」

德保苦笑道：「陛下，您這話可嚇壞奴才了！這豆腐乳到底好不好，不得看跟何物對比嗎？若是跟猴腦、熊掌還有咱們御膳房的菜式相較，自然比不上；若與鹹菜、醃菜相比，豆腐乳的好處一下子就出來了。」

宣政帝哪裡吃過什麼鹹菜跟醃菜的，最多耳聞而已，他每日配粥的小菜都是精挑細選、最新鮮的食材，經過複雜的料理過程才能端上來的。

是以聽聞豆腐乳與鹹菜、醃菜的等級相同，宣政帝有些失望又有些好奇。他拿起筷子挾了一小塊豆腐乳，緩緩放入口中，卓承淮和彭顯都不自覺地握緊了拳頭，生怕宣政帝掀了桌子。

只見宣政帝抿了抿嘴，過了片刻後開口道：「這東西真鹹……不過應該很下飯，口味算得上醇厚吧！老師說的另一種吃法是什麼？」

彭顯起身拱手道：「啟稟陛下，還有往上面澆一勺胡麻油與糖的吃法，陛下可要一試？」

雖然宣政帝還沒有任何反應，但德保機靈地退了出去，不過片刻就拿著這兩樣佐料回來，他分別用銀勺挖了一勺澆在另外一塊宣政帝沒碰過的豆腐乳上。

宣政帝又挾了一點豆腐乳抿了抿，隨即多挾了些許入口，說道：「這樣吃起來感覺沒那麼鹹，不錯、不錯，雖然模樣不起眼，卻讓朕有了想來碗粥的心思。」

聽見宣政帝連連誇讚，卓承淮稍稍放下心來，此時門外有太監稟告道：「啟稟陛下，卓侍講帶來的廚子已做好幾樣民間小食，可是要先送上來？」

德保一直關注著宣政帝的動作，見他微微頷首，抬高聲音對門外喊道：「進來吧！」很快地，三個小太監低頭舉著三個食盒進了御書房，德保上前一一打開，猶豫著要先上哪一樣才好。

卓承淮偷偷一瞄，送上來的三樣應該分別是兩塊山楂餅、幾小塊山楂糕與果丹皮的小拼盤，還有幾顆糖雪球。

宣政帝瞧見卓承淮偷看，覺得有些好笑，開口道：「卓侍講上前來為朕講一下這些如何食用。」

卓承淮偷看被抓了個正著，飛快地低下頭道：「臣遵旨。」說著他垂首上前，示意德保將東西擺上桌，接著伸手點出山楂糕與果丹皮，說道：「陛下，這兩樣有些酸，比較開胃，您可以先吃這個。」

宣政帝挾了一塊山楂糕放進嘴裡，一股酸氣直沖上來，他忍不住吞了幾口口水。輕嚼兩下後，宣政帝只覺這東西酸中泛甜、口感軟糯，他點了點頭，也不用卓承淮說明了，自行挾了一顆糖雪球品嚐。

糖雪球與山楂糕正好相反，入口先甜，咬下去才覺得酸，這酸酸甜甜的滋味讓宣政帝不禁想再來一顆。可是自幼深入骨髓的禮儀卻告訴他一道菜不能挾超過三口，更不能流露出自己的喜好。他在心底嘆了口氣，將目標轉向山楂餅。

這山楂餅做得相當小巧，宣政帝咬了一口，皮酥得差點掉下來，幸虧他反應快才沒出糗。

連吃三道山楂點心，宣政帝的胃口徹底被打開來，他隱晦地摸了摸肚子，轉頭問身邊的卓承淮道：「不知還有哪些民間小食？」

就在此時，門外又傳來稟告聲，這次上的是蓮蓉蛋黃月餅與雲腿月餅。月餅全被切成了小塊，宣政帝每種都嚐了一下，他覺得雲腿月餅鹹中帶甜，正合他的口味。最後送來的，是慶俞做得最熟練的麵包、蛋糕還有餅乾。

慶俞認真地做了最拿手的蜂蜜脆底小麵包與鮮奶油蛋糕，引得宣政帝這種不怎麼喜愛甜食的人都吃了又吃。

東西撤下去後，宣政帝與卓承淮的距離拉近不少。他知道這些吃食肯定是沈太傅的最愛，看來沈太傅對卓承淮與陳家幾個孩子另眼相看是因為這個原因，他還是老師心目中最重要的人！

思及此，宣政帝笑盈盈地對卓承淮說道：「現在民間竟有這些小食，看來朕真是疏於關心了。」

卓承淮見宣政帝吃得高興，言語中沒了方才那種緊繃感。「啟稟陛下，這些東西在民間也是獨一份，只有京城與山東道府城有幾家店能嚐到罷了。」

宣政帝笑道：「那朕還算占了個先？你這方子可是要保密的？」

卓承淮心頭一驚，皇上這是吃乾抹淨呀，不只要吃食，還想直接拿方子！

他拱手道：「陛下，因為京城的店才開沒多久，微臣的岳家只派了一個不怎麼懂的師傅跟著過來，他只會方才上的幾樣點心，其他的還是得由他們家兩位大師傅來才成。微臣先將這幾樣的方子留下來讓御廚們參考，待大師傅們進了京，才能送其他的進來，不知陛下可否允許？」

宣政帝一聽還有別的東西，有些開心地對德保說道：「你可給朕記得，待陳家兩個大師傅進了京，就招其中一個進御膳房。」

這令卓承淮又是一驚，這……不只拿方子，竟然還要人？這如何是好?!

幸好彭顯機靈，忙站起來說道：「這可是天大的恩典，陛下看看，咱們卓侍講都傻了。」

這話讓卓承淮清醒過來，他隨即跪下謝恩。「微臣替岳家謝主隆恩。」

宣政帝滿意地看著卓承淮說道：「卓侍講起來吧！如今天色已不早，朕就不留你們了，過幾日記得把人送進宮來。好了，你們先回去吧！」

彭顯與卓承淮退出御書房，兩人一路無言地出了宮，在宮門口上馬車等待慶俞。

卓承淮焦急地說道：「這可如何是好？陳家尚不知道此事，袁叔與兆貞過個幾日怕是就要到了，到時候難不成真把袁叔送進宮？」

彭顯嘆口氣道：「看把你嚇的，這對別人來說可是天大的恩典呀！你趕緊寫封信回去問問陳家人的意思，待會兒我派人用八百里加急送回去，來回也就四、五日。」

慶俞在路上才知道發生了什麼事，一想到袁誠要被送到宮裡，他有些擔憂地說道：「袁師傅若是真的進了宮，東家怎麼辦？現在許多吃食的秘方都在袁師傅手裡，除了小姐與兆貞少爺沒有別人知道，可兆貞少爺才學廚一年多……」

卓承淮也深感無奈，三人沒什麼說話的心思，一路直奔尚書府。

彭顯當日就派心腹火速將卓承淮的信送回府城，不過兩日，信就擺在陳忠繁面前，他著急地對兆亮與兆勇說道：「這可如何是好？你大哥跟芝芝都上京了，咱們做不了主啊……」

兆勇開口道：「爹、娘，還是我去京城一趟吧！二哥剛新婚沒多久，若是現在進京，肯定不能回來過年了，二嫂嫁進來第一個年就這樣不太好，更何況……」

說到這裡，兆勇突然跪下道：「爹、娘，其實我自幼就喜歡做生意，當初之所以努力讀書，也是因為大哥說做生意必須識字才成。咱們家這些年一路走來不容易，芝芝一個女孩子更是艱辛，轉過年五月她就要嫁人了，難不成到時還讓她分心照顧家裡？

「如今我有了舉人功名，誰也不會因為我行商而看不起我，況且我對官場真的毫無興趣。日後咱們家大哥、二哥當官，我管理買賣，兄弟三人分工配合，才能讓家族更興旺！」

陳忠繁和李氏、兆亮萬萬沒想到兆勇會這麼說。的確，小時候他便天天把做生意這件事掛在嘴邊，然而他們以為那不過是兆勇窮怕了，可現在他竟說不讀書了，要去做生意，這……

兆亮看著兆勇堅定的眼神，又看向緊皺著眉頭的雙親，不禁嘆道：「爹、娘，咱們一開始擺攤的初心，不就是要讓我們讀得起書，往後過得輕鬆快活嗎？既然兆勇不喜歡官場……」

陳忠繁用力一拍桌子，打斷兆亮的話道：「我管不了你們，這個家將來要交給你大哥跟大嫂，我這把年紀都能躺在家裡做老太爺含飴弄孫了，你們的事自己決定。兆勇就跟著彭尚書的人進京吧！見到你大哥以後跟他說就成了。」

兆勇聽出陳忠繁語氣中的心灰意冷，知道一個被當作「準進士」看待的兒子忽然說要去做生意，對他來說是多大的打擊。自家爹爹還是跟一般人的想法一樣——萬般皆下品，惟有讀書高。

他眼含熱淚轉頭看向李氏，哽咽地叫了一聲。「娘……」

李氏被兆勇這聲千迴百轉的「娘」叫得心都碎了，看到小兒子的眼淚，想起小時候他受過的苦跟臉上倔強的表情。

她忍不住抽出帕子上前為兆勇擦乾眼淚，半摟著他道：「好好好，不讀了、不讀了，做生意就做生意，有什麼大不了！我看單東家過得也挺好的，咱們兆勇不比他差！」

陳忠繁差點被李氏的話噎死，他顫抖著伸出手指著她道：「妳……」

李氏挺起胸脯與他對視道：「我怎麼了?!十年之前你想過咱們幾個孩子都能考上舉人嗎？想過咱們家能有現在這份家業嗎？想過閨女要嫁給在京城當官的嗎？我只要我的孩子們高興！兆志、兆亮愛讀書，就讓他們考科舉做官；芝芝愛研究吃食，咱們也不拘著她日日練女紅，怎麼到了兆勇這裡就不成了？再說了，你跟我是做買賣的人才嗎？等閨女嫁了承淮，咱們一家子就都喝西北風去吧！」
陳忠繁這次是真被李氏嚇到了，雖然知道她這兩年脾氣漸長，可是這麼指著鼻子罵他還是頭一回呢……
他下意識地站起來上前兩步道：「媳婦莫氣，我不是……不是那個意思，只是覺得有些可惜。兆勇已是舉人，春闈就快到了，好歹拚一把啊，萬一中了進士呢?!」
兆勇無奈道：「爹，以大哥那樣的學問尚且落榜一回，難不成我翻過年就能考中？何況我的心思已經不在讀書上了。」
陳忠繁沒想到自己的小兒子竟早早就做好打算，看著兆勇懇切的眼神，他搖了搖頭道：「行，爹不攔著你，去尋你大哥與芝芝吧！看看他們是怎麼想的。」
兆勇知道彭顯的人心急如焚，不再囉嗦，拿起剛收拾好的幾件換洗衣裳，在裡衣的夾層裡塞了一疊銀票，就隨對方一同上路。

第七十九章　天子賜字

趕了約莫兩日，兆勇與彭顯的人才追上兆志和玉芝一行人，此時離京城已經不遠了。

見了面以後，兆勇連忙把卓承淮的信遞給他們倆，他話也不多說，要了一囊水就喝了起來。

待兆勇灌完水，兆志與玉芝也看完了信，兩人的臉色都難看得緊。

這對別人來說是天大的恩典，可是袁誠與兆貞都是他們的親人，誰願意把親人送進隨時可能掉腦袋的皇宮中呢？

兆志看了面色沈重的玉芝一眼，對兆勇說道：「現在說這些為時過早，如今離京城也就一、兩日路程，咱們別歇息了，早早到京城與袁叔和兆貞商議一下。之前不知道這件事，讓他們盡快進京，我怕有人記得皇上的話盯著咱們家，見到他們進京就直接拉進宮裡去了！」

兆勇眉頭微皺道：「我想應該不會，畢竟還有彭尚書與承淮哥居中斡旋呢！」

聞言，兆志拍拍他的肩膀道：「我只是做了最壞的打算，總之，咱們得快些進京。」

兆勇點點頭後爬進馬車裡，從夾板中掏出一床被子為玉芝細心鋪好道：「芝芝好好躺著，我們幾個男人輪流趕車。」

一行人加快了腳步，隔天下晌就到了京城，玉芝本就暈快車，差點沒在車上把膽給吐出來。

看到玉芝的樣子，兆志與兆勇心疼極了，但是想到不知身在何處的袁誠與兆貞，他們只能咬牙狠下心，到了自家宅子門前才鬆了口氣。

陳家還沒人住進這間五進宅子過，之前買的時候隨著宅子買了四個看門的下人，由於兆志早就囑咐他們要日日打掃，因此就算這回來得突然，他們也有能立刻落腳的地方。

玉芝蒼白著臉對兆志說道：「大哥別管我，趕緊去尋袁叔與三堂哥他們在哪裡！」

兆志也知道這件事耽擱不得，於是他留下兆勇照顧玉芝，自己則帶著潤墨轉頭去了鋪子。

慶俞正巧在鋪子裡，猛然見到兆志時還以為自己眼花了，反應過來以後他拉著兆志道：「大少爺，袁師傅與兆貞少爺在尚書府，彭尚書說是要教導他們幾日宮廷禮儀後再入宮。」

兆志知道情況以後放下心來，馬不停蹄地趕到彭顯府上。彭顯剛下衙，聽說兆志來訪，嚇了一跳，心想這也太快了吧？他忙讓人招呼兆志進門，又要人抓緊時間去請卓承淮。

等到卓承淮過來，彭顯就將信裡不能詳說的事情從頭到尾講了一遍。「這幾日我已經打探過了，甚至還去陛下面前旁敲側擊一番，這次入宮的人約莫要在宮裡待三到五年。」

兆志得知這個消息就不再那麼緊張了，若只是三到五年，那就真的成了天上掉餡餅的好事了！到時離宮的人能頂著「御廚」的名號，誰敢小瞧？

看著袁誠與兆貞，兆志說道：「芝芝這次與我同行，她人正在新宅子裡歇著呢！咱們早早回去與她商議如何？」

聽見玉芝也來了，卓承淮猛然站了起來，嚇了眾人一跳。他不管其他人的想法，上前拉住兆志問道：「芝芝……真的來了？這一路上定是快車，她是不是又暈車了？她現在可好？」

兆志、兆貞與袁誠很清楚事關玉芝的話卓承淮是什麼樣子，然而彭顯卻是頭一回見到，他被卓承淮那陌生的樣子膩得牙酸，齜牙咧嘴道：「承淮啊，你還真是……」

誰知卓承淮轉過頭、目光炯炯地看著彭顯道：「彭爺爺府內定有最好的郎中，還請彭爺爺派人與我們同去可好？」

彭顯頓時目瞪口呆，又一個厚臉皮的？看著其餘三人雙眼發亮地盯著他，他下意識地點頭道：「我這就讓人安排。」

兆志笑道：「既然如此，那不耽誤彭爺爺做事了，我今晚就帶著袁叔與兆貞回去，明日再讓他們過來。」說著他起身告辭。

這回卓承淮成功變身小尾巴，黏在兆志身上扯不掉，非要送他們三人回宅子不可，還說明日就讓硯池帶著下人們去幫他收拾院子。

兆志用各種理由拒絕了卓承淮好幾回都沒成功，對他那死皮賴臉的樣子深感無語，只能把他一起帶回家。

誰知玉芝喝了一碗粳米粥之後就迷迷糊糊地睡了過去，錯過了兆志等人回來時見面的機會。

卓承淮又是失望、又是擔心，忙催促郎中去看看玉芝，結果玉芝竟連郎中把脈時都沒醒過來，嚇壞了眾人。

不過郎中說玉芝並無大礙，只是太過疲累，休息一下就好了，藥也不用開，只留了幾個補身的藥膳方子讓她慢慢調理。

卓承淮吃了飯磨蹭到了戌時中，玉芝還沒醒，他只好低頭回自己家，準備明日再來。

說來也巧，他剛走不到一刻鐘，玉芝就醒了過來，睡過一覺後她已好了許多，臉色也不再那麼難看了。

玉芝洗漱完畢到了廳堂，一家子都等在那裡了，只見兆勇問兆貞。「彭尚書送信時我爹娘就派人通知大伯母了，大約明、後日就有回音。可是當日咱們都不知道只要進宮三到五年，若是大伯母不同意的話，你有沒有想過該怎麼做？」

兆貞與袁誠這幾日私下商量時也考慮過這個問題，他沈思片刻後說道：「就算娘不答應，我也想去。學廚這一年多來是我這輩子最快樂的時光，我想去水準更高的地方，然後一步步實現我的夢想！」

玉芝感動不已，從身後的似雲手中拿出幾張薄薄的紙道：「既然決定入宮，就得多幾樣本事才成。這是我這幾日想的新鮮點心作法，都會用到奶油與鮮奶油，若是宮裡同意這兩樣東西自備的話，咱們家保證供得上；若是不同意的話，就只能把方子交給御膳房了。到時沒了這獨一無二的原料，就只能靠一些新奇方子取勝了。」

兆貞點點頭，接過紙張與袁誠看了起來，越看越覺得方子好，兩人就這樣湊在一起不斷琢磨。

第二日一大早慶俞就敲響了陳家大門。兆志不禁有些好奇，還沒派人去尋他呢，怎麼這就來了？

進了大門之後慶俞一路小跑到了廳堂，他看到陳家三個堂兄弟與袁誠都在，鬆了口氣，舉起手中的信說道：「家裡來了給兆貞少爺的信！」

兆貞聞言起身走向前，一把拿過慶俞手中的信，打開看了兩眼才反應過來，靜靜看向兆志。

只見兆志輕咳一聲，對兆貞說道：「拿來，先讓我看看信上說了什麼。」

兆貞乘機把信遞給了兆志，兆志接過信來仔細地從頭看到尾，心中感慨萬千。

他放下信，對慶俞說道：「這幾日你多帶些奶油和鮮奶油過來，昨日從玉芝那邊得了兩個新的點心方子，你與袁叔一同下去看看吧！」

慶俞一聽就知道他們有私密的話要說，應了一聲之後與袁誠一塊兒去了灶房。

兆志又對兆勇說道：「你去尋芝芝來。」

這話讓兆勇以為出了什麼大事，連忙往外跑去尋玉芝，他離開後兆志才將信從頭到尾唸了一遍給兆貞聽。

趙氏信中寫道——

為娘深知我兒心意，你怕是不會輕易放棄為廚一道，既然如此，娘惟願我兒常思著娘、念著娘，莫要為了爭一時意氣與宮中他人起爭執。不管十年、二十年，只要娘有一口氣在，總能等到你出宮的那日，到時咱們一家再團聚！

讀到這裡，兆貞已是泣不成聲，兆志也眼含熱淚。

這時兆勇與玉芝匆匆趕來，看到兩人相對落淚，頓時嚇了一跳，玉芝立刻問道：「家裡出了何事？」

兆志嘆了口氣，直接將手中的信遞給玉芝。玉芝接過信看了起來，兆勇也湊到她身邊一起看。

看完了信，他們兩個人也淚眼汪汪的，玉芝將信遞給兆貞道：「三堂哥，你可不能辜負大伯母對你的期望和信任。」

兆貞點點頭，低頭擦去眼淚道：「放心，我定會好好的，咱們幾年後再見！」

兆貞進宮的第二日，德保假裝無意地提起這件事。「陳家送人來的速度還挺快的，這位大師傅聽說還是陳家幾個少爺的堂兄弟呢！」

宣政帝被德保這麼一提，想起了那日吃的綿軟蛋糕，他不禁抿了抿嘴道：「讓陳家的廚子多做些蛋糕來，咱們今日就去上書房看看朕幾個皇兒們書讀得如何了。」

收到旨意後，兆貞有些為難。多做些蛋糕，是要做多少？又得做什麼口味的？可是皇上要得急，最多再過一個時辰就要去上書房了……

時間緊迫，兆貞來不及多想，索性多做幾種蛋糕，有流心海鹽蛋糕、入口即化的棉花蛋糕跟包著香甜鮮奶油的瑞士卷，每種都做了一人份大小各十個，上面還用鮮奶油綴花、撒了烤過的杏仁片，看起來頗為精緻。

幾樣小點心深受皇子們的好評，最大的皇子才十二、三歲，最小的剛滿四歲，一群孩子對甜食毫無抵抗力，吃得眼睛都亮了。

他們甚至對帶著甜點來的宣政帝少了往日的懼怕，兩個小的更爬上了他的大腿撒嬌，說還要吃這點心，逗得宣政帝陣陣發笑。

好好逗弄了孩子們一會兒，宣政帝享受了久違的天倫之樂，離開上書房時還滿面春風的。

回到御書房後，宣政帝看到桌上擺著的小點心，隨手拿了一塊瑞士卷兩三口吃下肚，點點頭道：「怪不得皇兒們愛吃，哪個孩子不愛吃糖？陳家的廚子不錯，賞！」

自從送上蛋糕之後，兆貞就坐在御膳房的角落暗自擔心，生怕皇上不滿意、皇子們吃得不盡興，直到聽到外面太監喊他領賞，他才放下心來。

陳家三兄妹從彭顯那邊聽到兆貞已經站穩了腳跟，都長吁了一口氣，總算有心思出門四處逛逛。

解決了京城這邊的大事，兆志與兆勇、玉芝打算回家過年。反正來這裡之前陳忠繁和李氏已經告訴他們趕在年三十當天回家就成，於是他們也不著急，慢悠悠地踏上返鄉之路。

卓承淮真的很想和他們一道回去，然而如今他已不是那個小小的庶起士了，翰林院侍講這個日日得見天顏的官位吸引許多人的目光，甚至有官員想與他結親。

哪怕卓承淮明說自己已訂了親，依然有人不死心。要麼轉而送妾、送丫鬟，要麼暗示卓承淮可以與那泥腿岳家退親，來娶書香門第出身的大家閨秀，弄得卓承淮煩不勝煩。

這時恰巧玉芝進京，因此卓承淮每日辦完正事之後，在宣政帝面前總是一副心情很好的樣子，甚至玉芝都已經啟程回山東道府城了，他的臉上還是不自覺地帶著微笑。

宣政帝見自己那俊朗的小侍講天天笑咪咪的，心情不由得跟著變好，這日他不禁好奇地問道：「卓侍講最近可有喜事？」

卓承淮忍不住露出了一個大大的笑容對宣政帝說道：「啟稟陛下，微臣的未婚妻之前來了京城，這還要多謝陛下，她是因為陛下召陳家大師傅入宮一事才進京的。微臣考上進士三年了，只見過她兩面，前陣子臣日日都能見到她，整個人真的就像泡在蜜水裡一般呢！」說完，他還溫柔地朝宣政帝笑了笑。

宣政帝被卓承淮笑得渾身一哆嗦——這也太肉麻了！他咳了咳，看著臉上笑開花的小侍講說道：「行吧……朕多少年都沒見過像你這般傻的孩子了，不過是見見未婚妻，就能開心成這樣。」

卓承淮微微噘了一下嘴又馬上恢復正常，對宣政帝道：「陛下不知道微臣十歲就認識未婚妻，可以說是守著她長大，這輩子除了她，微臣誰也不想要！」

宣政帝這次是真的被逗得笑出聲來，說道：「你才二十歲，親都沒成就敢說這種話？日後幾十年你不會變心？你可知世上男人三妻四妾本就是常理？」

卓承淮認真地回道：「微臣自然知道。但是微臣記憶中的娘親為感情傷透了心，被人陷害以致纏綿病榻，微臣不忍心讓自己的妻子受那種苦，只想與她白頭偕老，執手終生。」

宣政帝在心裡嘆了一口氣，卓承淮到底還年輕，但是也難得他一顆赤子之心。

想到這裡，宣政帝開口道：「那朕就做個好人，賜你一幅字吧！」說完他站起來揮墨寫了方才卓承淮說的四個字——「白頭偕老」。

卓承淮頓時欣喜若狂，跪下向宣政帝磕頭道：「多謝陛下！」

出了宮的卓承淮一直笑咪咪的，直到坐上馬車、放下車簾，車裡只有他一人的時候，他才收起臉上的笑。

這幾日笑得他臉都僵了，幸好得到了想要的結果，有了皇上這幅字，看誰還敢給他送女人！

卓承淮敲了敲面前的茶几，心道彭顯果然了解宣政帝，連他喜歡為人題字、看人感激涕零的毛病都知道。

只不過宣政帝平日總是壓抑著這種性子，有時候題了字還沒送出去就被他命人銷毀，所以知道這個秘密的，只有從他還是太子時就一直跟在他身邊的幾人。

卓承淮寫信告訴玉芝拿到了題字之後，玉芝也在心底暗暗吐槽皇上怎麼和乾隆帝一個毛病，幸好他還有些自制力，不會像乾隆帝那樣在一幅古畫上蓋了上百個章。

然而這幅字好歹是御賜的，玉芝明白這樣東西對這個時候的人來說擁有多大的威力，也就大方地不跟宣政帝「計較」了。

卓承淮第二日假裝神秘地告訴所有想往他這邊塞女人的官員，眾人一聽皆瞠目結舌，沒想到皇上竟插了手，看來他們只能作罷。

翻過年剛進入二月，兆勇陪著兆厲與兆志上京趕考，兆亮覺得自己火候不夠，決定三年後再上場。

玉芝的婚期也進入倒數階段，李氏不再讓她去灶房，省得她日日煮菜把手做粗了，每日都有人用牛乳幫她泡手腳，不過幾日工夫，玉芝的皮膚看起來就白嫩了些。

李氏還拘著玉芝在房間裡繡蓋頭，家裡的人是不指望她自己繡嫁衣了，他們尋了全府城口碑最好的繡娘，直接付了訂金，待嫁衣拿回來後再讓玉芝添上幾針就成。

玉芝每日叫苦連天，她不是不想親手做蓋頭，但是嫁衣都用了方法偷懶，為何不用到底呢?!

第八十章 大喜之日

陳忠繁與李氏最近總是在整理玉芝的嫁妝，日日忙得腳不沾地；至於單辰，他早早就為卓承淮備好了成親的一應事物。

自單辰得知兆厲與兆志這科被沈山長預估必中之後，他就悄悄地在要送給陳家的彩禮上加厚了一成；知道兆貞入宮當了御廚，單辰更是毫不手軟，給卓承淮的彩禮幾乎要趕上為單錦準備的了。

唐氏其實有些後悔，當年自家兒子想親近陳家的時候，她嫌棄人家是泥腿，拘著兒子遠離他們，沒承想陳家能發展到現在這個地步。若是當年放任兒子親近陳家，如今當陳家女婿的人，會不會是單錦？

陳玉芝的堂哥與哥哥們在科舉上多有出息就不提了，如今竟還出了一個御廚，更別提她幾乎一個人撐起了陳家這麼多食鋪的新鮮吃食。

每每想到這麼一隻會下金蛋的母雞被卓承淮收進家裡，唐氏不禁扼腕。

放榜當天，兆厲與兆志果然榜上有名。當陳家接到喜報時，他們兩人已經參加完殿試，只等著最後的成績了。

這讓陳家人歡喜得不知如何是好，趙氏還上門與李氏抱頭痛哭一場。陳家所有的食鋪都掛上了「東家有喜」的橫幅，十日內去各家店鋪消費一律半價，轟動了整個府城，每間鋪子天天人來人往，從開店忙活到放榜。

陳忠繁與玉芝商量過後，發給每個夥計一個厚厚的紅封，喜得所有人臉上都紅通通的。

又過了幾日，京城傳來消息，兆厲與兆志通過了殿試，雙雙高中進士。

此時一些與陳家不是特別親近的生意夥伴開始上門賀喜了，陳家每日高朋滿座。趙氏跟羅盈娘在府城幾乎兩眼一抹黑，除了兆厲的同窗，她們誰也不認識，一群陌生人上門賀喜，趙氏連誰是誰都分不清楚，乾脆逃到三房的宅子去，還交代門房，若是有人上門，就告訴他們上三房那邊找人。

說實話，因為這個原因，趙氏與羅盈娘避開了好幾個騙子——有裝成遠方親戚上門求助的、有要跟進士老爺做掙大錢買賣的，甚至還有上門替自家閨女或親戚薦枕席的。

待門房說請他們去陳家三房的宅子找婆媳倆時，多數懷著不可告人心思的人都灰溜溜地跑了，畢竟陳家三房可不是大房，不是那麼好騙的！

府城這邊熱熱鬧鬧了幾日之後，兆厲與兆志終於從京城返鄉了，一同回來的還有卓承淮。

卓承淮可是求了宣政帝許久，才請到兩旬假回鄉成親。也不知怎麼了，宣政帝就喜歡逗卓承淮，看他每日抓耳撓腮向自己使眼色的樣子就想笑，故意困了他幾日、欣賞夠了他的洋相才放他歸家。

回到府城的兆厲與兆志沒空搭理那些一窩蜂上門套關係跟拍馬屁的人，言明所有應酬都待玉芝出嫁後再說。

風聲一放出去，玉芝不免又被眾家女子好一番嫉妒，這個幾乎不出門應酬的姑娘到底有什麼魅力，值得一票出色的男子為她這麼做？她不僅即將嫁給府城出了名貌比潘安、腹有詩書的卓侍講，又有兩個進士哥哥正事不管地為她準備婚禮，真真讓人眼紅！

玉芝這幾日心裡七上八下的——自己竟然真的要成親了！她既忐忑又憧憬，有時會幻想起婚後與卓承淮的幸福生活，有時又免不得惦記家裡的爹娘、哥哥、嫂子們跟小姪女。

特別是滿滿，雖然臉蛋還很圓，卻看得出她的五官很精緻，而且模樣越來越像玉芝。李氏對她是真的愛到骨子裡了，一日不看看自己的寶貝孫女就渾身不自在。

曹佳當了娘以後整個人總是散發著柔和的光芒，沒了以往的犀利，變得圓滑不少。這種改變自然是陳家和曹家都樂見的，李氏早就慢慢將內宅事務交給她，玉芝也向她交代起生意上的事情。

由於陳忠繁要忙閨女的婚事，因此並未親自回村邀請長輩前來，不過他早早就派了秦毅帶人去接他們上府城。

成親前三日，一行人終於抵達府城，除了老陳頭、孫氏、李一土與鄭氏四位老人家，竟然還有一個幾乎被遺忘在角落的人——陳忠富。

秦毅看到眾人詭異的表情，覺得自己可能做錯事了，便低聲解釋道：「這位老爺說他是兆厲少爺的爹，想一起搭車來府城祝賀兆厲少爺高中進士，所以小的才……」

陳忠繁回過神來，對秦毅說道：「他沒騙人，這不是你的問題。你忙活好幾日，怕是累了，早早回去歇著吧！芝芝成親時還得由你帶人押車呢！」

秦毅這才鬆了口氣，退了出去。

這麼多年來，不管是趙氏與孩子們還是三房，都刻意忽略陳忠富的存在。趙氏只當自己喪夫，況且如今兩個兒子都大有出息，孫子也活潑可愛，她早就忘了陳忠富是哪根蔥，猛然一見他，她還有些回不過神來。

陳忠富看到保養得宜、皮膚白嫩、渾身散發著富家夫人氣息的趙氏時也愣住了。這是當初與他生活了將近二十年的女人嗎？她看起來比于三娘還年輕啊……他又轉頭看向器宇軒昂、對他掛著客套笑容的兆厲，以及羅盈娘手中牽著的結實孫子，心中的後悔如潮水一般湧來。

只見陳忠富有些氣短地小聲說道：「嬌娘，咱們是同甘苦、共患難的原配夫妻，這些年來我已經知道錯了，妳又何必……咱們一家子重新好好過日子不成嗎？」

趙氏嗤笑一聲道：「過幾天就是芝芝的好日子，我不願意跟你談這些沒味的話。我們現在好得很，你就在鎮上好好過吧，咱們井水不犯河水！還有，我真的想問，你跑到這裡來跟我說這些，于三娘可知道？」

于三娘當然知道，不只知道，還是她攛掇陳忠富來府城的。如今她與陳忠富已經在一起十二年，兩人的閨女陳玉莉也不小了。

因為于三娘怕自己的名聲耽誤了女兒，所以早早就開始為她尋親家，可是陳玉莉頂著一個私生女的名號，家有適齡兒子的人根本不想與她結親。當兆厲考中進士的消息傳來，上門打探陳玉莉的人才變多。

青山鎮等來了兆厲親自派去趙家報喜的人，趙家也在鎮上擺了三日宴席替外孫慶祝，然而兆厲卻好似沒陳忠富這個親爹一般，連個相關人士都沒出現。

一時之間鎮上的人更清楚地意識到陳忠富一家三口真的與進士老爺沒了關係，若是與陳玉莉這個私生女結親，怕是會得罪進士老爺。原本還在觀望的幾家人趕緊尋別戶人家結親，恨不得能跟于三娘撇清關係。

于掌櫃聽聞此事後縮在椅子裡，身形越發佝僂，一瞬間像是老了三、五歲一般。他咬牙，尋了于三娘與陳忠富來，向他們說個明白，現在最重要的就是與趙氏、兆厲以及兆貞打好關係——這才有了陳忠富賴著秦毅跟著上府城一事。

看著模樣憔悴又賴皮的陳忠富，趙氏想到自己當初竟然為了這種人尋死覓活的，真真是瞎了眼，忍不住低頭為當年的自己嘆了口氣。

趙氏如今日子過得逍遙快活，根本沒必要再往自己身上攬事，她嗤笑一聲，對著低聲下氣的陳忠富啐了一口道：「咱們早就說過不再相見了，你趕緊回去吧！再多說廢話，別怪我讓人把你打出去！」

陳忠富見到一家人嘲諷的表情，知道自己是真的被他們拋棄了，他雖有些絕望，卻不願意回去，死賴在陳忠繁這裡，期盼有挽回的機會。然而直到玉芝成親，他都沒能再見到妻兒——因為陳忠繁派人趕他出去了。

成親前一日，曹佳與凌冉帶著幾個婆子去單辰為卓承淮買的宅子鋪床。曹佳與凌冉看了宅子後十分滿意，那裡清淨幽雅，頗有南方院子的味道。

鋪好床後她們返家告知李氏此事，李氏這才放下心來，帶著一個小盒子去了玉芝房裡。玉芝一看到李氏手上的東西，覺得那肯定是所謂的「小冊子」。

她垂下頭紅著臉，等待李氏為她進行「婚前教育」，卻沒想到李氏打開盒子，從裡面拿出一疊銀票對玉芝道：「芝芝，這是爹娘私下給妳的壓箱底錢，妳哥哥跟嫂子們都不知道，這些錢妳自己留著，誰也別說。」

玉芝抬頭看向李氏手裡的銀票，怕是有幾千兩！她眉頭微皺道：「爹娘給我的嫁妝夠多了，不需要這些，你們自己留著吧！」

李氏的眼淚瞬間落了下來，說道：「妳這孩子，爹娘留著錢有什麼用？日後妳三個哥哥還能餓死我們？這私房錢本就是攢給女兒的，妳不收不是剜爹娘的心嗎？」

聞言，玉芝眼眶含淚點頭道：「娘莫哭，我收下了。」

李氏見女兒答應了，才擦了擦眼淚，從盒子底下抽出一本小冊子道：「這才是真正壓箱底的，每個人新婚之夜都有那麼一遭，娘來細細說明給妳聽。」

玉芝萬萬沒想到劇情轉變得這麼快，她強裝疑惑道：「這是何物？」

李氏頭一回跟人說這種事，被玉芝一問，她當場愣住，好半晌才回過神，紅著臉打開小冊子，忍住羞意細說起來。

玉芝臉紅得要炸開了，李氏見到她害羞的樣子也很不好意思，講解完以後匆匆說道：「總之妳早些睡，明日還得早起呢！」說完就轉頭出了房門。

聽見房門關上，玉芝才深深吸了一口氣，臉上的紅暈也慢慢褪去。為了把臉憋紅，她差點沒憋死自己……

瞧見李氏留在盒子裡的小冊子，玉芝索性拿起來仔細研究——這畫得實在細緻，看這姿勢……誰說古人含蓄來著？哇，場景竟然包括花園?!

玉芝真是被嚇到了，這小冊子的內容絲毫不遜於前世的某些網站，刷新了她對古人的認識。

從頭到尾翻了一遍之後，玉芝把小冊子放好。想到自己明日就要與卓承淮成親了，終於真正羞紅了臉。

隔天一大早，玉芝還作著夢呢，就被似雲輕聲喚醒。她迷迷糊糊地爬起身來，閉著眼睛被扶到梳妝檯前坐著，由似雲擰了帕子溫柔地為她擦臉。

李氏一來到這裡，就見到自家閨女昏昏欲睡的模樣，不禁覺得好笑，拿起旁邊一條乾帕子，直接放在待會兒梳頭要用的一盆冷水裡，擰乾後往玉芝臉上貼過去。

玉芝打了個冷顫後瞬間清醒，她睜眼一看是自己親娘幹的好事，只能把到了嘴邊的哀號咽下去。

李氏看見玉芝的樣子，笑問道：「可醒了？」

玉芝無奈地點頭道：「醒啦、醒啦！」

李氏睨了女兒一眼道：「既然醒了，動作就快一點，全福人待會兒就要到了。那可是府城有名的全福人，她經手送出去的新娘子各個姻緣美滿。」

玉芝還沒來得及回話呢！就被李氏按在椅子上左右打量，那目光令她渾身發毛。

只見李氏對似雲說道：「全福人過來之前妳先備好潤膚膏，絞過臉後小姐的臉會發紅。」

似雲低聲應下，囑咐如竹為玉芝先做個蛋清蜂蜜面膜，接著自己去拿專門的潤膚膏。

汪嬤嬤與如竹伺候玉芝換上嫁衣，看到被嫁衣襯得臉蛋紅紅的閨女，李氏終究紅了眼眶。這可是自己捧在手心長大的女兒，就這樣到了親手送她出門的這日了……

此時曹佳與喜娘引著全福人進門，她看見自家婆婆眼眶紅了，連忙上前扶住她低聲安慰。

全福人生了張白胖的臉龐、一笑眼睛就會瞇起來，模樣很是喜慶，她看見玉芝就誇讚道：「好一個貌美的新娘子，卓侍講可真是有福氣！」

玉芝抿嘴羞澀一笑，向全福人行禮。

全福人滿臉笑容地說道：「今日新娘子放心把自己交給我吧！我保證讓卓侍講掀開蓋頭就看直了眼。」

一番話打趣得玉芝小臉通紅。

全福人俐落地拿出一根棉線挽了個花，接著將棉線的一頭咬在嘴裡，之後兩隻手飛快地在玉芝臉上絞了起來。

玉芝尚未反應過來，臉上的絨毛就被除去了大半，全福人又細細地為她修了眉毛與額頭、鬢角的散髮，這時玉芝才慢慢地感覺到臉上那火辣辣的疼痛。

似雲端著潤膚膏站在一旁，看到全福人收了線，她立刻上前為玉芝塗抹上薄薄一層潤膚膏，冰涼的觸感舒緩了玉芝的疼痛，她忍不住舒服地輕嘆一聲。

全福人打量著玉芝，對李氏說道：「陳夫人，您家小姐這臉蛋就像剝了殼的雞蛋一般光滑，我看不用上濃妝了，淡淡地掃一層，更顯清麗呢！」

李氏看著閨女白裡透紅的小臉，點了點頭道：「您看著辦就成，我家是頭一回嫁閨女，不知道還有什麼講究的，全麻煩您了。」

這話讓全福人心裡熨貼，她細心地為玉芝上起妝來。描眉入鬢、擦脂抹粉，直將玉芝妝點得嬌俏可人。

李氏看著頭一回化了全妝的女兒，心底的不捨更是要溢出來了。養女兒就是這樣，孩子再貼心又如何？送她出門這日，真是能碾碎了當娘的心。

玉芝伸出如嫩蔥般的手指輕輕抹去李氏的眼淚，撒嬌道：「娘若是捨不得，那我就不嫁了。」

李氏被玉芝說的話氣著了，這種日子豈能隨便說些不吉利的話！她收起心中的不捨，拍了玉芝的手背輕斥道：「趕緊呸呸呸，童言無忌！」

全福人看著她們母女倆過了一招，深感有趣，含著笑為玉芝梳頭。

玉芝差點在全福人邊梳頭、邊說些吉祥話時哭出來，過了今日，她就真的要離開這個家了。離開最親最愛的父母與家人，與另一個男人攜手走完下半輩子，她……捨不得……

曹佳一直關注著玉芝，見她情況不對，馬上掏出帕子在她眼眶周圍輕點，說道：「莫哭，妝花了可要被人笑話的，想想妳嫁的是承淮，是妳六、七歲上下就認識的人了。」

玉芝被曹佳這番話說得緩過來，她微微頷首，有些哽咽地說道：「我知道了。」

卓承淮早就做好了面對一群舅子的準備，他喊上書院裡幾個學問上等的人當迎親使，卻沒想到女方這邊打頭陣的人竟然是曹堅！

迎親使之一氣憤地指著曹堅說道：「我去尋你時，你不是說你兩不相幫的嗎?!」

曹堅一點都不臉紅，反而理直氣壯道：「就是忽悠、忽悠你罷了，我自然是幫我妹夫啦，難不成承淮能像我妹夫一樣好?!」

說完他狗腿地看著兆志笑道：「對吧，妹夫？」

兆志似笑非笑地看了曹堅一眼，沒回答他，而是轉過頭對卓承淮道：「來來來，咱們好好較量一番！」

霎時，周圍的人都感覺到一場血雨腥風即將來臨。曹堅與迎親使們激動地搓了搓手，這種圍觀學霸對戰的緊張跟期待感是怎麼回事啊?!

誰知兆志架勢擺得足，卻只問了一個問題。「現在的你，還能像初學三字經那時一樣，將三字經背出來嗎？」

第八十一章 新婚燕爾

卓承淮頓時一愣，有些摸不著頭緒，但還是依言張口背了一篇三字經。

兆志聽他緩慢卻流利地背完，頷首道：「望你日後如今日背這三字經一般，不管飛得多高多遠，都別忘了你的初心。」

這一瞬間，卓承淮的眼淚差點掉下來，他重重點頭道：「大哥放心，芝芝就是我的初心，不論今後境遇如何，我們倆都會互相扶持，一路相伴走下去！」

兆志笑了笑，說道：「記住今日的話，若是往後你對她有半點不好，我們幾個做哥哥的也不是吃素的！行了，進去吧！」說完就讓開了路。

卓承淮對幾位舅子深深作了一揖，接著與迎親使們在兆志幾人的引導下進了門。

門外圍觀的人群被兆志這一手弄得面面相覷，直到卓承淮一行人進去了才回過神來。不知是誰大聲說道：「真不愧是中了進士的人，讓新女婿背三字經這一招可真是高呀……」

眾人聞言紛紛點頭，對陳家更是高看一眼。有兆志這麼一個領頭人，不知道將來陳家的地位能提高到何種地步？

此時兆志等人正在門後相視而笑，這是他們幾個兄弟早就商量好的。憑卓承淮的學問，出三個問題要他回答花不了多少時間，若是死纏著他不放，還顯得他們刻薄，不如直接讓他背三字經，這樣起碼能背個一刻多鐘，現在看來效果真是出乎意料的好呢！

李氏在屋裡有些著急，很怕孩子們拖太久誤了吉時，她正擔心著呢，就聽見前方一陣喧鬧——迎親的人來了！

曹佳與凌冉帶著一眾丫鬟跟婆子連忙要去外面阻攔，卻見李氏悄悄向兩個媳婦說道：「看著時辰點，可別鬧得太過啦！」

兩人了然地點點頭，領著一眾人出去。

卓承淮面對這些娘子軍可真是沒法子，只能掏出大紅封開路，曹佳覺得時辰差不多了，拉著凌冉讓路。

喜娘與汪嬤嬤一左一右扶著頭覆紅蓋頭的玉芝踏出房門，卓承淮欣喜地上前拉住紅綢，帶著玉芝走到陳忠繁與李氏面前跪下拜別父母。

李氏已經哭得說不出話來，陳忠繁則是眼圈微紅，搭著李氏手背的手也在微微顫抖。

只見卓承淮跪下磕了個頭，然後抬頭道：「爹、娘，我也算是您兩老看著長大的，從多年前起你們就是我心目中的親爹娘，請您放心，我定會好好對待玉芝的！」

李氏哭著拚命點頭，陳忠繁再也壓抑不住心底翻湧的情緒，落下淚來，啞著嗓子道：「我們相信你，你一定要好好對待玉芝。」

玉芝早就在紅蓋頭下泣不成聲了，聽見陳忠繁的話，她磕了個頭道：「不孝女玉芝還望爹娘日後，多多……保重身體……」

話還沒說完，玉芝就再也說不下去了。這種離開父母、撕心裂肺的痛，讓她幾乎昏厥過去。

曹佳眼看情況不妙，忙拉了李氏的衣袖一把，幸虧李氏還有一絲理智，忍著淚意說了一句。「爹、娘知道了，妳這就隨承淮回家吧！」

喜娘與汪嬤嬤合力將玉芝扶上兆志的背，趴在自家大哥寬厚的背上，玉芝忍不住又哭了一回。

臨出門前兆志也紅了眼眶，低聲對背上的玉芝說道：「若是他對妳不好，妳就回來，哥哥養妳一輩子！」

玉芝緊了緊環住兆志脖子的雙手，輕輕應了一聲。「嗯。」

再不捨也只能送到這裡了，兆志將玉芝背進花轎裡，又看了妹妹一眼，這才蓋上花轎的簾子站在一旁。

喜娘看了看時辰，高喊一聲。「吉時已到，起轎！」

聞言八個轎伕一同用力抬起花轎，陳家一家人都站在門檻內，看著花轎往卓承淮的宅子方向前進。

跟在花轎後面的是玉芝的嫁妝，每一抬都要動用兩個壯漢抬著，而第一抬就是宣政帝賜的那幅字。

來看熱鬧的眾人們感到好奇不已，畢竟他們沒看過用字畫當第一抬嫁妝的，正當大夥兒議論紛紛時，卻見陳家人全跪下，齊聲喊道：「吾皇萬歲、萬歲、萬萬歲！」

一時之間整條街都安靜下來，他們沒聽錯吧？吾皇？

卓承淮身邊的迎親使們也沒反應過來，曹堅見狀便大喊一聲。「那是陛下賜給承淮與玉芝的字！」

此時四周一片譁然——那是陛下賜的字！整條街的人下意識地跟著下跪，此起彼伏地喊道：「吾皇萬歲！」

卓承淮看到這一幕滿意極了，不枉他與宣政帝磨了許久才讓他答應把這幅字改賜給玉芝當嫁妝，有了這道護身符，看誰日後還敢說玉芝是泥腿出身的廚娘！

有了天子御賜的第一抬嫁妝打頭陣，眾人行完禮後爬起身來聚精會神地看著第二抬嫁妝，只見竟是一整箱滿滿的土堆，這……這是多少良田呀?!

第三抬是一箱瓦片，第四抬……第五抬……直到看完一百二十抬嫁妝，大夥兒已從最初的震驚轉變成驚訝得合不上嘴，陳家小姐可真真算得上是十里紅妝了！

此時花轎已到了卓家大門口，唐氏忙前忙後地應酬，好似今日娶親的人是她兒子一般。單家壓根兒不知道玉芝的第一抬嫁妝是宣政帝賜的字，正要出來迎接新娘子呢！卻見門口的眾人全跪下了。

單辰與唐氏連忙去查看出了什麼事，這才知道原來玉芝竟得了陛下的賜字當嫁妝！

唐氏心裡說不出是什麼滋味，她知道軍糧是玉芝出的主意，很自然地認為這字是皇上對她的賞賜，並不明白其中的緣由。她懊悔不已，若是讓錦兒娶了她，那他們家就……

單辰不像妻子想得那麼多，不過他也是心頭一驚。卓承淮壓根兒沒告訴他還有這幅字的事，看來日後對他還是得再好一些才成。

卓承淮踢了轎門接玉芝出來，邁過火盆進入廳堂，只見馮掌櫃坐在高堂位上，身邊擺著單氏的牌位。

雖然玉芝看不見外頭的狀況，卓承淮還是小聲向她說道：「馮叔這些年來一直把我當親兒子，今日我對外說認他當義父了，咱們拜拜義父如何？」

玉芝微微頷首，悄悄伸手握住卓承淮的手。

卓承淮見玉芝應下，鬆了口氣，牽著玉芝上前拜天地。

二拜高堂之時，一向淡定的馮掌櫃也忍不住落下眼淚，他藉著擦淚的機會看了看身邊的牌位，心想若是她能看到這一幕，不知道會有多高興呢……

三拜之後禮成送入洞房，卓承淮家只有他自己一個，他親近的人少有女眷，所以洞房內沒那麼喧鬧，只有沈氏帶著幾個書院學生的媳婦待在這裡。

卓承淮迫不及待地拿起喜秤挑起玉芝的紅蓋頭，在花轎上補了妝的玉芝羞答答地抬起頭瞄了卓承淮一眼，又飛快地低下頭。

這一眼就把卓承淮看得魂都沒了，內心激動不已，他終於娶到芝芝了！

沈氏見卓承淮半天沒反應，忍不住笑道：「看看，咱們的新郎官都看癡了。今晚有的是時間看，快喝了交杯酒吧！外面還有許多人等著你呢！」

卓承淮被說得紅了臉，他拿起喜娘遞上的交杯酒，伸手與玉芝挽在一起，像一對交頸鴛鴦般一同飲下。

喝了交杯酒之後，卓承淮依依不捨地離開玉芝去應酬，沈氏看著玉芝，感慨道：「芝芝嫁人啦，日子過得真快……我看承淮這樣怕是不一會兒就會回來了，妳抓緊時間吃點東西再拿下頭面，這東西著實沈了些。」

其實玉芝也感覺脖子快斷了，不過因為新郎還沒回來，她不好說話，只能點點頭，示意身邊的似雲幫她送沈氏一行人出去。

回來以後，似雲看到玉芝在如竹的幫助下已經開始拆頭面了，趕緊上前幫忙，書言和歡容則去準備熱水讓玉芝沐浴。累了一整日後渾身是汗，玉芝覺得自己都要餿了。

沐浴過後玉芝總算好多了，她穿著大紅肚兜，外罩大紅綢紗裙，雪白的胳膊在紗裙下若隱若現。

卓承淮一進來就看到這一幕，鼻血差點噴出來，他瞪大眼睛看著玉芝道：「芝芝，妳……」

只見玉芝朝他嫵媚一笑道：「承淮哥，不陪我吃東西嗎？」

卓承淮只能愣愣地點點頭，渾身僵硬地走到桌前坐下，也不多說，專心地吃起菜來。

躲在窗外聽牆根的一群人失望極了，卓承淮還是不是個男人呀？這可是新婚之夜，他竟然吃得這麼香，還與新娘子討論起哪道菜好吃、哪道菜更美味，讓他們這群放棄了宴席前來偷聽的人直吞口水。

過了片刻，這對新婚夫妻還沒吃完，一干人等受不了了，索性直起身來溜走，外頭那豐盛的宴席正在向他們招手啊……

歡容在門口悄悄地向玉芝打了個手勢，告訴她人都走光了，接著幾個丫鬟便自動退到門外。

玉芝見狀轉頭問卓承淮道：「承淮哥，我吃飽了，你吃飽沒？」

卓承淮當然吃飽了，他不過是在等那些聽牆根的人離開。歡容的手勢他也瞧見了，只見他推開面前的碗站起來，靠近玉芝道：「芝芝心急了？」

這話讓玉芝大羞。心急？心急什麼呀！她瞪大眼睛瞋了卓承淮一眼道：「承淮哥說什麼我可聽不懂！」

卓承淮勾起一抹意味深長的笑容說道：「沒關係，我也不懂，咱們有一夜的時間能慢慢學……」

玉芝心道自己果然還是輕敵了，她怎麼會以為卓承淮是羞澀的小可愛呢？原本她還在考慮自己要不要稍微主動一些，現在看來他哪裡是什麼小可愛，簡直是頭大灰狼！

卓承淮湊近玉芝，在她耳邊輕聲道：「娘子，妳說……咱們是不是該找個地方聊聊天了？」

他呼出來的氣息讓玉芝麻得不自覺地打了個冷顫，於是卓承淮裝出大驚失色的樣子說道：「哎呀，娘子可是冷了？我來為妳取暖！」說罷就打橫抱起玉芝往內室的大床走去。

玉芝滿面通紅地縮在卓承淮懷裡，完全發不出聲音，直到被他平放在大紅的龍鳳被上，才抬頭看了他一眼。

平日冷靜自持的卓承淮此時眼睛晶亮地盯著玉芝，好似在欣賞一件世間獨一無二的藝術品般。

玉芝被他如狼似虎的眼神盯得渾身難受，忍不住翻身鑽進被子裡。

卓承淮壞笑了一下，掀開被子道：「方才沐浴得不知乾淨與否，來，娘子看看我洗乾淨了沒？」

玉芝哪裡想得到卓承淮竟如此「熟練」，隨著他那四處游移的雙手，她的身體逐漸發熱。迷迷糊糊中，玉芝還在想，難不成他背著她有了別的女人，不然為何這麼的……

豈料關鍵時刻卓承淮突然停下了動作，玉芝睜開迷茫的星眸看著他，卻見卓承淮俊臉通紅、滿頭大汗地說：「我……找不到地方……」

玉芝一下子清醒過來，方才心底那點小心思不翼而飛。她嫵媚一笑，伸出手緩緩地引導起卓承淮。

不得不說卓承淮還真是個好學生……這是玉芝昏睡過去之前最後的想法。

第二日清晨，玉芝覺得好像有什麼蟲子在啃她的臉，她用手使勁拍了「蟲子」一下之後，一切都恢復了平靜。

玉芝滿意地繼續睡，絲毫沒看到被打中臉龐的卓承淮那驚愕的神情。

見玉芝的呼吸聲變沉了，卓承淮摸摸臉頰，嘆了口氣。罷了、罷了，還能把她吵醒不成？他小心翼翼地將玉芝摟在懷裡，隨她睡了過去。

直到天色大亮玉芝才睡飽，她剛想翻身，卻發現自己被禁錮在一個懷抱中，這才猛然反應過來——她昨日與卓承淮成親了！

她慢慢抬起頭，看向臉在她頭頂上方的卓承淮。透過窗戶搖曳的陽光就像小精靈一般在他的臉上跳躍，照出他臉龐那稜角分明的線條，濃黑的眉毛微微向上揚起，長而微鬈的睫毛下那雙好看的眸子正緊閉著。

玉芝忍不住想伸手摸一摸卓承淮高挺的鼻梁，卻見他唇角一彎，露出一個寵溺的笑容，睜開烏黑清澈的雙眼，低頭與玉芝對視道：「想摸哪裡就摸，為夫都是妳的人了，別客氣。」

被卓承淮抓個正著，玉芝羞得滿臉通紅，噘起嘴拍了他的肩膀一下道：「你醒了竟然不說一聲，看我笑話！」

卓承淮忍不住哈哈大笑，看著臉蛋越來越紅的玉芝，他滿足地低嘆一聲，喃喃自語般輕聲道：「芝芝，我終於娶到妳了……」

玉芝只覺得自己一顆心柔軟、濕潤、溫暖，她摟住卓承淮的腰，把臉貼在他胸口道：「承淮哥，我總算嫁給你了。」

此後兩人誰也沒說話，靜靜地摟著好一會兒，享受這洋溢著濃情密意的時刻。

就這樣過了一陣子，玉芝突然反應過來道：「咦？昨日晚上我還沒沐浴就睡了？」

卓承淮含笑親了親她的額頭道：「我自然是幫妳洗過了，妳真像隻小豬，被我抱進抱出的都沒醒。」

玉芝怎麼能任由卓承淮這麼說自己，她那摟住他腰間的手順勢擰了他的肉一把。

卓承淮冷不防被襲擊，倒抽了一口氣，乾脆搔起玉芝的癢來。

兩人玩鬧了一段時間，聽到汪嬤嬤在外面小心翼翼地問道：「夫人、老爺，可是要起了？已經快到晌飯時辰了。」

玉芝沒想到他們竟在床上磨蹭了一頭晌，幸好家裡沒有長輩，不然就完蛋了！

她連忙要爬起身來，卓承淮抓緊機會親了心急如焚的小妻子一口，搖頭笑道：「妳直接讓她們進來就好，我避開就是。」

說完他起身套上裡衣，走到衣櫃前拿了一身衣裳去了旁邊的小房間。

汪嬤嬤帶著四個丫鬟一同進來，房間裡曖昧的氣息讓幾個丫鬟紅了臉。似雲見玉芝圍著龍鳳被坐在床中央，拿了一套裡衣要伺候她換上，結果剛掀開被子就瞧見玉芝身上有許多吻痕，令她心疼不已。

玉芝忍著羞讓她們伺候穿衣、梳妝，卓承淮推測她整理得差不多了才從小房間出來，汪嬤嬤跟幾個丫鬟趕忙向他行禮，然後很識相地退了下去。

這對新婚夫妻甜甜蜜蜜地吃了午飯，下晌去單家一趟回來後就窩在書房裡，兩人坐在玉芝帶來的、由厚棉花包裹的沙發裡說話、看書，過得輕鬆又愜意。

第八十二章 添購新宅

回門這日，天濛濛亮，卓承淮和玉芝起身準備前往陳家。硯池早就打聽好最貴重的回門禮是什麼，準備得妥妥當當的。

當太陽完全升起的那一瞬間，兆勇已經趕著馬車抵達卓家門口，來接妹妹與妹夫回門了。

卓承淮不禁暗自慶幸，好在自己清楚這些舅子的性子，若是人到了門口，他與玉芝卻還沒起床，今日回門豈不是要被圍攻了？

失去一個教訓卓承淮的好機會，兆勇小小失望了一下，不過能早點接妹妹回家倒是讓他覺得很開心。

三人不多廢話，上了馬車直奔陳家而去。

玉芝剛下馬車踏進大門，李氏就帶著兩個媳婦迎了上來，看著兩日不見的女兒，李氏的眼淚在眼眶裡打轉。

仔仔細細地打量玉芝一番，見女兒容色嬌豔、桃腮含春，李氏點點頭道：「好好好，看妳過得好，娘就放心了。」

小倆口只有下馬車時一同向陳家人行禮，接著就被隔開了。卓承淮被陳忠繁與三個舅子拉到前院廳堂裡「說說話」，李氏則帶著媳婦們簇擁著女兒去了後院廳堂。

當廳堂只剩玉芝與李氏兩人時，玉芝率先開口道：「娘，我昨日盤點嫁妝時怎麼看到點心坊跟山楂園全給了我？咱們家生意還做不做了?!」

李氏伸手點點她的眉心道：「妳這孩子，只聽說過抱怨嫁妝少的，還沒聽過嫌棄嫁妝多的。那本來就是妳的東西，陪送給妳有什麼好驚訝的？」

玉芝搖搖頭道：「可是咱們家如今都是靠這些東西撐場面，都陪送給我的話，咱們家怎麼辦？」

李氏失笑道：「真是……咱們家主要的進項還是那些乾食，如今連南方那些出海的商人都來咱們家訂貨，再加上妳熊大叔他們那批跑北邊的商隊，每年賣乾食的收入都很穩定，就是這些錢賺得很低調，面上不顯罷了。

「還有，咱們家這些年沒少買地，光是這樣就能供養全家人吃喝不愁了，酒樓跟食鋪也沒全陪送給妳，家裡不也留了幾間嗎？袁師傅的徒弟已經能撐起場子了，之前我們問過他，他願意跟著妳。雖說爹娘會慢慢放手，不過往後這些都會交給妳三哥，妳就別操心這麼多了。」

玉芝聽李氏這麼說才放下心來。

其實這些本該在婚前說清楚的，但是玉芝壓根兒不在乎自己的嫁妝，她當時埋頭努力研究食譜，一是舒緩緊張的情緒，二是怕她出嫁以後陳家的新菜有斷層，所以乘機多想一些。

正事說完了，李氏不曉得還有什麼能講的，乾脆直接問玉芝。「承淮他……對妳可好？」

玉芝以為全家人早就知道卓承淮對她有多好了，聞言疑惑道：「他自然對我好呀！」

李氏見玉芝沒聽明白，強忍住自身的羞意問道：「我是說你們的床笫之事……他對妳可好？」

玉芝的臉頓時紅得像六月的蜜桃一般，她支吾半日才點點頭道：「好……」

李氏這才鬆了口氣，又問道：「單家人有沒有給妳下馬威？」

玉芝甜笑道：「沒有。承淮哥說了，回京我們要買些下人，不用單家的人。」

這下李氏徹底安心了，看著嬌羞的女兒，她說道：「我與妳爹商議過了，等妳大哥他們上京考庶起士時我們跟著過去，如今家裡還得收拾東西，妳就先與承淮回京吧！」

玉芝沒想到爹娘竟然做了這種決定，驚喜道：「娘，這是真的嗎？」

李氏應道：「這次妳哥哥入京怕是得待上許多年。沈山長說彭尚書跟他打過招呼，若是妳哥哥這次沒中庶起士，他就要他去兵部待著，到時咱們一家一同上京，見起面來怎麼樣都比府城方便。」

玉芝的眼淚控制不住地流了下來，略帶哭腔道：「爹不是一直說故土難離嗎？現在卻……」

李氏為她擦了擦眼淚，說道：「駝山村才是咱們的故土，都離開這麼些年了，府城和京城根本沒有區別。這些年來妳爹早就想清楚了，一家人在一起的地方就是故土，到時你們都在京城，爹娘守著一個空院子又有什麼樂趣呢？」

看到李氏慈愛的笑臉，玉芝忍不住哭倒在她懷裡，她真是何德何能，能享受到父母如此深的愛……

兩日後玉芝與卓承淮啟程回京，陳家一家人都到府城門口相送，單辰也帶著單錦來了。

看著滿面春風、視線離不開玉芝的卓承淮，單辰無奈地笑道：「承淮，回神啦！」

卓承淮有些羞赧，但還是跟單辰說起了正經事。「舅舅，月蛻一定要供應得上，芝芝又想出了幾樣月蛻的新鮮吃法，回頭有機會我再獻給皇上。若是皇上喜歡，就是單家崛起的最好機會了！」

單辰皺著眉思索一番後說道：「成，回頭錦兒成親了，我讓他去京城歷練、歷練，到時就靠你多看顧著些了。」

卓承淮對單辰作揖道：「這麼多年來多虧舅舅教育、養育我，看顧錦兒本來就是我該做的事，舅舅又何必這麼說呢？今日一別，只求早日再見。舅舅，我與玉芝就此告辭了。」

單辰嘆了口氣，那個差點沒命的小娃娃一眨眼就長得這麼大，自己也老了。他看著一旁成熟許多的單錦，只希望他日後能在卓承淮的扶持下撐起家業。

因為玉芝暈快車，卓承淮索性讓他的小廝鳴沙帶著行李與其他下人先行一步，他與玉芝則領著硯池、似雲跟單辰非要派來護送他們上京的單實在後面慢慢前進。

由於馮掌櫃要處理山東道的生意，說好過兩個月再去京城尋他們，是以這對小夫妻無人打擾，一路上慢悠悠地遊山玩水，在卓承淮假期結束前一日才抵達京城。

如今是來不及去拜訪柏學士、彭顯等一眾長輩了，所幸玉芝早早分派好要給各家的禮物，讓硯池帶著鳴沙連跑幾家奉上，並轉告他們待卓承淮休沐時再一一上門拜訪。

卓承淮在京城的宅子讓小倆口住剛剛好，但是卓承淮卻覺得自己委屈了玉芝，尋思著買新宅子。只不過京城的宅子沒那麼好買，他找了好幾日，一點頭緒都沒有，看著玉芝放著陪嫁的五進大宅子不住，顧及他的自尊陪他窩在這間小宅子裡，他不禁有些失落。

宣政帝看著自從娶親回來就興沖沖的小侍講這幾日興致似乎不高，於是挑了一日處理完政事後與他閒話道：「承淮，可是家中後院起火了？」

聞言卓承淮一張臉都僵硬了，皇上也太會挖苦人了吧?!他心一橫，乾脆說道：「唉，微臣對不起妻子！微臣之妻有一間五進大宅陪嫁，可若是微臣住進去，怕是京城上下都要說微臣是倒插門了。微臣之妻為了微臣，寧可住在小宅子裡，微臣對不起她……如今京城的宅子真是有錢都買不到，微臣是真的尋不著了，只能委屈她陪著微臣吃苦。」

德保差點被自己的口水嗆到，卓承淮的膽子還真是大，竟敢在陛下面前毫無顧忌地訴這種雞毛蒜皮的苦！

宣政帝倒是喜歡卓承淮這個性格，他既然問了，自然不願意臣子們有所隱瞞，他不禁好奇道：「怎麼，京城的宅子很難買？這麼大一塊地找不出一間五進宅子？」

卓承淮乘機宣傳了一番「京城居，大不易」的道理，聽得宣政帝連連感嘆。

宣政帝從小到大都在宮中生活，誰都不會跑到他面前來說這些，他還是頭一回知道官員跟百姓連尋個住處都這麼困難，臉色不禁有些難看。

卓承淮察言觀色道：「這全是因為陛下治國有方。因為京城太平繁華，外地人都想往這裡擠，誰不願意在天子腳下受陛下庇護，安安穩穩地過日子呢？既然人一多，宅子就不好買了……」

宣政帝轉憂為喜，笑盈盈地看著卓承淮道：「怎麼，這是怪朕了？罷了，你才來京城多久，認識的人不多，朕幫你問問有沒有適合的宅子吧！德保，去看看誰家有多出來的五進以上宅子能賣給朕的小侍講。」

德保趕緊彎下腰，暗暗感嘆卓承淮的好運氣與聖寵，這才多久就能讓宣政帝幫他問宅子?!只要他放出話去，送宅子給卓承淮的人只怕要連夜在他家門口排隊了。

卓承淮也沒想到宣政帝這般豪邁，心中一突。看來日後他更要謹言慎行，經過這次事件，自己怕是要處於風口浪尖上了。他不禁擔憂起了玉芝，她大概很快就會接到各種帖子了，不知到時她應不應付得過來……

心思雖然千迴百轉，但卓承淮卻做出一副受寵若驚、驚慌失措的模樣向宣政帝行了個大禮道：「微臣謝主隆恩！」

回到家的卓承淮看見玉芝明媚的笑臉時才鬆了一口氣。罷了，是福不是禍，是禍躲不過，難不成他一直低調行事就能遠離官場是非？還是順其自然吧！

吃過飯後，卓承淮向玉芝細細地說明了今日御書房之事，然後略帶擔憂地對她說道：「芝芝，我本來不想讓妳太早接觸這些事，可是明日消息一傳出來只怕妳就要忙起來了，這可如何是好？」

玉芝早就做好了心理準備，也提前請來女師傅教導她大戶人家應有的禮節，加上她在待人處事上有自己的一套，因此不是特別擔心。

她想了想，說道：「我可以先接受彭家、柏家與程家這幾戶人家的邀請，之前咱們一同上門拜訪時也算跟他們交際過，慢慢熟識之後就不用擔心了。我是捧著陛下賜的字嫁到卓家來的呢！誰會為難我不成？」

卓承淮被玉芝一席話說得放下心來，也明白自己是關心則亂，他對玉芝說道：「明日我向柏學士遞個信，讓柏夫人先下個帖子給妳，到時候一旦帖子多了，妳也有理由能回絕其他人。」

見卓承淮安排得這麼好，玉芝哪裡有什麼不滿意的，她抱著他的胳膊撒嬌道：「知道啦，操心太多會變老哦，卓老頭～～」

卓承淮被叫得又氣又笑，一把抱起玉芝將她壓到床上道：「今日我倒是讓妳看看我到底老不老！」

玉芝驚呼一聲，剩下的叫喊全被卓承淮吞進了口中。

第二日，卓承淮俯身親了親尚在睡夢中的玉芝，精神抖擻地出門上朝。

下朝之後，宣政帝把卓承淮叫到御書房問道：「承淮啊，你的宅子有著落了嗎？」

卓承淮又被嚇著了，皇上幫忙買宅子還附上售後服務？這不是才隔天而已嗎？壓力好大啊……他拱手道：「回陛下，尚未有著落。」

宣政帝笑道：「還沒買就成。昨日英王叔跑來向朕訴苦，說他家子孫不孝，日子過不下去了，又抹不開面子公然賣家產，求朕幫幫他。朕想到你正好要買宅子，問了他幾處地方，正巧有間宅子離宮裡和翰林院都挺近的，朕就做主為你定下了！」

卓承淮真想跪求宣政帝別玩了，他不只將他推到風口浪尖上，現在還強行把他與宗室扯上關係？他能拒絕嗎？

看著宣政帝的笑臉，卓承淮欲哭無淚地跪下深深磕了個頭，意圖做最後的掙扎。「微臣多謝陛下惦記著微臣，只是微臣手中銀錢有限，不知英王爺這宅子……」

宣政帝笑著打斷他。「莫慌，朕早就想到這件事了。英王叔說他只求速賣，價格好商量，朕已經與他說好要特別照顧你，待會兒你就去尋他吧！」

卓承淮徹底死了心，只得再磕一個頭道：「微臣對陛下的感激之情難以言喻，日後微臣必定好好當差，不辜負陛下的厚愛。」

宣政帝覺得自己替小侍講解決了一件大事，心情好得不得了，哈哈大笑道：「行了，你快去尋英王叔吧！他怕是在家等著你呢！」

卓承依言行禮退下，整個人麻木僵硬地去了英王府。

到了英王府，門房一聽說他是卓承淮，差點沒敲鑼打鼓地將他迎進門。

英王爺年近七十，走路時需要兩個丫鬟左右攙扶，看起來顫顫巍巍的很是嚇人，也不知道他這身子骨兒是怎麼磨蹭到宣政帝面前訴苦的？

他看到卓承淮，頓時兩眼發光，上前拉住他的手不放。卓承淮叫苦不迭，但也不敢輕易拒絕他的親近，生怕老王爺氣暈過去。

買宅子的事談得很順利，卓承淮說什麼、英王爺就應什麼，哪怕卓承淮說銀子不多，英王爺都用他那枯瘦如雞爪般的手拍拍自己全是肋骨的胸脯說會給卓承淮低於市場的價格，再不行的話銀兩分幾回給也成。

卓承淮說不出心裡是什麼滋味，他躲英王爺還來不及呢！怎麼會答應分幾回見面交付銀兩？他連忙說道：「英王爺莫急，再怎麼樣微臣都湊得出買宅子的銀子，您就給個價吧！」

英王爺喘了半天氣才開口道：「我看這宅子就四千五百兩賣給你如何？不行的話咱們再議？」

卓承淮一聽就知道占了大便宜，這五進宅子的市場價格怕是有六千兩，他有些為難地說道：「價格是不是太低了，您虧得太多了吧？」

英王爺突然流下眼淚道：「唉，你不知道我那群不肖子孫有多敗家，為了英王府的顏面，我不能公開賣掉祖宗產業，只能去求陛下。陛下既然為你定了我的宅子，那這間宅子就是你的了，價格高一點、低一點又有何關係？」

見英王爺涕泗縱橫的樣子，卓承淮哪裡還敢說別的，就這樣以四千五百兩成交，英王爺當下就派了大管家去順天府報了背書、寫房契。

卓承淮連英王府的門都沒出、一分錢也沒掏出來就拿到了一張房契。他在心裡苦笑，自己這算是被強迫買屋了？可今日占了這個便宜，明日不知道要拿什麼還呢……

得到房契以後，卓承淮沒有在英王府逗留的必要，他與英王爺約好明日派人送銀票過來，心情複雜地回了家。

玉芝等卓承淮下衙等了好久，天都擦黑了才見他回家，不禁對他說道：「今日可是出了事？怎麼這般晚？」

卓承淮從懷中抽出一張紙塞進玉芝的手裡道：「為夫今日被強賣了一間宅子。」

玉芝大驚道：「是誰強賣給你的?!」

卓承淮哭笑不得地說：「陛下當中人，要我買下英王爺的宅子。」

玉芝愣住了，皇上當中人？她拿起手中的房契仔細看起來，說道：「朱雀街……這宅子怕是要六千兩以上吧？」

卓承淮苦笑道：「一共四千五百兩，本來英王爺想再賣低一點的，被我死命攔住了。妳說該如何是好？這房契拿著實在燙手。」

玉芝皺眉拉著卓承淮走到桌前坐下，倒了杯熱茶給他道：「先別急，咱們倆好好想想英王爺與陛下為何要這麼做，然後商議一下如何應對。」

第八十三章　如履薄冰

卓承淮順勢握住玉芝的手，緩緩開口道：「其實我也不是完全不了解英王爺的想法，他是先帝的弟弟，與陛下隔了一代，而且年紀相差很大。陛下對幾個老王爺都沒什麼好感，只不過礙於面子不好出手罷了，那些王爺的後代子孫，陛下肯定不願意出什麼力照顧。

「英王爺年事已高，他去了之後一家人恐怕就要變成沒落宗室了。不如現在向陛下示弱，讓陛下看看他家後輩皆不成器，對陛下與皇子們毫無威脅，好獲得陛下幾分善意。」

玉芝點了點頭，她也是這麼認為的，不過她還想到一點。「我看英王爺是真的想與你攀上關係，你現在是御前侍講，而且看起來頗受陛下看重。哪怕你將來沒落或出了狀況，這也是陛下當中人賣給你的房子，與他可沒關係。若是日後你一飛沖天，你、甚至你的子孫就住在他家賣給你的宅子裡，這不就有幾分香火情了？」

卓承淮嘆道：「不管如何，咱們都是別人砧板上的魚，左躲右閃也能被人算計。罷了，事已至此，就看著辦吧！」

玉芝卻拍拍他的手背道：「放心吧！我想了半日也不覺得你有什麼值得陛下算計的，他應該是真心想幫你一把。陛下就算看出英王爺的心思，也沒因此防備著你，可見陛下對你有幾分真心。如今皇子們還小，咱們可得離他們遠遠的，莫要摻和到不該摻和的地方。」

卓承淮看著玉芝笑道：「自上次軍糧的事情我就覺得妳不一般，現在看來我媳婦果然很特別。」

玉芝大窘，她自然跟這裡一般女性不同，學了那麼久的歷史、看過那麼多小說是假的嗎？

她白了他一眼道：「淨說些沒用的話……如今宅子定下了，咱們搬過去之後這間小宅子就空了出來，京城寸土寸金，回頭尋個可靠的中人，將這裡與我陪嫁的宅子租出去，也算是一大進項。好了，現在該吃飯啦，我肚子好餓！」

卓承淮覺得玉芝說得有理，點了點頭，他站起來摟住玉芝道：「那咱們吃飯去，別餓壞了我的芝芝。」

玉芝被卓承淮肉麻得抖了一下，恨不得能搗住他的嘴。這人真是的，在她面前就不能稍微端方些嗎……

隔天上朝前等待宮門開的時候，卓承淮摸進了彭顯的馬車，悄聲告訴他昨日的事，又道：「看來我今日真的要出名了。」

彭顯摸了摸下巴道：「你既然不想站隊，為何與我如此親近？」

卓承淮用奇怪的眼神上下打量了彭顯一番，說道：「怎麼，彭爺爺以為咱們這關係撇得開？我與沈山長跟陳家的關係、陳家與沈山長的關係，還有沈山長與您的關係，加上我給兵部的軍糧方子、您還替我報了仇……這些事陛下都一清二楚，我又何必掩耳盜鈴？不如在陛下面前坦坦蕩蕩，還能博一份好感。」

說完他湊到彭顯耳邊，用只有兩人能聽到的音量說道：「再說了，彭爺爺難道不是一心為陛下？」

彭顯心頭一驚，雙眼微瞪，哪怕他知道不會有人聽到他們的談話，但這可是在宮門口，馬車外就是文武百官，卓承淮竟敢這麼說……

他狠狠地瞪了卓承淮一眼，輕哼一聲低斥道：「你膽子還挺大的！」

看到彭顯的樣子，卓承淮就知道他不過是覺得自己說話太口無遮攔而已，於是笑了笑道：「既然咱們都是為了陛下，那與您親近又有何不可？」

彭顯嘆了口氣，真是初生之犢不畏虎。他覺得陛下也是看中了卓承淮這耿直的氣質，不管這孩子是真的如此、還是裝的，只要陛下認為不假，那就是真的。

退朝後，剛有幾個人朝卓承淮圍過去，就聽見德保尖細的聲音在身後響起。「卓侍講，陛下召見。」

卓承淮忙向身邊的官員們道歉告辭，跟著德保去了御書房。

此時英王世子正巧打著哈欠從大殿出來，平日他是不上朝的，今日不知為何英王非要他來，聽一群老古板嘮叨些雞毛蒜皮的破事，他都要昏睡過去了。

幾個還站在原地的官員對視了一眼，有人迎上前問候道：「微臣向世子請安，多日不見，世子真是越發俊朗……」

英王世子平日只顧吃喝玩樂，這些透過科舉入朝的官員最是瞧不起他這種混吃等死的宗室，哪裡有被他們拍這種馬屁的時候？不過被套了幾句話，他就全交代了出來。「這宅子啊，聽說是陛下從中牽線賣給卓侍講的！」

眾臣一片譁然，陛下牽線？這卓承淮不顯山、不露水的，竟然聖寵如斯?!怪不得聽聞他的妻子是捧著陛下賜字嫁入卓家的，只怕這也是陛下給卓承淮抬面子吧！

宣政帝這個人疑心病很重，信任的人都是東宮那些老班底，他當上皇帝之後提拔的官員各個都覺得與宣政帝有隔閡，如今竟讓這麼一個小小的翰林院侍講占了先，貼了陛下的心！

其實這群官員還真是錯怪了宣政帝，他壓根兒沒向卓承淮說過什麼重要的事。他們兩個每日待在一起這一、兩個時辰裡，宣政帝興致一來就會與卓承淮話話家常，但大部分時間不過是講經論史，未曾涉及朝政秘事，更別提什麼貼心之類的話了。

此時的宣政帝放下手中的史書對卓承淮說道：「先到這裡吧！朕見今日英王世子上了朝，怕是英王叔那隻老狐狸又算計到朕頭上了，你信不信現在滿朝文武都得知是朕逼迫英王叔賣宅子給你的？」

卓承淮心中打了個突，這要他怎麼回答啊……他索性轉移話題低頭道：「微臣能買到如此稱心如意的宅子多虧了陛下，微臣之妻感恩於陛下，特地寫了兩樣新鮮吃食的方子，陛下可交予御膳房做出來嚐嚐味道。」

宣政帝大清早就上朝處理了一堆政務，回來以後又唸了這麼久的史書，還真是有點餓了，聞言露出微笑道：「既然是她陳家的方子，那麼陳家廚子應該最是了解，就讓那位大師傅做吧！」

卓承淮從懷裡掏出兩張紙遞給德保道：「煩請德公公看看上面可有忌諱之物？」

德保得到宣政帝的示意後認真看了起來，過了一會兒，他笑呵呵地對卓承淮說道：「卓侍講費心了，上頭並無忌諱之物，奴才這就送到御膳房去。」

卓承淮鬆了口氣，昨日他與玉芝兩人思考了好久，才想到送皇上吃食這個辦法，既顯得親近又不奢靡，用來「答謝」他當中人再適合不過。

看到食譜上的字，兆貞就知道這是玉芝送來的，上面還細心地畫了成品圖。雖說兆貞有閱讀困難症，但是背誦食材與食譜時他自有一套方法，仔細看了看，發現原來一樣是鮮奶油酥皮泡芙，另一樣則是油炸眉毛酥。

眉毛酥做起來算是簡單，前面的步驟幾乎與普通的綠豆酥差不多，只是在最後油炸時要萬分小心，一定要炸得酥層分明，成品必須呈現雪白，外層看上去就像一根根密密麻麻、排列有序的眉毛。

兆貞將去火的淡甜綠豆餡包進眉毛酥，又做了一份鹹味肉餡的，外皮用胡蘿蔔汁調成黃色，一炸出來色彩金黃，宛若現代的港澳名點「鹹水角」一般。

一咬下黃金眉毛酥，包裹在酥脆外殼裡的肉汁爭先恐後地溢了出來，宣政帝連忙把剩下的半個眉毛酥放進碗裡，否則萬一肉汁滴到衣服上，豈不是有損他的龍威?!

嗯……不錯，這餡調得鹹鮮適中，外皮炸得酥脆可口，正合他的胃口，看來陳家的廚子在宮中進步不小嘛。

想到這裡，宣政帝挾起一塊酥皮泡芙，他覺得這東西看起來有點像酥油鮑螺，入口一嚐才知道自己錯了。這點心顏色焦黃，外面是一層酥皮，尚有餘溫，內裡中空，灌滿了微涼的內餡，吃下去酥中帶著順滑，熱中帶著甜涼，混合成絕妙的口感。

宣政帝這次是真的不想控制自己了，反正御書房內只有德保和卓承淮兩人，他嚥下口中的泡芙，又拿起一塊泡芙道：「這點心的內餡倒是稀奇，朕以往從未吃過。這是何物？」

卓承淮哪裡知道這叫什麼，昨日問玉芝時她說這叫「卡士達」，可問她典故也說不出來，只交代他看情況取名字。

總不能說出「卡士達」這個解釋不出由來的名字吧……卓承淮心一橫，拱手道：「啟稟陛下，這內餡乃是微臣之妻昨日剛剛做出來的，尚未取名。」

宣政帝聞言先是一愣，接著覺得這是卓承淮真心為他準備的吃食，名字未取好就興匆匆地獻了上來，一顆心頓時暖暖的，看這個小侍講越發順眼了。

他又看了那酥皮泡芙一眼，笑道：「不錯，這兩樣點心都很好，朕領了你的心意了。」

此刻玉芝正忙著收拾東西準備搬家，她井井有條地安排完所有下人要做的事，坐在自己的書房裡看起了今日接到的帖子。

宣政帝猜得不錯，下朝後半個頭晌的時間，所有官員都已經知道卓家新宅是皇上擔任中人，由卓承淮購下的。皇上親自替卓承淮尋宅子，這是什麼樣的聖寵？

機靈一些的人早早就派人與自家妻子通氣，能當好賢內助的一眾官夫人腦子自然不一般，晌午剛過而已，玉芝手上就有十來份邀她去參加各式聚會的帖子。

卓承淮跟玉芝小倆口重新商議過此事，彭家、柏家與程家都先不去了，玉芝親自一封封回帖子，表明因為最近要忙搬家的事，待搬入新宅之後再找時間宴請眾人。

雖說下帖子的人是真的對玉芝有些好奇，但也是表明想與她親近的態度。大夥兒收到回帖後心中了然，畢竟這是皇上插了一腳的宅子，換成是他們也會把遷入新宅擺在前頭。只是本來聽聞玉芝乃鄉土出身，卻沒想到她一手蠅頭小楷寫得頗有韻味，讓人更是想認識這個低調進京的卓夫人了。

卓承淮正搭著彭顯的車回家，原本他還糾結著怎麼躲過守在翰林院門口的一眾管家、小廝，誰知彭顯竟如天神下凡一般過來接他，讓他感動得發自內心地叫了好幾聲「彭爺爺」，酸得彭顯一抖、一抖的直齜牙，覺得卓承淮與其這樣放感情，還不如以往那般敷衍地叫叫就算了呢！

彭顯止住卓承淮的馬屁，問道：「聽聞你那媳婦菜做得不錯？」

這話的意思再明顯不過，卓承淮卻裝傻道：「哪裡，不過是別人謬讚罷了，陳家真正的當家大廚是袁叔與兆貞。」

彭顯撇了撇嘴角道：「你倒是心疼媳婦！」

卓承淮一臉無辜地說道：「下官不過是為了您的身體著想，怕您吃得欲罷不能，撐壞了肚子。」

彭顯已經習慣了卓承淮的無恥與厚臉皮，乾脆直說：「聽陛下說今日你獻上去的點心味道不錯，今日我就不去你家打擾了，明日你送些去尚書府可好？」

這不是赤裸裸的威脅嗎？明日不送東西去，今天就會跟著他回家……卓承淮只能無奈地應道：「明日必定早早送去您家，讓您大飽口福！」

誰知彭顯竟靦覥地笑了笑，說道：「我可不是那個意思，明日待我下衙再送去就成，要是太早的話，我怕被家裡那群狼給吃光了！」

卓承淮心道這老頭真是一句話一個坑，現在又說到家裡人很多……也罷，玉芝是負荷不了了，明日一大早就把慶俞抓過來做一堆，到時候用點心把彭家給埋起來才好呢！

他心裡雖有怨言，臉上卻露出一抹笑道：「彭爺爺放心，明日我定然準時送去，分量也會足夠。」

彭顯看出卓承淮咬牙切齒的樣子，覺得逗夠了他，暗笑了一回才開口道：「你彭爺爺逗你玩呢！趕緊回家吧！去看看玉芝今日收到多少帖子。」

卓承淮也知道這才是正事，正巧馬車已經到了自家門口，遂謝過彭顯，告辭下車。

今日玉芝心血來潮親自下廚，如竹則在一旁打下手。其實若是光論廚藝，玉芝比不上如竹，但她勝在有創新的點子。

玉芝做了蟹黃豆腐與茶香熏鴨腿，又拌了火腿卷拌菜，最後煲了一鍋牛尾濃湯。湯剛剛調好味的時候，玉芝就得到卓承淮回來的消息，她急忙脫下圍裙攏了攏頭髮，準備去前面迎接他。

出灶房沒多遠，玉芝就看到卓承淮往這個方向直奔，見到她的身影，他展顏笑道：「我正要去找妳呢！」

簡簡單單、普普通通的一句話就這麼說進了玉芝的心坎裡，她喜孜孜地上前拉住卓承淮的手，兩人一同往吃飯的小花廳緩步走去。

卓承淮替玉芝將耳邊凌亂的碎髮攏到耳後，接著低聲對她說道：「怎麼樣，今日收到了幾張帖子？」

玉芝翻了個白眼道：「差不多十來張吧！我都回了，待咱們搬家之後再說。」

卓承淮握緊玉芝的手道：「英王爺那宅子空了幾年，咱們不能馬上入住，還得抓緊時間好好拾掇，在三伏天之前咱們就搬進去吧！不然妳窩在這小宅子裡怕是要悶壞了。」

玉芝輕輕拍了他的手背一下道：「哪裡會悶壞？小時候我們一家子窩在土屋裡不也好好的，我可沒那麼嬌氣。」

卓承淮笑道：「以往我不管，然而從今以後，我都只想給妳我能力所及範圍內最好的……」

這話讓玉芝很是感動，她見在後面跟著的似雲與潤墨都微微低著頭，索性踮起腳尖親了卓承淮的臉頰一下，然後飛快地低下頭。

卓承淮摸了摸自己被親了一下的臉，忍不住傻乎乎地笑了。

兩人你儂我儂地吃了飯，又到小小的花園裡散步，玉芝心想自家爹娘即將上京，那五進宅子不知道整理好沒有，便對卓承淮道：「要不這幾日派我那兩房陪房去幫爹娘收拾、收拾宅子？」

卓承淮也覺得可行，兆志只放了四個下人在那邊，只怕不是那麼好打掃，既然現在京城有他們夫妻在，一切當然都要辦得妥妥帖帖的。

他想了想，對玉芝說道：「我看該買些下人了，咱們自己那間宅子也得派人收拾，這樣起碼得買個二、三十個。我明日就尋彭尚書問他可認識可靠的中人，反正在外人看來，咱們已經與他綁在一起了，不如直接說得了。」

玉芝失笑道：「你這是破罐子破摔呀……罷了，你就去吧！反正我是打定主意搬宅子之前不露面了，到時去了這家、不去那家，被別人看到不好。」

卓承淮點點頭道：「這幾日妳就裝出忙碌的樣子吧！誰也別見了，順便琢磨一下咱們的遷府宴要邀請誰。」

第八十四章　尋得番椒

隔天一大早卓承淮上朝後，玉芝不像往常一樣賴床，而是跟著早起，喊來自己的兩家陪房。

這兩家人是陳家為玉芝精挑細選的，都是能幹活的樸實人，而且主要是青壯勞力，不管分派到哪裡都能搭把手。

玉芝告知兩家人打理陳家宅子這件事，可把他們激動壞了。自從來了京城，除了卓承淮每日上衙之外，他與玉芝小倆口基本上閉門不出，他們兩家十幾口人擠在小宅子裡沒事做，又怕衝撞到卓承淮與玉芝，只能整日窩在房裡，現下終於有活能忙了。

當日這兩家人就背著幾件換洗衣裳，由似雲領著去陳家宅子安頓，開始跟著宅子裡原有的下人一同收拾。

過了幾日之後，玉芝收到了消息，陳家一行人明日頭晌就會抵達京城，玉芝激動地在廳堂裡繞著圈走來走去，怎麼樣都靜不下心來。

自她來到這個世界，頭一次離開父母這麼久，一股強烈的思念無時無刻不縈繞在她心底，如今終於能見到爹娘了！

下了衙的卓承淮得知此事後同樣激動不已，趕緊轉頭出門去柏學士家告假，明日下早朝後他就不回翰林院了，直接回家帶玉芝迎接岳父、岳母一家去。

第二日，卓承淮與玉芝坐在馬車上在城門外不遠的地方等候，玉芝急得時不時就掀開簾子往外看，看得卓承淮發笑。他認識玉芝這麼多年以來，她一直慢悠悠的，今日這焦急的模樣可是罕見。

過了一會兒，遠處揚起了一陣塵埃，代表有大隊人馬即將抵達京城。此時已臨近晌午，卓承淮也心急起來，他讓玉芝待在車上，自己則跳下馬車向遠方張望。

只見車隊越來越近，卓承淮努力辨認著來人。忽然間，他笑了起來，轉頭掀開簾子對玉芝道：「來吧，芝芝，爹娘到了，我看到前頭騎著馬的兆勇了！」

玉芝臉上寫滿了喜色，在卓承淮的攙扶下下了車，與他一同站在外面等待。

卓承淮溫柔地牽著玉芝的手，卻不知想到什麼，笑出聲來。

玉芝奇怪地轉過頭問他。「承淮哥，你笑什麼呢？」

卓承淮捏了捏她的小手道：「沒什麼，只是想起當年送你們回村的時候，那是我第一次扶妳下馬車，當時我哪裡想得到那個小不點會是我未來的妻子？」

聞言，玉芝的臉頰飛上一抹緋紅。思及自己與卓承淮的緣分，她也十分感慨，回捏他的手道：「我也沒想到那個沈穩的英俊小哥哥現在竟成了我這厚臉皮的相公！」

說罷兩人相視而笑，又一同往車隊的方向看。

兆勇率先騎馬跑到他們面前，還有七、八步遠就高喊道：「芝芝！」

玉芝看見兆勇，激動地回道：「三哥！」

卓承淮也跟著喊了一聲。「三哥。」

兆勇差點沒摔下馬去，承淮哥叫他三哥，這也太奇怪了！他強撐起笑臉，假裝嚴肅地點點頭道：「嗯，承淮啊……」

卓承淮臉色一變，呵呵一笑道：「你應得倒是挺快的嘛。」

兆勇馬上縮了回去，尷尬地說道：「承淮哥，爹娘在後頭，馬上就到了！」

卓承淮瞥了兆勇一眼，不再搭理他，拉著玉芝越過他去迎接陳忠繁與李氏。

李氏遠遠看到卓承淮與玉芝的身影，早就坐不住了，見兩人迎了上來，李氏急忙讓車伕快一些，結果馬車才一停在玉芝面前，她就想往下跳。

曹佳擔心李氏這樣會受傷，從身後拽了她一把，曹佳身旁的兆志也擠上前攙扶住李氏道：「娘，您慢些！」

李氏有些不好意思地笑了笑，轉頭盯著車簾外眼眶含淚的玉芝，扶著兆志的手跳下馬車，快步向前一把摟住玉芝叫道：「娘的心肝，可想死娘了！」

玉芝把頭埋在李氏肩膀上，撒嬌地喊了一聲。「娘～～」

這一聲「娘」讓李氏的心軟得像雨後的一團泥巴，她輕輕摸了摸玉芝的頭應道：「娘來了，以後咱們能常常見面了。」

玉芝拚命點頭，那欣喜又可憐的模樣看得陳家人一陣心疼。

卓承淮除了在李氏下車時跟她打了聲招呼，就再沒插話，只是含笑站在一旁滿足地看著玉芝表情豐富的可愛臉蛋。

曹佳抱著滿滿從馬車裡探出頭來，對玉芝笑道：「芝芝不想妳這大胖姪女嗎？快過來讓滿滿看看哭鼻子的姑母。」

玉芝有些羞澀，但是很快就被白白淨淨的滿滿吸引住目光，走上前摸了她胖嘟嘟的臉一把道：「真滑……」

她忍不住將滿滿從曹佳手中接過來抱在懷裡，親了許久。

此時後方的馬車都慢慢跟上前了，兆亮扶著凌冉從馬車上下來走到玉芝面前，玉芝看著凌冉蒼白的臉色，有些擔憂地說道：「二嫂這是怎麼了，難不成也是暈車？」

兆亮淡淡地笑了，凌冉的臉上浮出一抹紅暈。

曹佳見他們兩人光是笑，話都不會說，對玉芝解釋道：「妳二嫂這是有了！一開始咱們都當她是暈車呢！結果為她鋪上了厚墊子還吐，尋了個郎中來看，誰知一下就診出了喜脈。那時候大夥兒已經在半路上，回府城也得顛簸個幾日，乾脆就這樣上京了。」

玉芝大喜道：「我又要當姑母了！」

說著她用力親了一下懷裡的滿滿，對她說道：「滿滿要當堂姊了，高興嗎？」

滿滿哪裡懂她說什麼？見到玉芝對自己笑，也咧開了嘴，露出幾顆小米粒般的牙齒，流下了一行口水。

玉芝被滿滿這傻乎乎的樣子萌得心都化了，怎麼也捨不得撒手，索性隨曹佳、凌冉與李氏搭上同一輛馬車，準備抱著滿滿往城內前進。

陳忠繁從車隊後頭趕了過來，因為快進京了，他非要留在最後方押車不可，幾個兒子輪番上陣勸解都沒用，也就隨他去了。

幾個男人見面後自是聊了一番，卓承淮明顯感覺到自己在陳家男人眼中的地位有了提升，起碼陳忠繁對他的態度好上許多，像是回到他求娶玉芝之前的樣子，陳家另一個親兒子卓承淮終於成功上線了！

一行人熱熱鬧鬧地往城內前進，玉芝這才從李氏口中得知趙氏與兆厲一家三口也一道上京了，只不過壯壯有些發燒，趙氏的身體也不太舒服。

羅盈娘忙著照顧婆婆與兒子，方才無法下車相見，她託凌冉向玉芝解釋，待會兒到家下了馬車再打招呼。

玉芝當然沒把這件事放在心上，只覺得大家又聚在一起了，內心不禁充滿了喜悅。

陳家一行人進門後，空了許久的宅子總算等來了主人。只見被褥是用新棉花做的，也新漿洗、新曬過；家裡處處擦得一塵不染，花草也修剪得整整齊齊；青石板路清早才用水刷洗過，被太陽曬乾後，顯得格外乾淨。

越往裡面走，陳忠繁和李氏越是高興，這五進的宅子格局夠好也夠大，能輕輕鬆鬆容納他們一家人，廳房布置得跟府城的家一樣，椅子上的厚棉墊和靠背一看就是玉芝的安排。

一家子隔了許久再度團聚，自是聊得盡興，滿滿睡飽以後湊起了熱鬧，咿咿啞啞地像在說話一般，逗得大家笑得前仰後合。

看到娘家的宅子按照自己的意思打理得井然有序，玉芝不禁鬆了口氣。除了卓承淮買的人，她又把那兩房人送去卓家的新宅繼續打掃，畢竟娘家宅子整理過後的結果讓她相當滿意。

李氏之後也派了幾房人去幫玉芝打掃新宅，雙方人馬齊心協力，沒多久就讓多年沒人居住的宅子煥然一新。

兆厲與兆志上京後參加完朝考，只等著成績出來，柏學士預估他們兩個人的問題不大，應該是準庶起士了。

八月初七，玉芝回帖給之前所有發給她帖子的人，邀請他們八月初十來參加他們的入宅儀式。一眾夫人們終於等到了這日，紛紛摩拳擦掌，打算進卓家一探究竟。

卓承淮這些日子以來在宣政帝面前越發得寵，每日留他在宮裡的時辰越來越多，引得眾大臣們側目。其實宣政帝最近不過是添了一項愛好，就是聽卓承淮講民間的事情，並非如外人所想的對卓承淮有什麼特別之處。

這天卓承淮把李氏逼婚陳家三兄弟、用盡圍追堵截的手段等趣事說完了，宣政帝忍不住笑著感慨道：「做母親的都為孩子操碎了心，當年太后也是千挑萬選才為朕選出了皇后，後來朕果然與皇后惺惺相惜，也算是託了太后的福了。」

卓承淮之所以說陳家那些事，不過是在宣政帝面前為陳家三兄弟刷存在感罷了，沒想到宣政帝倒是深有感慨，於是卓承淮瞇起眼睛笑道：「太后慈愛乃是陛下之幸，也是天下人之福。」

宣政帝哈哈大笑道：「卓侍講這話換成另一個人來說怕是有溜鬚拍馬之嫌，怎麼換了你講，朕就覺得誠懇無比呢？」
卓承淮無辜地眨了眨眼拱手道：「微臣惶恐，微臣之言乃是發自肺腑，絲毫沒有溜鬚拍馬的意思。」
宣政帝笑得更大聲了，他虛點了卓承淮又虛點了德保，說道：「你們兩個啊，就是來為朕尋樂子的。行了，承淮家快喬遷了，回去忙吧！」
卓承淮行禮退下，他剛出御書房走了幾步，就見一個小太監探頭探腦地往御書房的方向看。
一見到卓承淮出來，小太監面上大喜，忙湊上去道：「卓侍講，奴才是在御膳房伺候陳大廚的，今日陳大廚讓奴才來尋您，說是有大事！」
卓承淮眉頭一皺，上下打量了小太監一番，小太監倒也不怵，拿出一張紙道：「這是陳大廚讓奴才帶給您的信，您看看。」
這讓卓承淮更是疑惑不已，帶信？兆貞他不是……
打開紙一看，卓承淮就放下心來。紙上簡單畫了駝山村的地圖，老宅那邊寫了一個「貞」字，新宅那裡則寫了一個「芝」字，看得出來是一筆一畫努力寫下的。
卓承淮點點頭，待小太監走遠後就轉身回去御書房，正巧德保出來為宣政帝換茶，兩人因而打了照面。
只見卓承淮拱手道：「德公公，方才有個小太監過來說御膳房那邊要尋我，可是我不好隨意在宮中走動，能否請德公公派個人與我同行？」

德保知道卓承淮是個謹慎的人，聞言笑道：「我這就派個人與卓侍講同去，不過若只是說說話，甭進御膳房了，把陳大廚喚出來就成。」

卓承淮面露感激道：「多謝德公公提點，煩勞德公公了。」

德保笑了笑，沒多說話，喊了一個乾孫子過來讓他陪著卓承淮前往御膳房。

回到御書房時，宣政帝放下手中的書隨口問道：「怎麼這回換茶如此久？」

德保堆起了笑臉，上前恭敬地將茶放在龍案前道：「方才卓侍講回來請奴才派個人陪他去御膳房呢！是陳大廚喚他有事。」

宣政帝充滿興味地「哦」了一聲就沒再說話，德保見狀，心中有了底。

卓承淮遠遠地就瞧見兆貞，雖說兩人日日同在宮廷裡，卻也好幾個月未見了。

兆貞咧著嘴走上前，開門見山道：「我看見芝芝一直在尋找的那個番椒了！」

卓承淮瞪大了眼，他當然知道番椒對玉芝來說有多重要。從她七、八歲起，她偶爾會在他面前抱怨若是有番椒就好了，也從來沒放棄尋找這東西，沒想到竟然在宮中出現了。

他看著一臉喜色的兆貞道：「番椒在宮中作為何用？」

兆貞回道：「反正不是用來做菜的。它長在御膳房到我們這些廚子住所的那條路上，之前我日日經過，不知其為何物，最近它開始結果，我無意間瞧見了，覺得越看越像芝芝描述的番椒。」

卓承淮皺眉道：「那就是野生的？不應該啊……若是野生，這麼多年來咱們卻沒見過？

你有沒有摘一點來看看？」

兆貞苦笑道：「宮中的一花、一草都比人矜貴，我哪裡敢摘？只是跟你說一下罷了。我已經畫下了那東西的模樣，你回頭讓芝芝看看，若確定是，咱們再想辦法！」

卓承淮朝兆貞點點頭，又叮囑他在宮中一切都要小心。

兆貞許久沒見到家人，看看卓承淮也能過過乾癮，他依依不捨道：「那我先回去了，不管芝芝認定那是不是番椒，都找人跟我說一聲。」

卓承淮頷首，目送兆貞通過御林軍的檢查，進了御膳房。

御書房這邊，德保看到小太監故意晃過的身影，心中了然。他見宣政帝認真地看著書，毫無聲息地退了出去，不過片刻工夫又悄悄地回來，一般人很難察覺到他離開過。

然而德保剛站定，宣政帝就放下手裡的書問道：「何事？」

德保笑道：「奴才今日才真真切切地感受到卓侍講一家對吃食的熱愛。陳大廚發現宮中有一種卓夫人尋了將近十年的調味料，趕緊告知卓侍講，順便畫了圖畫讓卓夫人辨認。卓侍講歡快地離去了，明日大概就會來求陛下。」

宣政帝好奇地挑了挑眉，看著德保笑得滿是皺褶的老臉，知道問不出什麼了，又拿起書繼續看。他表面上不動聲色，心裡卻琢磨起到底是何調味料，竟能讓人苦尋十年？

回到家的卓承淮激動地揣著兆貞的畫匆匆去尋玉芝，玉芝心血來潮正在灶房熬湯，就聽見門外傳來卓承淮的呼喊。「芝芝！」

玉芝回頭一看，見到卓承淮雙眼晶亮的樣子，忙讓如竹接手。

當玉芝一走到外面，卓承淮不等她說話就掏出懷中的紙道：「快看看，這是不是妳說的番椒?!」

玉芝大吃一驚，番椒……辣椒?!她慌忙打開手中的紙仔細看了起來，只見上頭那一簇簇圓錐形小果子朝天生長，正是朝天椒！

這讓玉芝激動得瞬間落淚，問道：「就是它，你在哪兒尋到的？」

卓承淮溫柔地替她抹去眼淚道：「是兆貞尋到的，在宮裡！不過似乎不是什麼調味料，而是種在路邊讓人觀賞的。」

玉芝還沒從驚喜中回過神就呆住了。「宮裡？那咱們還能弄到這番椒嗎……」

卓承淮刮了她的鼻子一下道：「明日我尋德公公問問，怎麼樣也得為妳弄一株回來。這些年來可是頭一回有番椒的消息，絕不能錯過！」

玉芝感動地撲進他懷裡喊道：「承淮哥……」

第八十五章　得償所願

隔日卓承淮為宣政帝講完了書，故意在他面前偷偷摸摸地向德保使眼色，德保卻一臉茫然，自己與卓侍講何時有私話要說了？

此時宣政帝突然嗤笑一聲，放下手中的奏摺道：「有話就說，遮遮掩掩的算什麼大丈夫？」

卓承淮裝出惶恐無奈的樣子，小聲解釋道：「微臣想尋德公公幫個忙……」

德保一言不發，宣政帝挑起眉毛，用詢問的目光看了卓承淮一眼道：「說。」

卓承淮有點緊張地說道：「微臣想問德公公御膳房外頭那條路上種的是何物？還有就是能不能給微臣兩、三株……」

他說完以後，只見宣政帝與德保都不吭聲，卓承淮喉嚨有些發緊地繼續說道：「那東西看起來像傳說中的番椒，可以入菜！」

宣政帝這才看向德保，德保感受到宣政帝的眼神，低頭道：「那東西乃是幾年前那紅髮綠眼的番國使者到咱們這裡時進貢的，陛下不是賜了一堆茶葉跟瓷器打發了他們嗎？

「他們說這東西是一種吃食，結果御膳房試了之後覺得實在太辣，當日的大廚嘴巴都麻了，因此御膳房特地尋太醫查看那東西。太醫檢測過後說無毒，但是對腸胃怕是不怎麼好，因此御膳房沒敢拿來入菜。

「後來那東西乾掉了，裡面的種子被御膳房一個小太監隨手撒在路邊，沒想到第二年它就開花結果了。因為那果子後來變得紅通通的，看起來頗為喜慶，也就沒人動它，這幾年下來已經長滿長長一條通道了。」

宣政帝沒想到這件事跟自己有關，不禁沈思起來——因為下頭人覺得辣就不入菜了，是誰給他們的膽子?!

德保跟了宣政帝這麼些年，再了解他不過，他喜歡掌控一切，而且還有些小心眼和記仇……

他瞄了卓承淮一眼，說道：「啟稟陛下，其實是御膳房的人不知道該怎麼運用那材料，怕呈上來會傷害陛下的龍體。現在有卓侍講咱們就不怕了，卓侍講必定知道那東西如何入菜。」

卓承淮極有眼色地上前說道：「陛下，不知那番椒可否借給微臣一株，若是一切順利，微臣明日就能獻上用那番椒做的菜。」

宣政帝看著卓承淮誠懇的眼神，點點頭道：「行，朕許你三株。若是明日做的菜能讓朕滿意，宮中剩下那些番椒就全都給你；若是朕不滿意嗎，這三株入菜後剩下的分你就好好養著吧！」

卓承淮心中暗喜，竟然一下子有了三株！他歡喜地上前謝恩，然後喜孜孜地捧著剛挖出來的三株番椒返家。

玉芝坐立不安地等待卓承淮歸來，將近十年的尋找，如今離它這麼近，真是讓人迫不及待……

卓承淮親自捧著三株番椒進門，玉芝一看到那紅紅的小果子，忍不住尖叫一聲撲了上去。

卓承淮被玉芝嚇了一跳，剛想護著番椒躲開，就見她在他面前急停，雙眼緊盯著他手中的番椒。

這令卓承淮哭笑不得，他空出一隻手拉著玉芝道：「這三株是陛下讓咱們試著做菜的，若是明日的料理能讓他滿意，那一整條路的番椒就全都是妳的了！」

玉芝猛然抬頭問道：「這可是真的?!」

卓承淮笑道：「我怎麼會騙妳呢？」

得知這個消息，玉芝急得不得了，回頭就對書言道：「快派人出去尋袁叔和慶俞，再去爹娘那邊把小黑哥尋來，告訴他們我尋到番椒了！」

不過半個時辰，袁誠就跟慶俞、小黑一道過來了，他們三人也惦記著番椒有些年頭了，一聽說玉芝尋獲了，都放下手中的事情匆匆趕來，碰巧在門口會合。

玉芝見到他們幾人，激動地說道：「袁叔，快用番椒做一道魚香肉絲試試！」

一句話說得袁誠的眼淚差點掉下來。魚香肉絲是玉芝頭一回教他的料理，那時她還是個小不點，現在她都已經嫁人了……

他忍住淚意應了一聲，隨即進入灶房，二話不說開始動手。

不過片刻工夫，一盤用番椒代替食茱萸的魚香肉絲就出鍋了，袁誠自己先嚐了一口，半日才吐出一口粗氣道：「就是這個味道……這麼多年來缺的東西總算補齊了！」

玉芝含淚笑道：「這番椒還差一點火候呢！做成泡椒才好，不過那得醃個一旬，如今這樣只能算勉強補齊了，再等幾日才算完整。」

她不等袁誠反應，又道：「咱們還是先搭個小爐子烘一下這番椒，明日做菜給皇上的時候得用乾的，不知道今日急就章能不能烘得恰到好處……」

掌握火候是小黑最拿手的事，卓承淮喚人過來，在玉芝與小黑的指揮下搭了個小爐子，簡單燒乾之後就烘起了番椒。

一家上下從晌午忙到大半夜才烘出一小碗乾番椒，那三株番椒上的果子也用得差不多了。

袁誠等人心疼得直搖頭，玉芝安慰他們也安慰自己道：「咱們已經挑了兩個番椒留下做種了，只希望明日皇上吃得高興，若是能得到那一整排的番椒，咱們就再也不用擔心了。」

一番話說得袁誠幾人更著急，索性不回家了，湊在一起琢磨明日應該做些什麼給皇上吃。

卓承淮日日陪在宣政帝身邊，摸清了幾分他的喜好，他思索道：「我覺得陛下喜食鹹鮮口味的，甜的他不怎麼喜歡，但是若是美味的話，他願意多吃幾口；至於辣的……御膳房似乎從未做過口味極重的菜，怕是陛下也不知道自己中不中意。」

有了大方向，菜色就好選多了，玉芝與袁誠商議後，決定先做一道魚香肉絲，口味微辣中泛甜；之後做道豆花雞片，鮮嫩的豆花與醃製過的滑嫩雞肉，微辣清爽的口感堪稱完美的結合；最後用重料做一份甜辣口味的雜掌中寶，爽脆可口、麻辣香甜，令人回味無窮，正適合當小食。

定好要做什麼，眾人終於鬆了口氣。玉芝回頭看了看一直坐在她身邊面帶微笑看著她的卓承淮，勸道：「明日一早你還要上朝，還是早些歇息吧！」

卓承淮拉住她的手道：「我想等妳。」

這話讓袁誠、慶俞與小黑三個人忍不住同時「嘶」了一聲，袁誠直接說道：「你們倆都趕緊睡去，讓我們在這裡看小孩子你儂我儂的，像話嗎？」

玉芝雙頰泛紅，「哼」了一聲對袁誠道：「袁叔年紀也不小了，我看過幾日就得為您尋個袁嬸來！」

袁誠瞪大眼睛道：「我怎麼不小了？才三十出頭，正值壯年呢！妳可別隨便幫我尋，到時候我不樂意，這事一樣成不了！」

聞言玉芝忍不住翻了個白眼，拉著卓承淮回房去了。

第二日一下朝，卓承淮就揣著幾張紙跟著宣政帝去御書房，宣政帝說道：「看來卓侍講是胸有成竹呀，那一整道的番椒朕可給你準備好了。」

卓承淮拱手道：「微臣家已經備好了食譜，求陛下讓陳兆貞前來做這些可好？這本就是陳家的私房菜，其他大廚怕是不太會做。」

宣政帝也不為難卓承淮，對身邊的德保說道：「派人喚陳大廚過來，再讓他帶上兩個人跟所有材料，在御書房旁邊那個小灶房做吧！」

兆貞來了之後，卓承淮從懷裡掏出幾張方子走到他面前說道：「這是昨日他們幾個決定的菜單，還要我囑咐你，一定要先煮好飯。」

只見兆貞點點頭，拿起幾張紙看了起來。上面是玉芝畫的步驟圖，卓承淮還在一旁為他講解，不過片刻工夫兆貞就將食譜記在心底，對他點了點頭。

看兆貞的表情很有把握，卓承淮就放下心來。

宣政帝揮揮手讓兆貞下去以後，好奇地問道：「怎麼，他竟然不識字？」

卓承淮有些難以啟齒，但最後還是將兆貞的事情從頭到尾說了一遍。「……後來他學廚，可能是天生就要吃這碗飯的吧?!」

宣政帝還是頭一回聽說這種怪病，久久回不過神來，嘆道：「天下不知有多少得了這般怪病之人……」

卓承淮與德保陪著宣政帝感慨了一回，不久後門外有小太監稟道：「啟稟陛下，番椒做的菜已經準備好了。」

宣政帝等人走進用膳的小廳，菜已擺滿了一桌子。因為不是正時辰吃飯，所以兆貞沒做太多道菜，除了三樣用了番椒的料理，他還做了玉子蝦仁、素白菌、百花釀魚肚、鴛鴦桶與一道火腿上湯，共湊了八樣。

兆貞入宮這麼久以來一直在做各種點心，這還是頭一回在宣政帝面前做正式的料理。宣政帝一看就覺得滿意，葷素皆有、色彩斑斕，看得出來是花了心思的。
宣政帝先喝了半碗湯，接著伸出筷子挾了魚香肉絲細細品嚐，剛嚥下去，他就對德保說道：「給朕盛碗飯。」
德保忙為他盛了一碗上等碧粳米飯，宣政帝秉持「食不言」的原則，一口接一口吃著桌上的菜，沒多久一小盤甜辣雞掌中寶就快被他吃光了。
享用完之後，宣政帝靜靜地放下碗筷，接過宮女們端來的茶杯漱了漱口，又讓人伺候著淨手，才開口道：「承淮啊，今日朕才知道這番椒竟如此美味，那些瞞著朕、不做給朕吃的人都該處置了！」
卓承淮心頭一驚，忙拱手道：「啟稟陛下，番椒直接食用的確會讓人微感不適，請陛下勿怪罪他們。這些都是經過烘乾處理的，若是能用新鮮的番椒製成泡椒、剁椒，不僅能做出更多料理，也會更加美味。」
宣政帝似笑非笑地睨了卓承淮一眼道：「怎麼，朕剛吃完你就惦記上了？朕說話算話，那一道的番椒都給你，記得取些種子送回宮就成。」
卓承淮心道宣政帝真是打得一手好算盤，這下他們得供上處理好的番椒種子了……不過他還是露出感激的神情道：「多謝陛下賞賜，待處理好種子，微臣定馬上送進宮！」
另一邊，玉芝與一大早趕來的袁誠、慶俞與小黑在家焦躁不安地等待著，過了一陣子，他們聽到歡容用欣喜的語調大聲喊道：「小姐！姑爺帶著好多輛馬車回來了！」
卓承淮帶著幾大輛馬車出宮的事轟動了整個朝廷，他究竟得了陛下什麼賞賜?!

幾個相熟的都派人上門打探，直到傍晚才有消息傳出來，原來是他的夫人得到陛下賞賜的新食材。

一時之間眾人不知道該說什麼好，一個剛入京的村姑就這麼得陛下青眼?!話雖如此，他們還是將初十那日準備帶去卓家的賀禮又加重了幾分。

八月初九這日，卓承淮與玉芝簡單地放了鞭炮、與家人一道吃了頓飯就住進了新宅子。初十，秋高氣爽、天氣晴朗。一大清早起來，汪嬤嬤與似雲就忙著為玉芝打扮，她換上了一件淺水綠色繡暗紋團花的的碧霞羅抹胸襯裙，外罩拖地的淡海棠色紗裙，搭配一條魚肚白的薄煙軟紗，足蹬俏皮的珍珠軟底鞋。

玉芝鮮少這般正式地裝扮，一切都打點好後她站起來淺淺一笑，豔驚屋內的幾個丫鬟。

陳家的宴席當然無可挑剔，既有平日待客的蜜汁火方、蟲草甫里鴨、碧螺蝦仁等料理，又有袁誠拿手的新鮮特色菜，特別是最後的海鮮濃湯，微白濃稠，鮮美得能讓人把舌頭吞下去，眾夫人從未喝過這種東西，紛紛稱讚起這湯來。

這頓飯真是賓主盡歡，吃過飯後夫人們一一準備告辭，玉芝站在二門待了半日才送走了所有人。

她拖著雙腿回到廳堂，見過來幫忙的曹佳還坐在那裡等她，忍不住靠在自家大嫂身上撒嬌道：「大嫂，可累煞我啦……」

曹佳剛要點點玉芝的眉心，卻見她身子突然一軟，像是要暈過去似的，嚇得喊道：「喚郎中！」

卓承淮下衙回到家就見到似雲送郎中出門，他心中打了個突，問道：「誰病了?!」

似雲難掩笑意道：「回老爺，是夫人她……」

她話還沒說完就見卓承淮像一陣風似地跑進內院衝進臥房，看到躺在床上的玉芝，他眉頭緊皺，擔心地說道：「芝芝怎麼了？哪裡不舒服？」

汪嬤嬤被卓承淮給嚇了一跳，回過神來時就見他已經撲到床前握住玉芝的手了。她憋住笑對幾個丫鬟使了使眼色，悄悄地退了下去，把這裡留給他們小倆口。

卓承淮絲毫沒察覺到周圍只剩下他們倆，繼續問道：「到底是怎麼了，為何妳不告訴我？難不成是這段時間累著了？」

玉芝看著卓承淮眼中快溢出來的擔憂，一顆心暖暖的，忍不住伸出手捧著他的臉說道：「承淮哥，你可能要當爹了……」

要當爹了?!卓承淮愣在當場，難道是……他僵硬地低下頭，盯著玉芝的肚子道：「我要……當爹了？」

玉芝看到他的傻樣子，忍不住笑道：「是呀，但是現在還不到一個月，還得過幾日才能確診呢！」

這種話卓承淮才不聽，他已經認定自己要當爹了。他小心翼翼地把玉芝摟在懷裡，一時之間思緒萬千。

兩人沈默地相擁許久，卓承淮才哽咽地開口道：「芝芝……怎麼辦？我還沒學好如何當一個好爹爹，因為我不知道好爹爹是什麼樣子，又該做些什麼，這該如何是好……」

這話說得玉芝心都疼了，她哄卓承淮道：「沒事、沒事，我也不會當娘……趁這幾個月好好學一下，相信咱們會是合格的爹娘。」

卓承淮將臉埋在玉芝的肩膀上點點頭，淚水透過衣裳滲進她肩上。

玉芝安靜地抱著卓承淮不說話，好半晌他才緩過來，抬起頭看著她粲然一笑，那笑容如雨後初晴的陽光，閃得玉芝眨了眨眼。

卓承懷盯著玉芝的雙眼認真地說道：「芝芝，相信我，我一定會做一個最好的爹爹，給我的孩子最棒的父愛！」

玉芝伸手拍拍他微紅的臉道：「我相信你。」

卓承淮見玉芝笑了，不禁說道：「芝芝，我真的好歡喜，歡喜得不曉得自己該怎麼辦才好！」

其實玉芝也不知道該怎麼反應，活了兩世，這還是她第一次當娘，欣喜、忐忑、緊張、激動交織成複雜的情緒，卻又說不出口。

小夫妻這一日就是哭一回、笑一回，說一回、鬧一回，直到亥時才沈沈睡去。

第八十六章　喜獲麟兒

第二日李氏得知這個消息，頓時又是欣喜、又是擔憂。欣喜的是玉芝懷上了，只有卓承淮一根獨苗的卓家算是有了後；擔憂的是女兒翻過年才十八歲，比她告訴自己的什麼「最適合生育的年齡」早了許多，這樣會不會發生她說的那些危險？

李氏在廳堂裡坐立難安，不時一遍又一遍地向下人詢問玉芝的狀況與消息，生怕自己漏聽了什麼。

玉芝剛睡醒換了衣裳，就見卓承淮下朝後匆匆趕了過來，她一顆心又暖又甜，站在房門口迎接他。

還隔著一個院子那麼遠，卓承淮就咧開了嘴，忍不住高喊一聲。「芝芝！」

玉芝甜蜜地笑了，嘴裡卻埋怨道：「叫那麼響做什麼……」

卓承淮笑得傻乎乎地對她說道：「我樂意！」

這話讓玉芝徹底沒了脾氣，懶得跟他多說。一得知她懷孕，卓承淮就像變了一個人，前陣子一天到晚忙得很，一副憂國憂民的樣子，這才一眨眼就變呆許多，真是讓人沒辦法看……

在玉芝整個孕期當中，卓承淮都是一副呆呆的樣子，直到玉芝在大夥兒嚴陣以待下錯過了郎中給的預產期，卻還是沒有任何生產的跡象時，卓承淮的神經才緊繃起來。

所有人都心急如焚，玉芝自己也很焦急，聽說胎兒在母體裡待的時間過長不太好，都已經超過預產期將近八日了，要是再不生的話，怕是得服用傷身體的催生藥了。

孩子沈得住氣，可是卓承淮實在忍不住了，他也不怕傳出什麼「恃寵而驕」的風聲，一日下朝後就跑到宣政帝面前跪下道：「求陛下賜太醫為內子一看。」

宣政帝還是頭一回看到卓承淮方寸大亂的樣子，他覺得有點好笑，又有些窩心——這個小侍講有事第一個就是想到來求他，這也太像個孩子了。

他不禁笑著囑咐身旁的德保道：「去給承淮尋個擅產科的太醫。」

說著又轉頭向卓承淮道：「若是哪日生了，就派人來宮中說一聲，朕准你一天假。」

這可是天大的恩典，卓承淮發自內心地感謝宣政帝，深深叩了個頭道：「微臣謝主隆恩！」

卓承淮帶著太醫匆匆出宮，誰知剛出了宮門就看到鳴沙與硯池站在一起焦急地往他這邊望，他心頭一緊，快步走向兩人。

硯池與鳴沙見到卓承淮，趕緊迎上前去，只見硯池緊張地說道：「老爺，夫人好像要生了……」

話還沒說完，卓承淮的人就消失在他們眼前。硯池轉頭一看，頓時哭笑不得，卓承淮已經跑到馬車旁拆起了套車的轡繩，打算騎馬回家。

硯池與鳴沙連忙跑過去與他一起拆，片刻工夫後總算騰了一匹馬出來。

卓承淮翻身上馬，餘光瞧見了不遠處張著嘴微愣看著他的太醫，這才想起剛剛自己是怎麼求皇上的，於是他穩了穩心神，對嗚沙喊道：「快，安排人送太醫回家！」

接著又對硯池說道：「跟公公交代一下，煩勞他轉告德公公一聲。」

最後一個字的話音還在空中飄，卓承淮已騎著馬奔離現場。

硯池看向還瞪著眼呆在原地的太醫，用手肘頂了頂嗚沙道：「快把空車轅卸下來，用單馬拉車送太醫去咱們家。」

嗚沙應了一聲，先扶著太醫上車，然後開始快手拆起拖在地上的車轅，硯池則從懷中摸出一小疊銀票，笑嘻嘻地拉著送卓承淮出門的小太監說話。

大家都是熟人了，小太監神不知、鬼不覺地將銀票塞進袖子裡，拱手對硯池笑道：「奴才都看見啦，這就回去告訴乾爺爺，也提前祝卓侍講喜得貴子。」

硯池笑著回禮道：「多謝公公了，今日這事還是得麻煩您，待咱們夫人生下小主子，一定早早送喜蛋來給公公。」

小太監就是喜歡卓家這種把他當成自己人的態度，別人可想不到送喜蛋給他這種舉動，遂喜孜孜地應下。他知道卓家人今日必定很忙，也不耽擱硯池的時間，寒暄幾句後轉頭進了宮門。

今日一早剛睡醒，玉芝就覺得肚子不太對勁，明明發出了咕嚕、咕嚕的聲響，卻不像是鬧肚子。她以為自己餓了，可吃過早飯後卻不見改善，疑惑地問汪嬷嬷。「嬷嬷，我的肚子怎麼彷彿裡面有氣在轉悠一般？這都好半晌了。」

汪嬤嬤先是一愣，接著轉而驚道：「夫人，這怕是快要生了！」

玉芝一聽，瞬間緊張起來，不自覺地吞了吞口水。

汪嬤嬤先讓書言帶著小丫鬟們去重新布置產房，接下來派人將李氏和家裡請的穩婆都喊過來。她皺著眉安排好一系列事情，忍不住在原地轉了兩圈，生怕忘了什麼。

看到汪嬤嬤這麼著急，玉芝反而比較不緊張了，她笑著說道：「待會兒我進了產房，外頭的事就全靠嬤嬤了。」

這話說得汪嬤嬤更是捏緊了手心，她重重點頭道：「夫人放心，待會兒老夫人來了之後定要陪您進產房，外面就交給奴婢吧！」

曹佳扶著李氏滿頭大汗地趕過來時，玉芝還在小花園閒晃呢！她的肚子一陣陣地叫，聲音大得連附近幾人都能聽到，羞得玉芝滿臉通紅，可偏偏就是不陣痛。

李氏見女兒好好的，鬆了口氣，差點一屁股跌坐在地上，幸虧曹佳眼明手快地扶了她一把。

只見李氏站穩之後快步上前摸了摸玉芝的肚子，她也聽到了「咕嚕、咕嚕」的聲音。

玉芝忍著羞意道：「娘，您說我這是要生了嗎？會不會只是鬧肚子呀……」

李氏翻了個白眼，點了點她的眉心道：「妳這孩子自小意見就多，郎中不是為妳診過脈了嗎？這就是快生了，都準備好了沒？」

一旁的汪嬤嬤上前行禮道：「回老夫人，一切都已準備妥當，就等著夫人生了。」

李氏看著一臉純真的玉芝，嘆了口氣。自己捧在手心上嬌養大的閨女，如今是真的要當娘了……

與李氏、曹佳一道離開小花園不久，玉芝突然覺得肚子像是被什麼捶了一下，開始絞痛難耐，她不禁抱緊了肚子輕聲哀號。「娘……疼……」

身邊的人一下子慌了，李氏急忙低頭察看，又摸了摸玉芝的裙子，穩了穩心神道：「莫慌，羊水還沒破，咱們現在就走去產房。」

親娘在身邊，玉芝多了些安全感。想到曹佳那時走了一個時辰羊水才破，她便不再那麼緊張，扶著李氏與似雲的手慢慢往產房走去。

誰知這孩子大概是拖了太多天了，有些著急，剛剛踏進產房院子的門口，玉芝突然感覺裙子一濕，不自覺地停住了腳步。

似雲低頭一看，輕呼了一聲，李氏也慌了——羊水破得太快了！

此時汪嬤嬤從產房裡跑出來，二話不說就彎腰抱起了玉芝，急忙往產房走去。

似雲扶著胳膊還微微發著抖的李氏跟著進了產房，裡面各項裝備齊全，明亮的陽光穿過高透的琉璃窗，讓人看起來就覺得溫暖。

穩婆早已淨手在產房等待了，見玉芝被抱進來，她急忙上前查看，然後鬆口氣對追進來的李氏道：「夫人現在一切安好，您儘管放心，現在就準備為夫人接生了。」

李氏放鬆心情後馬上一拍腦袋，自己真是忘了玉芝之前千叮萬囑的話了！她急忙跑去外間，換上早就備妥、漿洗且曝曬過的乾淨純棉衣裳，又仔細淨了手。
聽到玉芝一聲聲壓抑的呻吟，李氏的手都在抖，胡亂繫好了帶子，她跑進產房，握住玉芝的手道：「娘在呢！不要怕，郎中說妳懷相好，定能平平安安地生下孩子來。」
玉芝咬牙忍痛點點頭，卻再也沒心思理會身邊的人說些什麼了。
慢慢地，玉芝已經痛到不知道自己在做什麼了，只能依照本能隨著穩婆的聲音吸氣、用力，不停地重複這個過程。這輩子她從來沒有像現在這麼想念過卓承淮，然而他卻不在她身邊……
不知過了多久的時間，隨著穩婆喊的一聲「用力」，玉芝拚盡了最後的力氣，接著感覺有什麼東西從自己體內滑了出去。
迷迷糊糊中，玉芝只聽到李氏用驚喜的哭腔喊道：「生了！」
嬰兒嘹亮的哭聲傳來，玉芝的眼睛卻累得睜不開了，只能朝李氏的方向動了動頭。
李氏連忙抽出帕子為玉芝細細擦了汗，又將清理乾淨的孩子抱到她枕頭邊輕聲道：「芝芝，咱們都猜錯了，這沈得住氣的不是小閨女，是個胖小子。」
玉芝勉強睜開眼瞧起面前這隻渾身通紅的小猴子，看著他皺巴巴的小臉，她扯起嘴角笑了一下，斷斷續續道：「真的和滿滿剛出生的時候一樣……醜……」
同樣一頭汗的李氏和曹佳聽了這話真是不知道該說什麼才好。李氏想拍玉芝一下，又心疼她剛生完，索性低頭點了點孩子的小嘴道：「我的大外孫可漂亮著呢！」
雖然玉芝嘴上這麼說，可她哪裡會嫌棄自己的兒子！見他只在剛出生時哭了一會兒，洗乾淨了就不哭不鬧、嘟著小嘴乖乖地躺在一旁，越看越歡喜，被這幸福的感覺激得眼睛泛起了濕意。

李氏見狀，馬上阻止玉芝道：「產婦可不能哭，傷眼睛。」

玉芝吸吸鼻子，把淚憋回去，沙啞著嗓子道：「娘，承淮哥呢？」

李氏握著玉芝的手道：「早就派人去宮門口等著了，不過妳生得快，從派人出去到現在不過一個多時辰，怕是……」

她話音未落，就聽見外面一陣騷亂，還夾雜著噠噠的馬蹄聲。

李氏喜道：「應是承淮回來了！」說著她急忙要出去阻攔卓承淮。

看樣子他是騎馬返家了，這一身泥汗的，可不能進產房。

卓承淮騎著馬叫人開了大門就直接衝了進去，他心慌地直奔正院，還是門房高喊一句「老爺，夫人在產房」，他才勒住馬頭換了個方向。

接下來卓承淮也不管眼前有沒有路，騎著馬就直接踏過花叢，一時之間整個院子像遭了災一般，看得下人們苦笑不已。

一路策馬奔到產房院子口，卓承淮見產房裡相當安靜，不禁有些慌亂，跳下馬就往裡面跑去，卻見李氏迎面走出來喝斥道：「停下！做什麼呢？渾身上下髒成這樣還跑進去，豈不是要連累芝芝與你兒子?!」

卓承淮張大嘴愣在原地，芝芝與……誰？兒子？

李氏見到卓承淮的傻樣，不忍心再罵他，推了他一把道：「快些去洗洗，換套乾淨衣裳後去看看他們母子。芝芝生得比一般人快些，卻也沒少遭罪，方才還盼著你在呢！」

卓承淮聞言立刻回過神來，應了一聲就往產房旁的屋子跑去。他用有生以來最快的速度沖澡、換衣，也不管頭髮乾了沒，用布巾一包就衝進產房。

玉芝實在抵擋不住疲憊，撐著吃了半碗麵，沒等卓承淮來就沈沈地睡了過去。她枕邊那個小小的嬰兒閉著眼睛，下意識地一嘬、一嘬吸著嘴，也不知道睡沒睡著。

看著一大、一小湊在一起的兩張臉龐，卓承淮的眼淚迅速在眼眶聚集。他低下頭，不想讓身後的汪嬤嬤等人看到他的脆弱，只揮了揮手。

眾人知道卓承淮此時想單獨與玉芝母子相處，便垂首毫無聲息地退了出去。

李氏拍了拍卓承淮的肩膀道：「承淮，今日起你就是孩子的爹，日後這肩頭扛著的可不只芝芝一人了。」

在李氏面前，卓承淮沒什麼好掩飾的，哽咽地回道：「娘……放心，我會好好對待他們母子的……」

李氏點點頭，也退出了房間，順手替卓承淮關好門，讓他們一家三口好好相處。

卓承淮輕輕地撫摸玉芝的頭髮，看著她略顯狼狽的模樣，忍了半天的眼淚終於落了下來，可他不敢發出聲音，怕吵醒玉芝，只能將臉埋在手裡，低著頭無聲哭泣。

誰知此時玉芝身邊的小傢伙忽然發出了輕微的叫聲，還從襁褓中伸出了一隻小手臂往空中揮舞。

察覺兒子的反應，卓承淮抬起頭，輕輕摸了摸他的小手，那手是這麼的小，讓他一點力氣也不敢出，就怕把他的小手碰壞了。

新出爐的父子倆就這麼玩了許久，卓承淮樂此不疲地摸著兒子露出的手，看著兒子那張皺巴巴的臉龐，越瞧越喜愛。

玉芝醒來時天已經黑透了，她不過稍微動一下身子，就感到渾身上下像是散架了一般，忍不住倒抽了一口氣。

卓承淮趴在床邊拉著玉芝的手睡著了，感覺到她動了，他立刻清醒過來，啞著嗓子問道：「芝芝，妳醒了，餓不餓？」

玉芝張張嘴想說話，卻發不出聲音來，只覺得嗓子火辣辣的疼。

見狀，卓承淮體貼地起身端了一杯熱水過來，小心地餵給她喝。

玉芝半坐起身子喝過水、清了清嗓子，總算舒服多了，她剛要說話，卻被卓承淮打斷。

「芝芝，是我回來晚了，我……對不起妳……」

玉芝摸了摸他的頭髮笑道：「不怪你，娘說我生得可快了，你也不是存心沒趕回來的嘛……對了，孩子呢？」

這話讓卓承淮又想哭了，他也不知道自己今天是怎麼了，動不動就要掉淚……他忍住淚意，坐在床沿輕輕抱住玉芝，在她耳邊小聲說道：「孩子被娘抱去給乳娘餵奶了，下一回妳生產前幾日，我定寸步不離妳身邊……對不起，芝芝。」

玉芝能感受到卓承淮的愧疚與遺憾，她窩在他懷裡逗他道：「還生？你可知為了那小東西，我差點去掉半條命。」

卓承淮眉頭一皺，擔心道：「妳睡著時我讓太醫進來為妳診過脈，他說這是產後脫力，不需要用藥，看來不成，我還是尋他配些補身子的藥來。」

說罷，他站起身來要去尋人，玉芝連忙拉住他道：「哪個人生孩子不去了半條命？再說了，我想親自餵寶寶奶，哪能吃藥？」

卓承淮擔心得不得了，他看著玉芝有些蒼白的臉色說道：「日後咱們別生了，有那個小東西就夠了。」

玉芝輕嘆，用盡力氣舉起雙手捧住卓承淮的臉，在他唇上親了一下道：「我願意再生。承淮哥，我愛你……」

卓承淮終究掉下眼淚，他親吻著玉芝的臉頰，喃喃回應。「芝芝，咱們一輩子就這麼在一起，好嗎？」

玉芝輕輕點了點頭。她在這個世界建立了屬於自己的美滿家庭，若是前世的父母有知，相信也會為她高興的。

她……真的很幸福！

——全書完

番外篇

一、裴氏、卓清黎

裴氏從沒想到自己有一天竟然會吃這種苦頭。

自小被嬌養長大，前半輩子最大的阻礙就是愛上了一個有妻有子的男人。她本以為自己成功了，不僅弄死那個女人，還趕走她的兒子，順利地與心愛的男人一起生活，掌控著家裡的一切，卻沒想到多年後栽在那個她忘了長得什麼模樣的小兒手中，還連累了爹娘……

想著、想著，裴氏不由得放空了思緒，身邊的男人不滿地一把推開她，毫不留情地往她臉上搧了一巴掌，怒罵道：「什麼狗屁玩意兒！爺看妳可憐才進了妳的門，怎麼像條死魚一樣?!不願意在這裡躺著，就帶著妳那小閨女扛著錘子砸石頭去！」

裴氏頓時清醒過來，看著面前肚大如籮、滿臉橫肉的男人，她顧不得臉上的腫痛，翻身跪在床上苦苦哀求道：「爺饒了我這一回吧！我是……我是有些累了……」

那男人聞言，挑了挑眉笑道：「妳是說爺讓妳累著了？不錯，爺就讓妳看看到底什麼才叫累！」

說完他一把拉過全身赤裸、跪在他面前的裴氏，俯下身子衝刺起來，裴氏配合著嬌喘起來，眼角卻不由自主地滑下了兩行淚。

男人滿足之後起身由裴氏伺候他穿上衣裳，接著從一旁的褡褳裡摸出二、三十文錢與一個餑餑扔在地上。看著裴氏像狗一樣爬過去撿東西，他冷笑一聲轉頭離開了這間快要傾倒的土炕屋。

裴氏也不管男人是不是出去了，她憋著一口氣撿完了地上的東西才放鬆下來。她將錢藏好，胡亂地套上一件衣裳，捋了捋凌亂的頭髮，將餑餑揣在懷裡，去了隔壁那已經倒了半邊的灶房。

一進灶房，裴氏就看到一個女孩怯怯地蹲在土灶前燒火，女孩看到她進門，忍了許久的眼淚終於流了下來，衝過去抱住她哭道：「娘，您的臉……娘，咱們還是去鑿石頭吧！我不想看您……看您這樣……」

裴氏的眼淚也掉了下來，她深吸了一口氣，抱住女孩喃喃道：「黎兒，妳以為鑿石頭能好得了多少？那男人好歹是石場的小班頭，若是去鑿石頭，日日夜夜都得與那些發配來的惡人們一塊兒吃住，他們又怎會饒過妳、我兩個弱女子呢？到時候娘怕是連妳都保不住了。」

卓清黎聞言大哭起來，她不知道事情怎麼會變成這樣。一夜之間，他們全家被收押，她又驚又怕地大病了一場，清醒時已經快到京城了。被關押進牢，心驚膽顫地過了幾個月之後，傳來爹被砍頭的消息，她哭，卻明白哭也無用。

她娘裴氏安慰她，說她們大概會被賣入教坊，她已經安排好人，到時候定會想法子把她們買出去。她好不容易接受爹死去的事實，等待著與娘出去過著隱姓埋名的日子，誰知她們母女卻被流放了。

裴氏看著愣怔的女兒，心如刀割。如今她苟且偷生，也只是為了女兒罷了。她從懷裡摸出那個餑餑遞給卓清黎道：「黎兒，煮好粥了嗎？快來吃吧！今日有餑餑，能吃個飽了。」

卓清黎吞了吞口水揭開鍋蓋，裡面是清得能照出人影的稀飯。裴氏上前拿起破木勺舀了兩碗出來，遞給卓清黎一碗，又把餑餑撕成一小塊、一小塊地泡在碗裡。不一會兒餑餑就泡軟了，脹成了滿滿一碗，卓清黎再也忍不住了，人口、大口地吞了起來。

裴氏的眼淚又要掉下來了，不光是自己，女兒自幼就是一個嬌滴滴的姑娘，如今卻在這裡受這種苦……她恨，恨卓承淮，恨單家，恨卓連仁。

咬咬牙，裴氏喝下手中只泡了一小塊餑餑的稀粥，在心裡盤算起來。這個班頭並不是時常來這裡，就這麼幾十文錢，她們要撐多少日子才過得去？

這一回，石場上似乎出了什麼事，班頭竟然將近一個月沒過來。裴氏再怎麼精打細算，那些銅板也已用得精光，她只好冒著被發現的風險偷偷讓卓清黎出去接一些洗衣裳的生意。

天氣漸涼，裴氏的手泡在冰冷的水裡毫無知覺，看著蹲在自己身邊的卓清黎，她從水裡拿出手呵了呵氣，等手稍微暖和一些後又埋頭洗起盆裡的衣裳。

此時破爛的木門「砰」的一聲被踢開了，卓清黎嚇得打了個冷顫，看到班頭那肥壯的身影出現在門口，她下意識地往灶房跑去。

裴氏卻是心中一喜，她站起身來甩乾手上的水，迎上前道：「爺，您來了。」

班頭微微點了點頭，見她放下正在洗的衣裳，皺眉道：「怎麼又去接洗衣裳的活計了，不知道妳們見不得人嗎？我可是對外宣稱妳們病死了，若是被人發現，咱們全都得掉腦袋！」

裴氏雙目含淚，低下頭小聲道：「家裡……家裡沒餘糧了……我沒出面，是黎兒去接的活計……」

班頭重重哼了一聲，把褡褳扔給她道：「裡面的錢都是給妳的，日後再讓我發現妳或是她出門，就別怪我不顧情面了！」

裴氏急忙抱住那個褡褳，從裡面摸出了將近五十文錢和幾個大餑餑。她心頭一鬆，有了這些，她們母女倆能湊合過一個月了。

班頭看到裴氏的反應，撇了撇嘴，二話不說拉過她就往房裡走去，裴氏心中悲涼，腳下卻配合他的舉動前進。

一番歡愉之後，裴氏剛要坐起來伺候班頭穿衣裳，下身卻湧出殷紅的血絲。

只見班頭的眉頭皺得彷彿能滴下水來，難不成這女人來了月事？真是晦氣！他剛想罵裴氏幾句，卻見她兩眼一翻，摀著肚子昏倒在床上。

班頭下意識地探了探裴氏的鼻息，感覺到手指前傳來輕微的熱氣，他鬆了口氣，皺眉看著裴氏。這看起來不像是月事，要不要給她請個郎中呢？

看到裴氏的臉色越來越蒼白，班頭垂首朝她啐了一口，起身穿好衣裳大步邁出門去。

卓清黎確認班頭離開之後，小心翼翼地摸進房裡，看到裴氏蒼白的臉與身下的血跡，嚇得差點沒暈過去，她撲到裴氏身上哭喊。「娘！娘您怎麼了？娘！醒醒啊……娘！」

裴氏卻毫無知覺，一動也不動。

正當卓清黎心神恍惚的時候，聽見院子裡傳來了腳步聲。她太熟悉這個聲音了，第一個反應就是想躲開，可是看到床上生死不明的裴氏，她又邁不開步伐，只能呆呆站在原地流淚。

帶著郎中進房的班頭見到卓清黎時，馬上將她推到旁邊，隨手為裴氏蓋上一床破被子，皺著眉對站在門口的郎中道：「給她看看吧！」

郎中面對惡霸似的班頭也有些發怵，他上前拉住裴氏的手腕小心地診起脈來，片刻工夫後對班頭道：「爺，這位夫人她……她有了身孕，方才是不是，是不是……房事過猛了？這是小產的跡象……」

班頭聞言張大嘴巴，有了身孕？這……是他的崽兒？

多年來他一直懶得成家，錢都孝敬給鎮上的窯姐兒了，不過這破礦場見不太到女人，就算有窯姐兒，也都年近四十了，肚子比胸還大，實在令人倒胃口。

裴氏剛來時滿臉滄桑、形如老嫗，他原本是看不上的，沒想到她鑿了一日石頭，衣裳破了之後露出白嫩的肌膚，才讓他有了幾分興致。

他將裴氏帶到帳篷裡清洗乾淨，雖說她的模樣憔悴了些，但到底曾經是貴婦人，杏眼櫻口、一身皮膚還算滑嫩，特別是殘留著幾分高傲的氣質，讓他動了想征服的念頭，當晚就強要了她。後來他才慢慢發現這貴婦人在床上比鎮上的窯姐兒更騷，想到這都是另一個男人訓練出來的，他心中就窩著一股火，回回都要把她弄得半死不活才滿意。

如今床上這個女人有了他的崽兒？他有後了?!想到這裡，班頭惡狠狠地對郎中道：「給爺保住她肚子裡的孩子，不然爺就把你送去鑿石頭！」

郎中一臉苦相，他這是招誰惹誰了……這婦人身子相當虛弱，怎麼保證一定能留住孩子呢？不過他還是拱手道：「在下盡力就是。」

班頭才不管郎中怎麼說，壓著他開了藥、扎了針，又將他扣在這破屋子裡三日，終於保住了裴氏腹中的孩子。

裴氏醒來後得知自己有了，恨不得一頭撞死。為了讓母女倆活下來，委身於這麼一個粗鄙之人，是她心中最深的痛，現在竟還懷了他的孩子……這真是造孽！當年各個名醫都說她很可能再也懷不上了，卻沒想到在這種環境下有了身孕……

班頭看出裴氏心存死意，猙獰一笑道：「妳要是帶著我的崽兒去死，我就讓妳那崽兒也活不下去，讓她給我的兒子陪葬！」

裴氏萬念俱灰，看著躲在牆角瑟瑟發抖的卓清黎，流下了兩行眼淚，息了自盡的心思，開始躺著養胎。

這八個多月來，裴氏幾乎完全躺在床上。班頭每隔一、兩日就會過來一趟，隨著腹中的孩子會動了，他的表情也變得柔軟，時不時摸著裴氏的肚子，用期待的眼神望著那裡。

裴氏卻覺得自己怕是活不久了。孩子一日日變大，她一天天氣短，好幾回躺著、躺著就失去了意識，醒來時看到卓清黎驚恐的臉，才知道自己又昏過去了。

這一日趁班頭不在，裴氏拉著卓清黎的手說道：「黎兒，娘本來打算攢點錢，過一、兩年就帶妳走，現在看來娘是走不了了。待娘生產那日，他定然沒有心思盯著妳，妳就乘機逃跑吧！這幾個月娘哄著他給了些錢，妳化妝成乞兒往河南道走，娘在弘農縣安排了人，他們往上數三代都是裴家的忠僕，定能好好養育妳長大。若是妳走不了那麼遠，就找個安全一些的地方送個信，讓他們來接妳。

「黎兒，娘這輩子做錯了許多事，也遭了報應，這一攤爛事到娘這裡就徹底結束了。妳別想著去京城，日後妳與卓承淮是毫無關係的陌生人，妳一定要記得，答應娘！」

卓清黎臉色蒼白地看著裴氏，愣愣地點了點頭。

裴氏見她答應，鬆了口氣，從身子底下的褥子裡摸出幾塊銀子與一袋銅錢道：「拿好，這是讓妳活命的東西。」

說完之後，裴氏又向卓清黎細細交代了那些下人的住址、長相之類的事情。

裴氏生產這日，正巧班頭在家，他看到裴氏陣痛了，急忙去尋那倒楣郎中和穩婆來。

穩婆一見裴氏的樣子暗道不好，不過看著臉色黑得如鍋底一般的班頭，她也不好說什麼，燒了熱水就開始接生。

裴氏的力氣越來越小，穩婆顧不上害怕，慌張地跑出來問道：「這位爺，保大、保小？」

班頭眉頭一皺，毫不猶豫地喊道：「保小！」

卓清黎在灶房聽到這話，眼淚糊了滿臉。她知道這就是娘說的時機，是娘用命為她拚出來的機會，她一定要活下去！

她站在灶房的破門後面，聽見她娘好似用光了最後的力氣尖叫一聲，此時穩婆又跑出來喊道：「郎中，那婦人不行了，快來，咱們倆得剖開肚子把孩子拿出來！」

班頭一聽跟著進去了，卓清黎跑到房門口，深深地看了躺在床上、已經沒了動靜的裴氏一眼，咬著牙轉身跑向大門。

剛跑了兩步，卓清黎聽到了身後傳來嬰兒微弱的哭聲，她的淚流得更凶了。

從此以後她就沒有娘了，往後只能靠自己活下去……

——全篇完

番外篇

二、范氏、兆毅

炎炎夏日，炙熱太陽高掛天空。一個看著起來約莫二十來歲的年輕男人表情麻木地提著水桶往地裡一瓢、一瓢地澆水。

不遠處一個矮小的婦人踩著田埂朝著他走去，一邊走、一邊喊：「兆毅啊，娘的乖兒子，大晌午正是日頭毒的時候，你快回家吃飯去吧！」

兆毅默默放下手中的瓢與桶，對朝他而來的范氏視而不見，與她擦肩而過，往家裡走去。

范氏心頭一酸，轉頭快跑兩步追上兆毅，拉著他的袖子哄道：「兆毅啊，娘明日就去府城，你三叔一家雖說去了京城，但昨日聽你爺爺和你小叔叔說兆勇與他媳婦這陣子在府城做買賣，只要娘去跟他們下跪，一定能讓你去府城的書院讀書，讓你也中秀才、中舉人，然後當官！」

兆毅掀起嘴角嗤笑一聲，看也不看范氏一眼，用力扯開袖子繼續往陳家老宅走去。范氏心頭一塞，只能快步跟上兒子。路過三房的宅子時，他們正巧遇到為三房看家的下人從鎮上買菜回來。

這幾年來三房的家修了幾次，最後這一次，兆志派人回來買下周圍將近二十畝的空地，又找人修了兩、三年，才成為如今三房的大宅子。不僅如此，他還派人來看著宅子，說這是他們家的根。

兆毅停下腳步，看著三房的下人們從馬車上跳下來，搬運著各種肉食跟蔬菜，心底說不出是什麼滋味，只能站在原地呆呆看著他們。

村裡的孩子們早就摸清了三房那些下人做事的規律，每當這個時候，就會有一大群孩子圍上來纏著打頭的管家，歡快地喊著：「管家爺爺！」

管家笑咪咪地遞給他們兩袋用油紙包好的點心，說道：「拿去分吧！莫要再打架。」一群孩子如快樂的小鳥般道過謝後跑開，準備去他們的秘密基地「分贓」。

范氏瞧見管家分給孩子們點心的一幕，又看了看正在院門內卸東西的小廝們，那些肉啊、菜的刺痛了她的眼。她咬牙切齒恨恨道：「三房真是一群敗家白眼狼，有這麼多好東西，竟不知道孝敬你爺爺跟奶奶！走，跟娘回家向他們說去！」

兆毅從范氏開口起就低著頭，不知道在想些什麼，待她說完，他一聲不吭地往老宅走去。

哪怕老宅翻新三、四年了，兆毅依然覺得這不是他的家。沒了從小待到大的西廂房，沒了小時候肆意瘋跑的熟悉院子，家裡現在甚至連雞都不養了……

說到雞，兆毅就想到了雞蛋，憶起當年那一碗改變了他命運的蒸蛋。

范氏牢牢拽著兆毅的袖子，拉著他往上房走去，嘴裡念叨著：「告訴你爺爺跟奶奶去，敗家……白眼狼……」

兆毅用力掙開范氏的手，抱住頭一屁股坐在地上喊道：「妳能不能閉嘴?!別說了！」

范氏嚇了一跳，不自覺地閉上了嘴巴，看著兆毅痛苦的樣子，她小心翼翼地哄道：「兒啊……兆毅啊，娘不說了，快起來……」

誰知兆毅狠狠地推了范氏一把，隨即一骨碌爬起來直接進了翻新後的西廂——說是翻新，但基本上等於重建了。

當初兆志派人回來整修三房的宅子時，也買下老宅左右兩邊人家的地，修了個嶄新的大院子讓老陳頭與孫氏養老。金寶四家部分地方變成了現在的西廂，裡外有六間大屋，夠二房一家住了。

兆毅坐在炕上看著窗外鋪著青石板的院子發呆，他是陳家孫輩中的一大恥辱。

大房那邊，兆厲考上庶起士，散館後進入兵部，跟趙氏、羅盈娘還有壯壯安安穩穩地在京城過日子。兆貞從宮裡出來後身價三級跳，多少大酒樓捧著銀子求他上門他都不去，自己開了間酒樓，收了幾個徒弟仔細教導，京城裡外都道他是大周朝第一個能上史書、流芳千古的名廚。

四房的兆雙去年中了舉，小叔叔與小嬸嬸高興地敲鑼打鼓，擺了十日流水席。

至於三房……他們已經離他很遠、很遠了。兆志當上了翰林院侍講，日日在皇上面前行走；兆亮也進了六部中最吃香的吏部；兆勇雖然不愛讀書，這幾年生意卻做得風生水起，山東道無人不識他這個「陳東家」；還有玉芝……想到玉芝，兆毅突然心生煩躁。

當年他年紀小、不懂事，被他娘攛掇著搶了那碗蒸蛋，他承認是自己錯了，但三房為何如此記仇？這些年來他道過歉、下跪過，儘管三房表面上原諒他，卻什麼忙都不肯幫。

如今卓承淮擔任翰林院詹事，兼著兵部的差事，還是天子近臣，玉芝也當了誥命夫人，他們過得這麼好，卻總記得他小時候的那些事，完全不對他伸出援手。針對村裡一些能讀書的孩子，三房都大方地負擔了一部分的束脩，卻一點也沒想到他們還有一個堂兄弟在種地……

其實若是兆毅上進，三房的人哪會棄他於不顧？只可惜他將自身的失敗全歸咎於那碗蒸蛋，任何人都幫不了他。

兆毅頹然地躺在炕上盯著屋頂發呆，現在他放空的時間越來越長了。

村民都知道二房與三房之間有些說不清的事，現在得了三房的好處，當然有意無意避開二房的人。再加上他娘著實不會做人，這些年該得罪的、不該得罪的都惹了個遍，更是讓他到了這個年紀還沒有媒人上門說親。

爺爺跟奶奶曾尋了兩個對象，都被他娘撒潑打滾地回絕了，覺得他也是讀過書的陳家少爺，憑什麼要娶虎背熊腰的村姑，氣得爺爺放話說再也不管他的親事了。

想到這裡，兆毅苦笑了一下。看在爺爺跟奶奶的面子上，三房的下人都叫他堂少爺，怕是只有他娘才當了真吧……

范氏端著飯進來，看到兆毅又躺在炕上，便把他拉起來說道：「你這孩子怎麼整日這樣？有什麼想法就告訴娘，娘豁出這條命也會幫你辦到，心事老是憋著，可是會憋壞的。」

兆毅扯了扯嘴角卻笑不出來，搖搖頭默默吃起了飯。

范氏深感無奈，她也不知道兆毅怎麼會變成這樣，竟能好幾日不與她說話，她想盡了辦法，卻不見改善。

孫氏正顫巍巍地靠著上房的門偷看，把范氏母子倆在院子裡的衝突看個一清二楚，見范氏進了西廂，她才回頭對鬚髮全白的老陳頭道：「哼，二房那家子這麼多年了還想占三房便宜，咱可得替老三看好她，若是鬧出什麼，老三家臉上可不好看。」

老陳頭坐在炕上抽著煙袋鍋子，看著這些年來日子過得滋潤、年紀越大臉色越紅潤的孫氏嘆了口氣。

兆毅到底是他的孫子，他能不擔心嗎？可范氏真是癩狗扶不上牆，被她這麼一拖累，兆毅這輩子只怕好不了。

老陳頭牙一咬，將煙袋鍋子往炕沿一磕道：「不管老二媳婦了！明日把老二從鎮上叫回來，讓他做主為老二定個媳婦。」

孫氏走到炕邊坐下撇了撇嘴。也就這個老頭子愛操心，現在他們日子過得快活似神仙，日日有人端茶倒水，手頭還有零花，整個村子的人都得尊稱她一聲「老夫人」，哪裡想管這種閒事？

她輕哼一聲道：「你愛幹啥就幹啥，我可不管，省得你那二媳婦又坐在院子裡哭大姊，說我這人不安好心地為她兒子尋『破爛貨』！」

老陳頭想到那幾日鬧得確實是難看，也有些對不住孫氏這個老妻，只能吞下到嘴邊的話，招呼三房配給他的下人進來，讓他去叫陳忠貴回村。

第二日，陳忠貴匆匆返家，卻沒見著媳婦和兒子。一問之下才知道兒子去種地了，媳婦卻去三房門口尋管家鬧，要管家送信給兆勇，說有大事找他。

他剛進院門又扭身出去，果不其然在三房宅子門口看到了在地上打滾的范氏，周圍有一群人正在對她指指點點，范氏臉上的鼻涕、眼淚和著地上的泥，一道、一道的汙痕看著就讓人噁心。

陳忠貴只聽了「讓陳兆勇這白眼狼來村裡見我」、「喪良心的一家子」這兩句就恨得牙癢癢的，他扒開人群走上前去，二話不說給了范氏兩個大耳刮子，把她打得在地上轉了一大圈。范氏正暈頭轉向呢！就被陳忠貴一把拉住後衣領，拽著回了老宅。

范氏沒想到陳忠貴會突然回來，進了院子以後就像隻老鼠般鑽進西廂。陳忠貴氣得太陽穴一鼓、一鼓的，卻被老陳頭打斷了情緒。「老二，進來說話。」

陳忠貴壓住心中的怒火進了上房，低著頭一聲不吭，老陳頭見他這三棍子打不出一個屁的樣子就頭疼，深深吐了一口氣道：「老二，兆毅眼看就要二十四歲，是不是得為他說親了？」

其實陳忠貴也知道前兩回老陳頭與孫氏被范氏頂撞的事，哪怕他返家後揍了范氏一頓，到底傷了兩老的心。沒想到老陳頭竟還願意管兆毅，他不禁抬起頭欣喜道：「爹娘做主就成了，只要是個女人、能生娃，啥樣的都成。」

老陳頭看著陳忠貴的臉，對他們這房徹底沒了脾氣，揮揮手道：「既然說好由我們做主，那麼若是你媳婦再有什麼狀況，我就真的不管你們了。你出去吧！回房囑咐、囑咐你媳婦。」

陳忠貴應了一聲後轉頭出了上房，沒一會兒西廂就傳來了范氏的哭喊聲，從開始的尖銳到最後無力的抽噎，不難察覺發生了什麼事。

孫氏皺了皺眉對老陳頭道：「老二這幾年怎麼添了個打媳婦的毛病，次次都打成這樣，怪嚇人的。」

老陳頭回道：「老二怕是把自家不如其他三房的緣由都怪到他媳婦身上了。打就打吧！只盼這一回能把她打服，別再作妖了。」

看來這頓毒打的確有用，老陳頭以迅雷不及掩耳之勢飛快地為兆毅定下了鄰村的一家閨女。她家窮得很，有四個兒子等著娶媳婦，自然巴不得快些把這個閨女扔出門。

陳忠貴這些年攢的三十兩銀子全掏了出去，老陳頭又添二十兩湊足了五十兩的聘禮，言明只要姑娘家本人，不要嫁妝。

范氏雖然不滿意，但是她都鼻青臉腫了，還能怎麼樣？只能自言自語地躲在角落發洩情緒。

成親這日兆毅臉上一點喜色也沒有，看著膚色黑紅、身體瘦弱的新媳婦，他表情呆滯地拜過堂，入了洞房。

第二日范氏就擺譜刁難新媳婦，沒想到新媳婦看起來雖然瘦弱，為人卻相當潑辣，婆媳兩人針尖對麥芒大鬧了一場。

看著面前雞飛狗跳的景象，兆毅笑了，笑著、笑著，他的眼淚流了出來。

這就是他的報應，是他的命吧……

——全篇完

2018年12月出版

大笑迎貴夫

文創風 699～701

出得廳堂，入得廚房；打得了惡人，治得住霸王。
這英姿小娘子太合他心意，只能窮追不可放過啊～～

俏女當關　誰與爭夫／漫卷

電競高手穿成身世成謎的孤兒，李彥錦簡直嚇傻了，
不但被個小姑娘撿回去養，家裡還有標準女兒控的老爸！
更鬱卒的是，那丫頭伶牙俐齒兼天生神力，講得贏他、打得過他，
害他這積極打工抵房租的好男兒險些憋死，只恨自己穿不逢時啊……
可父女倆待他實在沒話說，包吃包住手藝堪比御廚，又領他拜師學功夫，
讓他忍不住偷偷想，若能與他們當真正的一家人，許是個不壞的主意呢……

寧國女將軍謝沛重生了，立志扭轉前世悲劇，討回自己的幸福，
從此她忙得團團轉，要精進武藝、打理自家飯館，賣豆腐賺賺私房，
還得三不五時路見不平，順道把前世害她家破人亡的仇人一鍋端了。
小日子美得沒處挑剔，唯有一事讓她頭疼——
女大當嫁，可她放心不下善良得被當包子捏的阿爹，乾脆招個贅夫吧！
至於人選嘛……就挑寄居她家、多才多藝的小郎君李彥錦如何？

風 文創 707

妙廚小芝女 3 完

國家圖書館出版品預行編目資料

妙廚小芝女 / 風白秋著. --
初版. -- 臺北市 : 狗屋, 2019.01
冊 ; 公分. --（文創風）
ISBN 978-986-328-952-4（第3冊：平裝）. --

857.7 107020338

著作者	風白秋
編輯	連宓均
校對	沈毓萍　林慧琪
發行所	狗屋出版社有限公司
地址	台北市104中山區龍江路71巷15號1樓
電話	02-2776-5889～0
發行字號	局版台業字845號
法律顧問	蕭雄淋律師
總經銷	知遠文化事業有限公司
電話	02-2664-8800
初版	2019年1月
國際書碼	ISBN-13　978-986-328-952-4

本著作物由北京晉江原創網絡科技有限公司授權出版

定價250元

狗屋劃撥帳號：19001626

網址：love.doghouse.com.tw　E-mail：love@doghouse.com.tw